U0594685

我和我的
野生动物
朋友

2

「加」查尔斯·罗伯茨爵士 / 著

江月 / 译

广东旅游出版社
GUANGDONG TRAVEL & TOURISM PRESS
悦读悟·悦篮约·悦享人生

中国·广州

图书在版编目（CIP）数据

我和我的野生动物朋友：2 /（加）查尔斯·罗伯茨爵士著；
江月译.—广州：广东旅游出版社，2019.7（2020.3重印）

ISBN 978-7-5570-1913-6

Ⅰ.①我… Ⅱ.①查…②江… Ⅲ.①儿童小说—长篇小说—
加拿大—现代 Ⅳ.①I711.84

中国版本图书馆CIP数据核字（2019）第135561号

我和我的野生动物朋友：2

WO HE WO DE YE SHENG DONG WU PENG YOU:2

◎出版人：刘志松 ◎责任编辑：梅哲坤 戴璐琪 ◎责任技编：冼志良
◎责任校对：李瑞苑 ◎设计：平平

出版发行：广东旅游出版社
地址：广东省广州市环市东路338号银政大厦西楼12楼
邮编：510060
邮购电话：020-87347732
企划：六人行（天津）文化传媒有限公司
印刷：天津旭非印刷有限公司
地址：天津市宝坻区天宝工业园宝旺道2号
开本：880毫米×1230毫米 1/32
印张：10
字数：215千字
版次：2019年7月第1版
印次：2020年3月第3次印刷
定价：39.80元

版权所有 侵权必究
本书如有错页倒装量问题，请直接与印刷公司联系换书。联系电话：022-22520876

序 言

每个孩子心中，都住着一个动物英雄

　　查尔斯·罗伯茨，被誉为"加拿大文学之父"，罗恩·皮尔斯奖的首位获得者，是加拿大英语文学史上四位"联邦诗人"之一，还被誉为"动物小说开山鼻祖"。

　　罗伯茨1860年出生于加拿大，童年时期大部分是在萨克维尔附近的韦斯陶克坦特拉曼的沼泽地中度过的，他的父亲是那儿的一位牧师。父亲在闲暇时经常带罗伯茨外出到沼泽地去踏勘并学习森林知识，因此他熟悉大自然里的一花一木和飞禽走兽，这成了他以后描写各种野生动植物的良好素材，也为他后来的动物文学创作打下了基础。

　　罗伯茨一生创作的动物小说作品多达七十多部，几乎每年都有动物故事新作出版，代表作有短篇故事集《野地的亲族》，长篇动物小说《红狐传奇》等。

　　在中国，很多人读过西顿的动物小说，但少有人知道，正是罗伯茨与西顿两人共同创立了"动物小说"这一独特的文学样式，两人也因此被誉为"动物小说之父"。同时，两人也都因其创作的动物小说名垂于世，并赢得了世界各地无数读者的赞誉和喜爱。

两人的作品中都流露出对动物的喜爱和对动物生命的尊重，区别就在于西顿笔下的动物充满了悲剧色彩，而罗伯茨怀着深切的同情，在不违背故事真实性原则的前提下更多给予了动物们以美好的结局。

中国著名动物小说作家沈石溪评价罗伯茨时曾说，罗伯茨的动物故事更有文学性，在关注动物精神成长，刻画动物心理层面，罗伯茨应该算是第一人。

很多人习惯上都把动物看做一种低级生命，把人类看做一种高级的生命，认为动物没有情感，这是一种误解。在罗伯茨的动物世界里，动物对我们而言是朋友一般的存在。读过他的作品，你会从心底里发出这样的喟叹——所有的生命都是平等的，都有生存在这地球上的权利，每个动物都是值得尊重的有血有肉的生命。

在罗伯茨的作品中，我们可以深入地走进动物世界，走进奇妙多姿的大自然。尤其是在今天地球生态环境恶化、野生动物面临生存危机的情况下，罗伯茨给我们提供了一个拉近与大自然距离的绝佳机会。

万物有灵且美，动物也是有灵性的生命，也应该被我们珍视和爱护。罗伯茨用他的笔为动物发声，让小说充满了人文思考和对生命的反思——对于青少年来说，没有什么比对美好人性的树立更重要的了。与此同时，这一个个鲜活动人的动物故事也告诉我们——地球是一个共生共荣的整体，只有学会包容、尊重自然万物，世界才能长长久久地存在下去。

作为公认的"加拿大诗歌之父"，罗伯茨笔下的动物世界充满了诗情画意般的场景，细细品读给人以欣赏油画般的感受。他对野生动物的描写也极尽深入，对于动物心理的描写更是细腻至极。跟随这套书，你将看到他笔下充满英雄气概的野生动物群像，例如充满人性的黑熊克鲁夫，狡黠的黄昏精灵帕克，聪明机智的海狸家族，勇猛无畏的荒原驯鹿，了不起的天鹅爸爸……

目 录

上部

上 部
SHANGBU

森林中的偷窥者

若说阳光穿透叶片在夏日花园里洒下的阴影是松软的，那么森林里的寂静就显得十分厚重了。它是危险的、神秘的，而且充满了未知。这样的寂静就如同一个玻璃泡泡，绷得又大又紧，就算只有一个很小的声音响起，都会把它震破，让它噼里啪啦地变成一地碎片。不过几百年来，这寂静的玻璃泡泡只是随着那些不时发出的声音不断变换着形状，却一点儿都没碎。

豹子遥远的咆哮声、空中传来的五子雀的啾啾声、一贯沉默的麋鹿在十月份对着满月才会发出的低吼声有时会在森林里响起，还有呼啸而来的穿过远处高山上的松树、桦树和铁杉树的风声。高山顶上稀薄的阳光穿透而下，无边无际的墨绿森林里有清新的空气在流动。倘若你并非这里土生土长的人，肯定会对森林里奇特的折射现象感到迷惑。面前的细枝看起来很遥远，远处的树枝却又变得近在眼前，距离感彻底被打乱了，你会开始怀疑自己的眼睛，即便看到的是原本非常熟悉的东西。

由于平日里走的人很少，凹凸不平的林间小路上长满了苔藓。若是伐木工人没有在沿路的树干上砍下几斧头做标记的话，人们根本无法看出这里还有条小路。小路爬上平缓的长长的山坡，溪水则从上面绕着石头流淌而下，水很浅，还未将坡上的石头淹没。虽然小路十分隐蔽，有时也还是有人来的。而一旦前人走过这条路，它就像被赋予了魔法一样，吸引后来的人前往。

有时候，熊妈妈克鲁夫会带着自己的孩子缓慢地走在这条小路上。它们一边吃着沿途美味的蓝莓，一边往上走。有时候，雄驯鹿十齿也会突发奇想地带领那些苗条的雌鹿们走在这条小路上，它们准备去魁达维克赤杨沼泽林的草原上寻找食物。

九月的一天，午后，寂静的森林好像期盼着什么。突然，呼啦啦地飞下来一只公鹧鸪，落在了小路的中央。它瞪着圆溜溜的眼珠子，伸长脖子看看左边又看看右边，然后跳到树上一动不动。它的颜色非常接近树上的菌类，不细看还真发现不了。没过多久，森林的寂静便被一阵靴子踩过石头的重重的嗒嗒声打破了。

一个大个子男人正低着头吃力地向山上走来。他头发花白，头上歪歪斜斜地戴着一顶破旧的棕色帽子，穿着灰色粗布衣服，皮带上挂着一把插在带流苏的刀鞘里的大刀，高低不齐的裤脚塞在沾满泥巴的靴子里。他的肩上扛着一把斧头，斧头柄上吊着个用一床花里胡哨的被子捆起来的大包袱，上面满是补丁。一截用报纸半包着的平底锅的黑色手柄从包袱的一边露了出来，包袱里面可能还装了一些罐子，随着他的走动不停地发出咣当咣当的声音。

戴夫·提图斯是一名捕兽人或者猎人吗？但他并未随身带枪啊！那他是一个住在村里或者小镇上的普通农民吗？那也要带上武器啊！因为走完这片森林需要一整天的时间，没人知道期间会碰到什么。原来，他既不完全生活在森林里，又不完全生活在森林外，因为他是一名伐木工。

　　整个冬天，他都在森林深处待着，和工友们挤在小木屋里，吃着豆子、热面包和咸猪肉。他每天都挥舞着斧头砍树，赶跑了林中的那些飞禽走兽。到了夏天，他会回到村里，耕种一小块田地。所以，当他走在森林里的时候，既不会想要捕杀动物，也不会觉得害怕。虽然这片森林很安静，却并非彻底与世隔绝，周围的村里生活着很多人。

　　由于长期生活在森林里，老伐木工的观察力十分敏锐。他从不会将白云杉、黑云杉和冷杉树弄混，还能一下子区分出白木树和皂荚树，灰桦树和黄桦树，甚至只需要看一下斧头印子上青苔边缘的形状，就可以知道这印子是什么时候在树上留下的。但是，此刻的他神情十分沉重，视线范围内只有各种树干、腐烂的树桩、盘根错节的藤蔓丛和青苔密布的小山丘。他觉得，这整片森林里只剩下他自己。

　　不过，他无论如何也想不到，其实一踏上这条小路就有无数双眼睛盯上了他。那些眼睛偷偷地注视着他的一举一动。有的目光中露出憎恨，有的带着害怕，有的则漠不关心，但这些目光有一个共同点，那就是不友好。而且那些偷窥者全都一动不动，屏息凝视，仿佛和这无边的寂静融为一体了，因为它们都不愿意被他发现。

　　那只去过村里的公鹦鸪知道人类很危险。尽管它很害怕，但它还是愤怒地注视着老伐木工。它心里想着：这人如此肆无忌惮地顺着小路走上山来，肯定没什么好事，那嗒嗒的脚步声听起来就非常危险。公鹦鸪害怕这个穿着灰色衣服的人要入侵它们的家园，因为要是哪棵高大的树木被他挑中了，一阵乒乒乓乓的响声之后，那棵树就会倒在烟雾中。公鹦鸪在树上隐蔽起来，但它灵动的眼睛却始终盯着陌生人的一举一动。

　　原本正在高耸的松树上跳来跳去的五子雀听到人的脚步声迅速停了下来，黑色的小眼睛里满是迷惑，因为它从没见过这种走得那么缓慢又那么笨重的动物，不过它下意识地觉得这是种很危险的动物。它从树干后硬生生地探出小小的方脑袋，看上去如同一截歪出来的树枝，又像一个随意写出来的字母"t"。当老伐木工往前走时，它悄悄地跟着从一棵树跳到另一棵树上，这样就不会将目标盯丢了。

　　同样感到好奇的还有两只田鼠，它们正躲在离小路不到一码①远的一片臭菘草的大叶子下面。它们吓得瑟瑟发抖，却始终目不转睛地盯着那个人。这两只田鼠挤得非常紧，胡须都能戳到彼此的鼻子了。戴夫越走越近，越走越近，它们吓得浑身战栗，两颗心一直怦怦跳，直到戴夫越过它们，慢慢地向远处走去。只要那双不长眼睛的脚踩不到它们身上，它们就绝不会发出任何动静——它们从小就明白，有时候为了活下去，一定不要动，一定不要被发现。

　　小路近旁有一棵铁树，一只野兔正在斜长出来的树枝下面蹲着。它的脚下是茶色的苔藓，耳朵紧张地贴在背上。它厌恶地看着戴夫，轻蔑地想：他走得那么吃力，弄出的声响也那么大，若是有敌人追上来，绝对跑不掉！这时，轻轻流动的空气带来了那人的气味。它灵敏的鼻子马上嗅到了这股恶心的气味。接着，它突然将身子缩起来，用力地嗅了嗅，空气中出现了另一种气味，是鼹鼠！

　　对野兔而言，这就是死神的气息，不过幸好这股味道很快就消失了。野兔一下就找到了原因。那只鼹鼠不同于森林里其他一动不动的动物，

---

① 1码≈0.9米。

它竟然在奔跑。它始终在离小路约三码的丛林里跟着那个人向前跑。它的毛色与四周完全融合，动作就像影子一样轻，所以那个人完全没有注意它。它的眼里充满了仇恨，死死地盯着入侵者，那恶意好像能把那个人给烧焦。

老伐木工对此一点感觉都没有，对他而言鼹鼠实在太小了——尽管鼹鼠充满了敌意，但力量和个子实在微不足道——否则老伐木工肯定要死在这里了，那花里胡哨的包袱也会掉在小路上，成为老鼠们嬉闹的乐园。

突然鼹鼠闻到了水貂热烘烘的气味，马上厌恶地掉头离开，不再继续跟着老伐木工跑了。它不喜欢水貂，但是它非常好奇，这个吃鱼的家伙为什么要跑到离水这么远的地方？不过它倒是完全不害怕，鼹鼠可能是所有动物里胆子最大的。但是，这时它还是很谨慎，因为水貂的体型是它的三倍，而且非常凶残。

路边歪歪斜斜地长着一棵古老的蜡树，树枝上满是苔藓。一双浅绿色的眼睛从树后面露出来，细长的瞳孔正悄悄地盯着老伐木工。毛茸茸的圆脑袋一半露在外面，一半紧贴在树干上。两只尖耳朵紧紧地向后贴在头上，锋利的爪子用力地抓进树皮里。野山猫明白，没有一种动物能够战胜人类，它听它的远亲们说过——那些早就被人驯服的远亲们只会整天无所事事地在灶台和门槛上躺着。它很想跳出去将那个人的脖子咬断，此刻那脖子就露在花包袱和棕色帽子之间，不过野山猫可不会贸然动手做没把握的事。自然，老伐木工根本没有察觉在自己脖子上留连的绿色目光。

老伐木工继续笨重地向前走。小路近旁的烂木桩中间有个黑乎乎的洞穴，那里也有一束与众不同的目光在注视着他。黑熊克鲁夫正摇晃着笨重的身子蹲坐在凉爽的阴影里，它时不时地伸出手，赶走鼻尖上可恶的蚊子。这个季节它没有生宝宝，日子过得悠闲又轻松。它已经这样舒舒服服地摇晃了快一个小时，心里什么也不想，愤怒啊、恐惧啊、欲望啊，此时都离它很远。听到公鸸鹋发出的警告，以及靴子发出的嗒嗒声时，它马上停下一切动作，伪装成一截粗壮的树桩。

它小小的红眼睛注视着那个陌生人，与众不同的光芒在里面闪烁。它曾经见过人类，既不讨厌也不害怕他们。它只是不想引起他们的注意，不想惹麻烦，所以遵守了森林的规矩，保持一动不动。其实，熊和人非常接近，它们吃苦耐劳、多才多艺、随遇而安，而且它们还非常幽默，这可是人类独有的才华。

克鲁夫的记忆力很好，一下子就想起这个穿着灰色粗布衣服的人是一个伐木工。他们的营地离魁达维克很近，它去年冬天从那里偷了很多美味的猪肉。一想到猪肉，它特别激动，不过一动就不是烂木桩了，于是它又拼命压制住内心的激动，以及它异想天开的好奇心。它很想一把将他的花包袱抢过来，看看里面是什么，就算没有猪肉，也一定有些有意思的小玩意儿。直到老伐木工沿着小路越走越远，在小山坡后消失，它才小声地咕哝了几声，然后继续专心地去打蚊子了，蚊子实在太喜欢它柔软的鼻尖了。

一路上遍布着躲在暗处的偷窥者，它们悄悄地注视着这个森林的入侵者。他的一举一动都无法逃过那些眼睛。可是，若是他知道去年山的那一边来了两只豹子的话，就不会这么毫无防备之心了。他就会一路挥舞着斧头，仔细观察每一根悬在半空的树枝。戴夫•提图斯可是非常清

我和我的野生动物朋友 ❷

楚那黄褐色的豹子有多可怕，巧的是，它们刚刚去魁达维克那边的山谷
觅食了。

　　各种目光包围着老伐木工，就连头顶的老松树后面也有八束带着威
胁的光射出——四只小松鼠正头挨头凑在洞口，如同挤在幼儿园窗边一
般。它们十分好奇地打量着他：他走得可真是又笨重又奇怪啊。它们从
未去过村里，也根本不认识人类，否则肯定会叽叽喳喳地尖叫起来。松
鼠本就话多，但它们在森林里必须学会闭嘴，否则就是死路一条。当老
伐木工走向远处以后，四个小脑袋埋进麝香味的棕色窝里，低声地耳语
起来。

　　伐木工接着往前走。小路慢慢变宽，路边散落着长满青苔的鹅卵石，
夕阳穿过绿褐色的树林，将一束白光投在他前面。

　　渐渐地，空气中树皮和浓雾的辛辣气味散去了，出现了一股莎草的
柔和香气。老伐木工走出森林，来到了一个湖水如珍珠般洁净的小湖边。
湖的一边遍布着绿油油的莎草，另一边在苍白天色的映衬下显得越发黑
暗而幽深。一块黑色岩石在草丛中凸起来，如同一座光秃秃的小岛。岩
石后是波光粼粼的水面，一只黑色的潜鸟正安静地在上面漂浮。

　　但当潜鸟留意到伐木工的花包袱时，吓得马上半沉到水里，只将长
脖子和尖脑袋露出来。它张嘴尖叫了一声，这突如其来的叫声将森林无
边的沉默打破。这叫声是在向其他生活在湖里的动物发出警告。潜鸟见
过人类，而且很鄙视这种动物，也很喜欢笑话他们。它不把任何事物放
在眼里，包括那细长的会冒烟的黑色管子。有一次，在村旁的湖泊里，
在那管子闪光的瞬间它潜到了水下，顺利地躲过了从里面射出来的子弹。

　　老伐木工完全没留意那只鸟，他走得越来越快。湖边的小路到了山

坡上变得有些陡峭。岩石后面有一条潺潺流淌的小溪，水面上泛着一圈圈涟漪。岩石一端伫立着一棵被闪电击中而烧焦的松树，残破的树顶是白头鹰的窝。白头鹰的头看上去很像一条蛇，它伸出头，挑起眉毛，黄色的眼睛向下注视着这个陌生人，目光凶残而锐利。它的嘴如同一把尖尖的镰刀，它冲他尖叫了两三声，每声之间都特意停顿了一下，好像在警告他千万别轻举妄动。直到他再次走进幽暗的森林里，这只白头鹰才获胜般骄傲地拍了拍翅膀。

小路绕过小溪，来到了一片加拿大香脂树林，浓浓的香气在四周弥漫，潺潺的溪水声渐渐远去，森林恢复了之前的寂静。老伐木工更专心地向前行进，对周围的一切越发不关心，但是那些在树枝后和灌木间隐藏的目光依然警觉地盯着他的一举一动。

突然，眼前豁然开朗，他终于走出了森林，来到一片荒芜的空地前。他绕过烧焦的树桩，踩过黑莓和树莓交织的藤蔓，穿过深红的野草地，总算走到了之前无意间发现的孤零零的小木屋门前，将肩上的包袱放了下来。

空地中的小屋

　　空地北面是一片黝黑粗壮的云杉林，而其他三面则什么都没有。小木屋就这样突兀地伫立其间。小木屋是由许多粗壮的木桩搭建起来的，成串剥落的树皮寂寞地在风中飘荡，上面没有一丛灌木、一棵树苗。地上长着几株浅绿色野草，高高矮矮的，还顶着灰白色的稀稀拉拉的草穗。一扇简陋的软木板门半开着，吊在合页上。门槛裂开了一条大口子，腐烂处长出了一小排野草，现在被老戴夫的包袱压得东倒西歪。两扇小窗户的玻璃也都破了，厚厚的蜘蛛网上满是灰尘以及干枯的昆虫尸体。屋檐是用两层雪松树皮搭起来的，很宽，也很结实。

　　离小木屋三十多步远的地方还有另一间比这个还要低、还要矮，搭得也更粗糙的小木屋，连屋顶都已经塌了一半。它南边墙上还靠着一间摇摇欲坠地用交错的云杉树枝和一根柱子撑着的小谷仓。谷仓的位置并非特意选的，可能刚好山地中有块平地，于是就被建在这里了。

　　周遭遍是灰色的高高的野草，很多年前它们的种子从谷仓的缝隙里漏了出来。两间小木屋中间有一片车前草，大概离主屋几码远，上面都是腐烂的木屑，那是粗野的村里人驾车经过这里时留下的。谷仓外放着一辆坏掉的长橇车，生锈的铁橇缠进了轮子里。很多已经劈好的柴火堆在空地上，上面还有着崭新的劈砍的痕迹。

无尽的孤寂感令人沮丧，戴夫长长地叹了口气。遍布野草的土地上已经很长时间没有种过庄稼了，东一块西一块地长着深红色的野草和金色的秋麒麟草，还有些高高矮矮的树桩。在他看来，这样灿烂的颜色好像长错了地方，尽管它们看上去柔和又温馨，但只会衬托得孤独感更强烈。他在自己的斧头上靠着，大拇指随意地指着前方。

"就是这里了！这就是你的农场！"他这样说着，语气里带着些许不赞同，"我得先干活儿了！不过克里斯蒂·凯瑞格的力气堪比十个男人！"

他推开半开着的门，往上托了托门板，正了正合页，然后偷偷看向屋里。一只家燕拍着翅膀从破掉的窗户呼啦啦地飞了出去。

小木屋共有一大一小两个房间。小房间的天花板上有个小阁楼，差不多和屋檐一样高，开口处对着大房间。大房间没有天花板，可以看见用树皮和树枝做的屋顶。弯弯的石烟囱砌在山形墙上，下面是宽大的灶台，不过炉子已经生锈了，吊钩也要掉下来了。窗户下面的墙上有一排置物板。顺着灶台方向，屋子的中间有一张小桌子，桌腿牢牢地钉在地上，桌面是用两块木板拼成的。离烟囱稍远的墙边有一张空空的木床，确切地说，是一个长方形的箱子，干燥的红色云杉和铁杉树枝只在上面铺了一半。地上到处都是从灶台上吹下来的炉灰和干枯的树叶。

老戴夫走到跟前扫了那床一眼，床上的云杉枝都被扒到了一边，好像并不希望有人睡在上面一般。

"克里斯蒂就要在这上面睡呢。"他低声自语道。然后，他放下包袱，开始整理起灶台来。很快，许久没用过的老烟囱又充满了熟悉的令人安心的热气。

太阳快落下去了，老伐木工的肚子也饿了。他将那脏脏的花包袱解开，熊妈妈克鲁夫之前的猜测是正确的，里面的确装着一小块腌过的猪肉。这块肉红白相间，在平底锅里发出滋滋的脆响，于是，久违的香气从墙到天花板，弥漫在整间屋子里。

吃过面包和煎猪肉，他点燃了黑黏土做成的烟斗。空地上的小屋被孤独的暮光笼罩着，他走过去锁门，天上零星地挂着几颗星星，白色浓雾在森林的边界处腾起，仿佛要将他与世隔绝了一样。他放下门闩，将门锁上，接着把一根干树枝扔进灶台，微弱的火光将屋子照亮了。

他不舍得烧柴，想把柴火留给克里斯蒂用。他把嘴上的烟斗拿下，敲出烟灰，在袖子上擦了擦，接着放进口袋，又将笨重的靴子脱下，钻进花被子，舒服地倒在木床上。他根本不介意之前睡在这张床上的是什么东西。他一躺下来，就听到阁楼上有老鼠跑来跑去，这声音让他感到心安，于是不一会儿就睡着了。白天的长途跋涉实在太累了，他睡得非常沉。微弱的火光一点点熄灭，只剩下一堆漆黑的木炭。

过了大约一个小时，老戴夫一下子坐了起来，完全清醒了。他也不明白自己是怎么回事，他什么声音都没有听到，也并不觉得害怕——他丰富的经验锻炼出来的直觉一点波动都没有。不过，他就突然非常警觉地醒了过来。好像有宵小之徒溜进了小屋，他的第一反应是从床上跳起来准备察看。不过，在森林住了几十年，这时另外一种本能占了上风，他像这天白天森林里的那些动物一样一动不动，只是悄悄地观察着。

他在黑暗中望向窗户，想看看外面有没有什么身影。想到这里，他不禁笑了起来，因为森林里所有的动物——即便是凶猛的豹子——也不会傻到从那扇小窗户爬进来，这间屋子里可是充满了人类的气息。

他一动不动，只是将耳朵竖起听着外面的动静，这是跟森林里那些鬼鬼祟祟的邻居学的。老鼠也停下来不跑了。屋里没有一丝风，但黑暗里却好像有数不清的耳朵在偷听。而此刻，小屋的门慢慢地、轻轻地响了一声，仿佛外面有什么笨重的动物，正试图轻轻地推开门闩。老戴夫悄悄伸出手，将靠在床头的斧头把儿握住。门没有被推开，外面的声音好像也消失了。很快，一阵轻轻的剐蹭声从屋顶中央传来，然后是爪子在树皮上轻轻移动的声音。

老戴夫有点疑惑，那长着爪子和肉垫的动物是如何不声不响地爬上屋顶的呢？过了好一会儿，他只听见了轻轻的脚步声，其中夹杂着嘴巴撕咬和爪子抓挠的声音。那动物从屋顶爬上跳下了好几次，接着突然停下来，一声长长的刺耳的叹息声从薄薄的天花板外传来，然后是"砰"的一下落地声。

老戴夫的定身咒消失了，他赶紧从床上爬起来。

"它跳下屋顶了！山猫，也或许是猞猁，不可能是豹子，周围没有豹子。不过听声音应该是一只笨重的大猫！"他一边喃喃自语，一边提着斧头走到门边，勇敢地将门打开，看着黑漆漆的外面。

外面雾气很重，森林的凉意在空气中弥漫着，让人越发觉得孤独。他没看到什么会动的东西，也没有听到什么声音。他耸耸肩，转身把门重新锁好，仔细地检查了一遍，才又倒在床上沉沉睡去。直到一线淡玫瑰色的日光从破碎的窗格照进来，他才醒过来。

他走出屋门。冰冷的白色浓雾将空地笼罩起来，野草尖上还挂着大颗露珠。他发现地上的碎木屑全被弄乱了，然而并不能看出明显的脚印。他顺着那条野草遍布的小路，绕过那棵小桤木，直到走到溪水边才找到了一些痕迹。脚印从溪水边一直延伸到森林里才消失。根据多年的经验，他已经知道它是谁了。从小路上被压弯的草和蹭掉的露水可以看出，那是只个头很大的动物，所以行走时才会与地面如此贴近。

"豹子！"他皱着眉头自言自语，眼神中闪过一丝担忧，"希望克里斯蒂随身带着枪！"

一整天老戴夫都在修理小木屋和谷仓。他把破屋顶补好了，又修了窗户，整理了屋门，用新鲜的绿云杉树枝重新铺好了大间的木床和小间的两张床，把谷仓修葺了一番，还劈好了一大捆柴，又清理了溪水，不过谷仓后面那破烂的羊圈他可没有去修。

他告诉自己："这儿可有豹子呢，我想克里斯蒂绝对不会养羊了。光照顾那些小动物就够她忙的了。"

戴夫所说的"小动物"是克里斯蒂·凯瑞格在村里养的两头小公牛和一头奶牛。他知道，她一定会带着它们一起到森林里来。

夜晚降临，这间孤独的小木屋总算有点家的样子了。检查完锁好的门，老戴夫躺在木床上，伴着新鲜树枝的香气，安睡到天亮。整个晚上，蝙蝠在屋檐边飞上飞下，老鼠在阁楼上不停地跑动，长毛的野兽在屋顶跳上跳下或者靠在门上，不过这些都没有把老戴夫吵醒。动物们终于知道，人类已经重新接管了这片空地，这个消息迅速传遍了森林。

　　第二天早上，戴夫认真检查了空地的边界，他正盘算着要用哪种灌木和树桩为克里斯蒂修一排篱笆。他估算着土地的面积，发现棕色的土壤原来十分肥沃。他一个人默默地思索着这些。其实他并不是孤身一人，那些在古老森林边缘躲藏的大大小小的或胆怯或凶残的眼睛，一直在用审视的目光盯着他。

克里斯蒂一家的到来

这天下午，克里斯蒂·凯瑞格到达了森林，她搬来了整个家。

最先是一串低沉的铃铛声从小路上传来。老戴夫把斧头扔下，慢悠悠地走过去迎接克里斯蒂。然后传来一个小男孩稚嫩又威严的声音："驾！光芒！驾！星星！"森林尽头，一队人马从树顶形成一道绿色的拱门里走了出来。

领头人正是克里斯蒂·凯瑞格，她是个高个子的女人，手脚修长，步伐十分坚定。她头上裹着一块鲜红色的头巾，穿着蓝灰色的粗布衣服，牵着一头长着黑白斑点的温顺的奶牛。一个戴着宽檐草帽、穿着粉色印花棉布裙的小女孩蹦蹦跳跳地走在她的左手边，草帽已经飞到了女孩的脑后，幸好脖子上的蝴蝶结拴住了它——这就是米兰达——克里斯蒂五岁的女儿。一路上米兰达几乎都骑在牛背上，如今，快到新家了，她非常兴奋。

奶牛后面紧跟着两头公牛，眼神非常温和，长着长长的角。浅栗色那头是光芒，身上少见地长着红黑色斑点的是星星，它的额头中间还有一块星星形状的白斑。光芒和星星跌跌撞撞地拖着一个简陋的"拖车"，上面捆着克里斯蒂的所有家当——没错，就是那些小小的包袱。

挨着星星走的小男孩——小戴夫是从村里来的，他身材瘦弱，长着亚麻色的头发，手里握着一支赶牛棒，圆圆的红脸蛋上显出无可奈何的不满表情。他喜欢克里斯蒂，而且全然信任她，所以非常爽快地答应她，接了帮她搬家这个活儿。但是别人都不同意他接这个活儿。尽管村里的人不太喜欢克里斯蒂，但也认为住到森林里是非常危险的事。

人们都说她真是疯了，事实上她只想远离那些她不喜欢的和不喜欢她的人。而小戴夫正处于开始在意别人看法的年纪，对于自己突然变成他人谈笑的话题，他感到非常不自在。小戴夫能够想象出村里那些自以为是的人会如何议论这件事，不过不管怎样，他还是非常乐意帮助克里斯蒂的，因为他是个无畏而坚定的男孩。尽管她看起来确实有点奇怪，但他依然把她视为真正的朋友，对她非常忠诚。不过他也对克里斯蒂搬到小屋去住的这个决定持反对态度。

倒是他的爸爸老戴夫，是仅有的一个完全支持克里斯蒂的人——早在克里斯蒂还是个小女孩儿的时候，老戴夫就认识她了。他明白她忠诚、勇敢、沉默和坚韧的内心，所以支持她离开村子。她平时总是很沉默，不免让人觉得太骄傲，再加上遭遇的不幸，人们对她始终带有恶意——只要她在村里生活，就无法避免这样的伤害，甚至还会不断持续。

这时，克里斯蒂正伫立在暮光笼罩的萧瑟的空地上，寂寞的神色浮现在她黝黑的脸庞上，这样的寂寞是难以用言语表达的。如果见到她现在脆弱的样子，即便那些不喜欢她的人也会心软。过了很长时间，她才恢复了平时坚毅的表情，嘴角向上弯，微笑了起来。她嘲笑自己为何变得软弱了，还抬手在头上挥了挥，好像在把脑袋里那些奇怪的思绪赶走。

然后，她伸出手默默地跟老戴夫打了个招呼，老戴夫走过去抱起活泼的米兰达扛到了自己的肩膀上。一队人慢慢地走上斜坡，好半天都没人说话，他们都是不善言谈的人，所以和村里那些多嘴多舌的人很难相处。

穿粉色小裙子的女孩在老戴夫的肩膀上扭来扭去，米兰达大声喊着："戴夫叔叔，把我放下来，我要摘些漂亮的花儿送给妈妈。"随即，她高兴地向那些深红色的野草扑去，很快就摘了好多，抱在怀里跟在队伍后面蹒跚地走着，长长的草柄也随之一摇一摆的。

一行人走到小木屋的门前时，戴夫转过身来，非常郑重地说："我可是尽力了，克里斯蒂，你们在这里住着也不错，不过会很孤独的。"

"非常感谢你，戴夫。不过我们不会孤独的，我和米兰达可以相互为伴。"

"而且这周围有豹子，你得有把枪啊，克里斯蒂，我和小戴夫下周出去给你带点东西来。我想，最好给你弄把枪。"

"啊，戴夫，我们一定会非常想你的！"克里斯蒂看着小戴夫柔和的脸说道。他正靠着星星斑斑点点的肩膀站在那儿，"但是我可不怕豹子，别提枪的事儿了，我如今不想要枪，我根本不会用啊！"

"这一路上我可没见过她怕什么。"小戴夫钦佩地小声嘀咕。

克里斯蒂黝黑而坚毅的脸一沉。

"我有怕的东西，戴夫，"她说，"那些恶毒的闲话就是我最害怕的。""好了，我的小女娃，如今，你已经远离他们了。"老戴夫说着。想到村里那些此起彼伏的闲言碎语，他饱经风霜的脸上浮起一层淡淡的怒气。

这时响起了米兰达小小的声音。

"噢，戴夫！"她一边喊着一边高兴地抱着男孩的腿，"快看呀！那里的大狗多么漂亮！"顺着她棕色的小手指看去，只见远处空地边缘有一堆大大小小形状各异的木桩。她睁大了棕色的眼睛，开心得手舞足蹈。其他人仔细地看了看，却不明白她为何如此高兴。

老戴夫说："她或许看到了一只熊吧，但是我可没看见。""周围肯定有很多熊吧？"克里斯蒂一边漫不经心地说着，一边观察着别的地方。

"那里没有熊，"小戴夫根据自己这些年的经验信心十足地说，"那不过是树桩。"

"是大狗！妈妈，我想要那只大狗。"米兰达尖叫着，想跑过去，但是克里斯蒂用力抓住了她的肩膀。

克里斯蒂轻轻地对她说："宝贝，那里没有大狗。"老戴夫机警地看了看附近，依旧什么都没看到，他皱着眉头大声说："哦，米兰达，你这个小淘气可别傻了。我跟你说，那里什么都没有，只有一些树桩。"

可是小孩子的眼睛多尖，观察力多强啊！尽管她看上去相信了大人的话，乖巧地抱着野花走进了小木屋，但是她明白自己看到的并非什么树桩。而母熊克鲁夫原以为自己纹丝不动地坐着，看上去和周围的木桩没有区别，但是它知道其实那个小女孩已经发现自己了。它看见了米兰达那双能将一切看穿的难以被蒙蔽的双眼。

之后的两天里，戴夫父子留在这里帮克里斯蒂收拾房子。牛儿在草地上吃草时，悦耳的叮叮当当的铃声就会在空地上响起。空地边缘也再度响起了砍柴的声音，各种忙碌的声响回荡在秋天的空气里。需要钉上很多篱笆，还得搭配着种植灌木和树苗，有的地方要高，有的地方要低，这样才能把克里斯蒂的"小家伙"们关住。它们太小了，一跑出去就没法再回来了。

过了两天，戴夫父子扛着斧头离开了。孤独感在这块三角空地上弥漫，一开始就给了克里斯蒂当头一击，而她此刻不得不挺直肩膀去面对这一切，她和米兰达在这里开始了安静的新生活。不过这种安静持续的时间并不长，老戴夫每周都会过来一次，给她们送些干草、树根和别的御寒的东西，以及大捆的粗毛线，这样一来，在漫长的冬夜里克里斯蒂就不会无事可做了。

克里斯蒂对新生活适应得很快，毕竟这是她自己勇敢做出的选择。她学会了使用斧头，并且整个秋天都把篱笆维护得很好。她还学会了种田，在下雪之前，她把十公顷左右的荒地翻耕了出来。经过冬天的霜冻后，那些棕色的犁沟会在来年春天变得更加肥沃。黑白斑点的奶牛也一直都在产奶，充沛的奶水可以持续供应到产犊前两个月。

两头小公牛对这片老草场的草非常适应，所以长得很好，干活也非常卖力。低沉而温馨的奶牛铃铛声一天从早到晚都在响，有时候夜里还在牛棚里响着，这样的声音让她感到十分安心。生活在村里的时候，她脸上的表情总是紧绷的，而如今，她的嘴角和眼角已经出现了柔和的线条。因为这里平静的新生活，她的脸上总是带着巨大的满足。

七年前的那个夜晚，克里斯蒂·凯瑞格（那时她的名字还是克里斯蒂·麦克阿里斯特尔）走进了街对面的杂货店，那里同时还是邮局和村子管理人员的办公室。杂货店的角落里有很多写着人名的信箱，上面满是灰尘。店里有些闲逛的人一会儿挑挑钉子桶，一会儿又看看肥皂盒。克里斯蒂微微点头冲他们打了招呼，就走向了柜台。她想买点糖浆。可是，正当她把蓝色罐子递过去的时候，一个陌生人走了进来。

她马上注意到了他，其实不只是"注意"，一贯端庄忧郁的克里斯蒂，以前从未对哪个男人的脸看过第二眼。而现在当这个陌生男人的目光不经意地从她身上扫过时，她突然浑身变得忽冷忽热的。她听到他说要住宿，他的声音非常疲惫，而且这种口音一听就不是村里的人。她连着看了他两眼，接着忍不住又看了一眼。他看起来似乎生病了，这让她觉得很心痛。

有那么一瞬间，他也在看她。两个人的目光交织在一起时，她立刻红了脸，急忙抓起自己的糖罐子，逃也似的从小店里冲了出去。店里的人没有发现她的失态，因为他们全都在看那个陌生人。但是他看到了，心里一阵高兴。他从未见过如此漂亮又神秘的姑娘，鲜红的头巾系在她乌黑的头发上，美得如同一幅画——她的美丽将他内心的那个画家梦唤醒了，他恨不得立刻拾起画板和画笔进行创作。

其实弗雷格·凯瑞格并不会画画，不过当这样的心情紧紧抓住他时，他就仿佛是一位画家。而当另一种心情产生时，他又变成一位音乐家，有足够的热情去克服自己的懒惰。有时，他也能变成一位诗人。他做事很有冲劲，却缺乏坚定的意志、恒定的目标和长久的耐性。他很富有，所以不需要工作，可以到处游玩。因为年少轻狂时肆意地挥霍青春，他把身体搞差了，听说北方云杉林中香甜清新的空气有益健康，他就抛下了花花世界，来到了这个偏远的村子，希望可以在这儿养好身体。他身材修长，身高和克里斯蒂差不多，平日里也算精力充沛、身手敏捷。通过他的表情和动作还可以看出他具有良好的教养。他长得很英俊，黑色的长长的睫毛，灰绿色的眼睛，目光清澈而深邃，交织着真诚和善变，也闪烁着好奇的光芒。他脸色苍白，深色的浓密的胡须修剪得尖尖的。他的头发十分浓密，发色是少见的深黄褐色。

乡村清新的空气对肺部疾患的疗养效果非常好，他在这里生活了一个月，感觉无比的快乐。这段时间里，他令克里斯蒂·麦克阿里斯特尔芳心暗许。在她看来，他十分完美，而他觉得她的一切都很神秘，即便是那奇怪的语法和口音，都让他疲惫的心灵感受到了一种原始的新鲜感。在这个地方，在这荒蛮的世界里，他的生活重新变得有意义，他真的可以画画、写诗了。

每周，送信的邮车都会来村里两次。有一天，他和克里斯蒂坐上那嘎嘎作响的老邮车离开了村子，过了十天才回来。那时，两人已经结了婚成了夫妻，但是，村里的人对此并不感到惊讶。

没过多久，他们的女儿出生了，那就是有着大大的眼睛的小天使米兰达。那一年，弗雷格·凯瑞格一直在村里待着，看上去特别满足。他爱克里斯蒂，尊敬她，体贴她。克里斯蒂也非常聪明，很快就跟他学会了标准纯正的语言，这让他感到很骄傲。直到有一天，他开始变得烦躁，说起了他城里的生意，说离开了这么长时间不能再不管了。克里斯蒂听他说到这些心里有点担忧，不过她不能拒绝他如此合理的要求。于是，他又一次坐上老旧的邮车离开了，留下克里斯蒂黯然神伤。

他一去不回，也没有任何消息。从此克里斯蒂备受煎熬，伤心至极，托人去沿海各个城市寻找，可他就如同人间蒸发了一样。如此过了好几年，那些原本非常善良的人慢慢开始将这不幸视为罪恶。有人开始造谣说那个男人骗了克里斯蒂，人们暗地里议论说也许他们压根就没有结婚，还有人说，"她觉得就凭她那个做作的样子，能将一位绅士的心拴住吗？"

　　由于气质出众，克里斯蒂一直就不被众人喜欢。她婚后的生活又那样幸福，再加上从弗雷格·凯瑞格身上学到的得体的谈吐，更使得她成了大家嫉妒的对象。然而，如今她的幸福生活已经消失了，有人就说那是她自找的，谣言越传越盛。之后的几年，因为村里没有再发生什么能够作为谈资的事，所以人们依然添油加醋地议论克里斯蒂的家事。而且由于最近发生了一件大丑事，各种谣言又开始疯传。有人说上帝狠狠地惩罚了克里斯蒂，而他们这些人拥有纯洁的灵魂，是和上帝同一战线的。倘若上帝朝一个地方扔一块石头，他们马上朝那里扔上三块。

　　这件事一点事实依据都没有——有人从别人那儿听说，有个人在城里看见了弗雷格·凯瑞格，到底是哪座城市，人们众说纷纭，不过很快大家就故意忽略了这个疑点。一个女人补充说他肯定是和一个美丽的女人一起乘坐着疾驰的马车，还有穿着制服的车夫和男仆随行。经过各种添油加醋后，这件事俨然成了无所事事的乡下人最感兴趣的话题。

　　克里斯蒂一听就明白那是捏造的，但是骄傲的她不屑于对这荒谬的谣言进行反驳。为了女儿，她一直默默忍受着，忍到脸上长出了皱纹，黑色的眼睛里满是怒气。她开始害怕自己会忍不住做出伤害那些人的事。因此当她听说森林空地里有间废弃的小木屋后，马上把房子卖掉，逃离了那些恶毒的谣言。

鬼鬼崇崇的跟踪者

新生活伊始，米兰达便喜欢上了这里。克里斯蒂喜欢这里是因为它的平静能够抚慰自己的心灵，但是天性淘气的孩子喜欢这里，却有更积极、更深刻的原因。对于米兰达来说，这里一点儿也不冷清，她的大眼睛能看见妈妈看不见的东西，但克里斯蒂不许她靠近森林边缘，尽管她觉得那里有许多她喜欢的小伙伴在等她。她只能与那头黑白花纹的奶牛以及两头公牛说话。克里斯蒂发现，当米兰达坐在那些动物旁边小声说话的时候，它们就那样一动不动地听着，连草都不吃了。星星，那头身上长着红黑色斑点的公牛，有时候还会像小狗一样跟着她，如同被她神圣的眼睛催眠了一样。她偶尔双眼会突然发光，发出很轻但很尖的笑声。星星就会甩甩尾巴，不满地哼一声，转身接着吃草去了。

小屋的屋檐下有一个洞，那成了一窝红松鼠的家，在戴夫和他的儿子离开后不久它们就搬到了这里。四只小松鼠都觉得，克里斯蒂尽管个子高大，但并不会作出伤害它们的事，而且因为有她在，它们的敌人是不敢来这里的。而对米兰达它们则有一种莫名其妙的亲切感，两个松鼠家长会在屋顶边缘跳来跳去，探出脑袋，将眼睛睁得大大的到处寻找她，一看见她就开心得直摇尾巴，尖声和她说话。下面的米兰达也会兴奋地跳起来，点着头，摇着手，尖叫着和它们打招呼。

与对牛说话时相比，她对小松鼠说话的声音要尖得多，不过小松鼠们非常喜欢她这样。她搬到这里才一个星期，就已经被它们当成了自己人。小松鼠们会从她棕色的小手上抢面包吃，害怕时还会扒着她裙子往她肩膀上跳。

慢慢地，它们也把克里斯蒂当成了朋友，因为她是米兰达的妈妈，对米兰达来说她很重要。

小松鼠们住进来不久，米兰达就觉得自己那淡粉色印花棉布裙和小屋的风格十分不搭，于是她让克里斯蒂把裙子藏在了门后面的松木箱子里。她如今更愿意穿朴素的蓝灰色粗布衣服，认为这样穿才与这里的安静相称。但是，米兰达的内心还是有点纠结的，所以她还是将一枚小小的红色蝴蝶结戴在了脖子上。

克里斯蒂被她的小心思逗笑了，自己不也在头发上戴了个红头巾吗？米兰达的头发看起来和妈妈的一样都是黑色的，但在阳光下她的头发其实是黄褐色的，很显然这遗传自她的爸爸——那个人人皆知的弗雷格·凯瑞格。

很快，秋天就过去了。森林里那些沉默的动物，一直无比好奇又小心翼翼地观察着她，看着她在妈妈修篱笆时一个人独自玩耍。它们明白了米兰达并不会伤害它们，也惊讶地发现她能看穿它们，而克里斯蒂就不行。很多时候，当米兰达指着森林里的小动物给妈妈看时，克里斯蒂却看不到，后来米兰达就不再提这件事了。那些最初不喜欢被看穿的动物们在明白米兰达不会伤害它们以后，也就放心了。

有时候，这个蓝灰色的小身影会跑到森林里，在某处停下来，学着那些山猫啊、猞猁啊、松貂啊、野兔啊的样子一动不动地躲起来，但是她脖子上鲜艳的红色太明显了。对此森林的动物们都觉得很纳闷，它们非常清楚——这个安静的小家伙并不在森林里居住，而是和那个戴着红头巾的女人住在一起，她的斧头声让整个森林都不得安宁。而克鲁夫对那抹红色非常好奇，有一天，它想看个究竟，于是走得比平时更近一点。米兰达自然看见了它，一门心思想和这只"大狗狗"玩。克里斯蒂当然也看到了克鲁夫，因为它离得真的太近了，而且身躯如此庞大。

克里斯蒂·凯瑞格第一次感到了恐惧，不是为了自己，而是为了米兰达。她一把将米兰达拉到身后，紧握着斧头，威严地站着，静静地等着对方发起进攻。她大大的黑眼睛紧紧盯着这个入侵者，内心感到非常不安。不过克鲁夫刚愉快地饱餐了一顿，肚子里塞满了熟透的莓果、甜树根和蜂蜜，所以它现在什么也不想，于是它又懒洋洋地走回了森林。克里斯蒂松了一口气，轻轻地笑了起来，她把斧头放下，把身后的孩子抱在胸前，然而米兰达却失望地痛哭起来。

"妈妈，我想要它，"她一边啜泣着，一边说，"那只大狗，你吓跑了它。"

关于那只"狗"的事克里斯蒂已经听烦了。"听着，米兰达，"她轻轻地晃了晃女儿的肩膀，严厉地说，"你要认真听我说的话并且把它记住。那不是一只狗，那是一头熊，一头熊！你知道了吗？你绝不能靠近它，它会吃掉你。米兰达，你必须给我记住，否则看我怎么收拾你！"

克里斯蒂一想到倘若米兰达独自遇到这头大熊还想带它回家玩耍的情景，就害怕得直哆嗦，脑子里一片空白，完全没有了平时的镇定。而米兰达尽管嘴上答应了要听妈妈的话，心里却悄悄盘算着有关那只大

"狗"的事。她很清楚那个漂亮的动物压根就不打算吃她，妈妈也是为了保护她，但是妈妈定的那些规矩都太不合情理了。

因为这件事，之后的两天米兰达过得都很郁闷。森林里的那些小动物们总是好奇又小心地悄悄看她，所以她很想去跟它们说话。但是妈妈现在总是把她带在身边，她根本没有办法过去。她只能对黑白花纹的奶牛、那两头公牛和叽叽喳喳的松鼠们说那些连妈妈都理解不了的事。

冬天到了，皑皑的白雪无声无息地盖住了孤单的小木屋。米兰达在这个冬天遇到了好几件事。下雪前，克里斯蒂拾掇了破羊圈，把它变成了鸡窝，养了一只漂亮骄傲的红色大公鸡和六只温顺的母鸡。这只趾高气扬的公鸡不讨米兰达喜欢，但是无聊的时候，米兰达也会跑到鸡窝的角落里去捡那些母鸡下的蛋。每场雪后，她们都会马上清理空地上的几条小路，比如从小屋去畜棚的路，去鸡窝的路，去小溪的路，去柴火堆的路。米兰达用戴夫给她做的一辆手推车，把妈妈刚劈好的柴运到了柴火堆那儿。她非常喜欢这个新工作，就如同在和妈妈比赛一样——有时妈妈才砍了一根木头，她就已经运完柴回来在那儿等着了。

而钓鱼就更美好了，若是天气好的话，她们每个星期都会出去钓一次鱼。其实，克里斯蒂和米兰达是半素食者——弗雷格·凯瑞格不爱吃肉，倘若不是由于身体缘故，他肯定只吃蔬菜、水果、谷物和鸡蛋。他不爱吃肉这件事影响了克里斯蒂，现在她和米兰达都不吃任何肉。克里斯蒂是刻意不吃肉的，米兰达则是从小养成的习惯。当然，鱼肉就不一样了，这种黏糊糊冷冰冰的动物实在无法让人喜欢，哪怕米兰达如此富有爱心和同情心，也对它们没感觉。钓鱼的时候，她甚至有一丝残忍的快乐。当吃着用黄油和玉米粉炸得香喷喷的金黄的鱼肉时，她特别开心，也特别满足。

米兰达非常热爱大自然，大自然也对她回以微笑。

冬天，她很喜欢去湖边钓鱼。天晴的时候，克里斯蒂就会穿上厚厚的雪靴，带上和她装扮相同的米兰达去湖边，她们要走过长长的白色小路，米兰达紧随妈妈的步伐勇敢前行。小路附近空荡荡的，就连米兰达都没发现其他动物。大多数动物不是在冬眠，就是迁移到温暖的地方去了，留下来的都担心自己在皑皑白雪中会暴露行踪。

她一路上只在云杉丛中看到一只蹲着的野兔，白得就像一团雪，还有一只全身都变白了的鼬鼠，只在尾巴尖上留着一点儿黑色，警告别的动物不要来招惹它。米兰达没见过这只鼬鼠，她讨厌鼬鼠，因为它们总是摆出一副生人勿近的样子，看上去很凶。而野猫和猞猁一到冬天就消失无踪。田鼠躲在温暖干燥的窝里冬眠，如同一团团温暖的毛球。克鲁夫也在一棵松树根下冬眠，它的洞门口堆的雪有五六英尺[1]厚，所以它根本不用担心会被吵醒。

来到湖边后，克里斯蒂在冰面上用锋利的斧头凿出两个洞，将两条钩着肥猪肉的渔线放进去，把其中一条交给米兰达，看她用肉嘟嘟的小手抓住。湖里的鱼大部分都饿坏了，米兰达的鱼饵好像更有魔力，因为她每次钓的鱼都是妈妈的三倍。米兰达看上去在专心致志地钓鱼，其实她还是在细心地观察着白茫茫的世界。毫无生气的湖面是白色的，环形的湖边是白色的，高大树木的树根深埋在白色里，只有树干还是黑色的。湖边陡峭的山坡也是白色的，就连广袤的天穹都不能避免。

有一天，米兰达在白色的山坡上看到了一只深色的野兽，长得像极

---

[1]　1 英尺 ≈ 0.3 米。

了大猫，它停下脚步站在那儿，尽管离得很远，她还是看到它将可怕的爪子伸了出来，然后发出一声尖锐的叫声。她高兴得都忘了提起上钩的鱼，但克里斯蒂吓了一跳，死死地注视着远处的山坡，说："那是豹子，米兰达！我不怕熊，不过对于豹子，我们不得不十分小心。今天天黑前我们就要回家，而且你要跟紧我。"

在米兰达看来，这些担忧全无必要，她非常肯定豹子只是想和她一起玩。

前面说过，这个冬天米兰达遇到了很多事儿。有两个早上，她端着热土豆去喂母鸡时，都遇上了雄驯鹿十齿。它正在空地上不慌不忙地穿行，头上的鹿角形状十分奇特，嘴巴直直地往前伸着，娴静的母鹿们则跟在它的后面。那时，雪下得还不大。

从那以后的每天早晨，她都很兴奋地去检查晚上来过什么动物。有时候雪地上留下了狐狸的脚印，是很小巧和干净的锯齿状，脚印非常整齐，表示它知道自己要去什么地方，并且看路看得很仔细。她很快就能认出的是野兔的脚印，它们常常一步就能够跳出很远，在雪地上留下一串串三根脚趾头的印迹。有时候是尖尖的窄窄的脚印，看似无害，那是鼩鼱留下的，旁边肯定会紧挨着一串兔子的脚印。米兰达马上察觉到鼩鼱在打什么坏主意。

有一次，她发现，一只兔子的脚印在小屋的窗户下突然消失了，只剩下一个个血印子，上面还沾满了兔毛和骨头，这令她感到害怕。雪地里除了两个奇怪的脚印之外，其他的痕迹好像都被翅膀清扫干净了。这两个脚印很长，还交叉在一起，脚趾上长着深深的钩子，刷子似的东西拖在后面。这是饱餐过后的猫头鹰坐在雪地上留下的痕迹，它恪守捕猎时的所有步骤，享用完一顿美味的晚餐后更是这样。

米兰达可以想象月光下有一只巨大的黑鸟坐在那里，旁边是一堆带着血的骨头，它的圆脑袋慢慢地从一边转向另一边，钩状的嘴若有所思地嚼着，大眼睛里透出锐利的光芒。一只狐狸从谷仓那边跑过来，斟酌了一番，立刻毫不犹豫地掉头跑了回去。米兰达无法看出那只狐狸是如何偷偷摸摸跑过来的，可能它当时差点儿就把那只猫头鹰抓住当早餐了。不过从那之后，她就非常不喜欢猫头鹰，每次听到猫头鹰"呜咕呜咕"的叫声在松林里回荡时，都会觉得很生气。

在这个冬天米兰达还认识了除猫头鹰以外的鸟儿。一月份，树上早就没有山楂了，蔫掉的花揪浆果也全被动物们吃掉了，没有飞往南方的鸟儿再没什么可吃了，因而一群长着象牙喙的雪鸟总是轻快地在小屋前跳跃着，想找点儿食物。米兰达早早地为它们准备了面包屑。

从此，"米兰达那儿有食物"的消息迅速传遍了整个森林。于是，来这里觅食的鸟儿也越来越多。就连乌鸦都因为太过饥饿而经常跑来，它们故作姿态地在旁边不停地走，找到机会就马上去吃米兰达慷慨给予的面包屑。

其实她还挺喜欢乌鸦的，因为克里斯蒂没有说过它们的坏话。当然，她最喜欢的还是老实的大麻雀，那些长着红色小脑袋的家伙，愿意飞到她的手上来。每当这些流浪的小鸟飞来，她都会给它们准备充足的食物。

天气不好时她就在小屋里待着。外面大雪飘飘，动物们跑来跑去，低沉的咆哮声从远处寂静的森林里传过来。鸟群栖息在树上，棚里的牛儿满足地嚼着干草。这时，米兰达还是非常喜欢她的小屋的。外面的雪不停地下，已经积到窗户的一半那么高，灶台里的干木柴也烧得比平时更旺，火焰发出比平时大得多的噼啪声。淋满了黄油和糖浆的热烘烘的荞麦饼，吃起来比平时更加美味。

就在这样的日子里，米兰达学会了打毛衣线，这可太有趣了。她先织了一双红黑色的短袜送给妈妈，然后她很快掌握了基本的针法，织了一双四平针的长筒袜。当然，这双长筒袜也是给妈妈的，所以，就算有的地方织得紧，有的地方织得松，克里斯蒂也非常高兴。克里斯蒂一整天都在打毛线，她的巧手织出来的露指手套和袜子针法均匀，在集市上非常抢手。

一天晚上，米兰达刚睡着就被屋顶上的一串爪子声突然惊醒了。这个冬天她一直和妈妈睡在大房间里。新床非常宽，老戴夫来的时候睡的那张窄窄的旧木床已经被扔掉了。米兰达抱着妈妈的手臂轻轻摇了摇，实际上克里斯蒂早就醒了，正睁大眼睛细细地听着。

"妈妈，是什么动物？它想要进来吗？"米兰达轻声问。

"嘘——"克里斯蒂用手捂住了她的嘴。

落在屋顶上的雪已经被扒掉了，爪子直接抓到树皮上发出了更大的动静。突然，没了声音。又过了不久，她们听到一声很响的喷嚏声，好像那个不速之客正在往外喷鼻子里的雪和冷空气，然后又是两三声长长的吸气声，似乎是饿极了正到处找食物。即便平时米兰达那么勇敢，现在也吓得小心脏怦怦直跳。克里斯蒂更是无比紧张。她从床上跳起来，跑到灶台边，把炭灰刨开，用力扇起来，又将一些桦树皮和干木头塞了进去，很快就燃起了熊熊火焰，火光透过窗户照到了雪地上。

屋顶上的不速之客不安起来，尖锐的爪子又抓了几下，然后传来了毛茸茸的肉垫从屋檐跳下来的声音。距离天亮还有几个小时的时候，雪停了。克里斯蒂打开门，看到了豹子跳到雪地上留下的大坑，以及跟跟跄跄逃走的足迹——这件事或多或少都使米兰达最初对豹子的印象发生了改变。

黑熊克鲁夫

那一年的春天早早地就来了。积雪融化后，克里斯蒂秋天开垦好的土地便露了出来，黑色的土地现在充满朝气。房子前面的碎木屑和谷仓外的杂物沐浴在阳光里。不远处，雄赳赳的公鸡带着母鸡们去闯荡新世界了。米兰达跟管叫"桑德斯"——这是以前村里那个趾高气扬的公子哥儿的名字。四月里，天气晴好，母鸡下的鸡蛋慢慢多起来，公鸡骄傲的打鸣声也越发响亮，它这种自以为是的样子真让人受不了。

有一天早上，米兰达不知道怎么伤害了公鸡的自尊，它竟然将颈羽竖起，想用尖尖的嘴去啄她。不过桑德斯对米兰达实在是太不了解了，她动作快如闪电，一下就把它的腿捉住了，在头上抡了一圈之后，直接把它扔回了鸡窝。公鸡又羞愤又害怕，整整用了一个小时才重新找回自信。从那以后，在它心中，米兰达就成了世界上最值得尊重的动物。

空地上依然什么都没有，只在森林的边缘长了一些树。克里斯蒂又开始修理篱笆了。黑白花纹的奶牛生了一头长着同样花纹的小母牛。米兰达立刻宣布这头小牛属于她了。刚出生的小母牛还不能站起来，米兰达就已经非常爱它了，而且完全不管性别问题，给她取名叫"迈克尔"。

雪就要完全融化了，松树根下面的洞穴露了出来。克鲁夫也从里面钻出来晒太阳了，漫长的冬天里它都没有吃东西，全靠身体里储存的脂肪存活，此刻也还不太饿，它还能坚持到天气更暖和、食物更丰富的时候。冬眠过后没多久，它生了一头小熊。一般而言，熊一次会生两头小熊。不过克鲁夫作为这个地区年纪最长的母熊一直都非常奇特——它习惯了独自生活，所以生一头小熊比生两头还要令它开心。

松树下温暖舒适的洞穴非常适合孕育新生命。这个洞不大不小，小熊可以在里面自由活动。小熊还不能睁开眼睛，只能无助地呜咽，与其他任何动物的幼崽相比都更加难看。它柔嫩的皮肤看上去非常脆弱，胃口却特别好，克鲁夫的奶都快不够了。过了几天，它长出了柔软的黑色绒毛。熊妈妈一整天都将前腿打开半坐着，将头远远地伸向前，窄窄的红舌头挂在嘴边，时不时地舔舔小熊，因为喜悦而半眯着眼睛，仿佛只要这样宠爱地注视着，小熊就能一天天地长大。过了一个月，小熊的毛变成了柔软发亮的深黑色。它觉得该把眼睛睁开看看了。

此时它长得跟小猫差不多大了，但是比小猫重得多，头比妈妈的小，耳朵非常大，如同两把扇子，而且听觉十分灵敏。刚把眼睛睁开时，它还看不清，不过没过多久就闪烁着好奇而淘气的光芒，耳朵也竖了起来。总的来说，克鲁夫很为它感到骄傲。

春天已经到了。枯叶中钻出来了淡绿色的小芽，臭菘草深红色的大叶芽也从沼泽地里长了出来。克鲁夫带着它的宝宝出洞了。小熊与森林里的其他小动物不同，从出生开始就要努力学习生存法则。别的动物首先要学会的是如何躲开敌人，这也是最要紧、最困难的事，倘若这件事学不好，其他事就毫无意义。

森林里的生活就好比是一出戏，每一种动物都有自己要扮演的角色，有的只在台上待一会儿，有的则要表演很长时间，不过最后的结局都是悲剧。但是熊不一样，在很多剧目中它都是主演，它有特权。即便是像敏捷、凶残和霸道的豹子那样的动物，都因为害怕它那要命的熊抱和挥舞着的爪子而不敢主动招惹熊。因此，已经长得半大的小熊，因为身边有克鲁夫这样的庞然大物，从未有过敌人的概念，哪怕对着豹子也是不屑一顾。

小熊要学会的只有一件非常简单的事，那就是紧跟着妈妈。在它刚出生还没有把眼睛睁开的那段时间里，它首先要学会的是沉默。不过这也不容易学，因为它喜欢咕哝几声或者发出呜咽。若是在家的话，这倒没关系，可是一旦外出觅食，就是非常有必要保持安静了。没过多久，它就学会了保持沉默——一半是由于克鲁夫的警告，另一半是由于深藏在心中的本能。孤身外出的时候，它会保持绝对的沉默。有时，它也会遇到野猫或者狐狸，它们看到克鲁夫没和小熊在一起，就想瞅准机会尝尝小熊的嫩肉。

小熊跟着妈妈漫步在寂静的森林里时，会很认真地去嗅湿润的土地，倘若闻到了嫩芽的香味，克鲁夫就会停下来挖。它也学会了去什么地方找那些含淀粉的根茎，这是熊在春天的主要食物。它发现花生是甜的，印度萝卜的球茎或者海芋却很苦。它从草地走到湖边，一下子就能把非常有营养的野豆的块茎挖出来。它还发现，若想吃点酸的补品，把老树桩撕开就能找到野蚂蚁的幼虫。它要么开心地紧跟在妈妈的身后，要么自己欢快地直起身子摇摇晃晃地走。它不久也学会了如何找到有蜂窝的树，并且知道怎样才能掏出蜂蜜而又不被蜜蜂蜇伤眼睛。但没过多久，它快乐的生活就起了变化，森林里已经落下神秘的命运之幕，似乎在提醒就算是大黑熊也不能忽视生存规则。

克鲁夫第一次带着孩子逛到空地周围时，米兰达就发现了它们。她第一眼看到小熊就非常喜欢，她不再像森林里的小伙伴那样沉默不语，而是立刻跑去告诉妈妈，自己喜欢的那只好看的大"狗"带着一只可爱的小"狗"过来了。

听到她的话后，克里斯蒂再次严厉地警告了她。"狗？"她惊叫着，"米兰达，我有没有告诉过你，那是一头熊！若是单独的一头熊，一般来说是不会攻击人的。但是若是带着小熊的母熊，那是非常可怕的。你要记住我的话，不许离我太远，而且不能去森林那边。"

之后的好几个星期，克里斯蒂都对米兰达严加看管，以防她不知轻重地跑去跟熊玩。

夏天来临后，克鲁夫带着小熊去了更远的地方。一开始，长途跋涉把小熊累坏了，有时它干脆在地上躺着，将淡粉色的四只脚举起来，耍赖不动了。它亮晶晶的眼睛、黑色的小鼻子和大大的耳朵看起来可爱又滑稽，不过熊妈妈丝毫不为所动，它严厉地拍打着小熊，直到它再次跳起来接着往前走。

在这样的锻炼之后，小熊长得更结实了，而且爱上了野外探险。后来它再也不觉得累了，追鼹鼠，追兔子，追那些飞速奔跑的动物，不过最后什么也没追到，还被克鲁夫嘲笑了一番。

其实妈妈带着它四处探索是为了锻炼它，它也发誓要长得比妈妈更壮，也更能干。不过呀，小熊，这些都是祸根啊。但是如果它始终待在家里不出来，结果或许也不会发生任何改变。对于森林中的动物来说，就算待在家里，该来的依然会来。

有一天，它们走到了另一个山谷——魁达维克山谷。克鲁夫都没怎么来过这里。到了正午，克鲁夫躺在溪水旁的坑里乘凉歇息。溪水滴滴答答地从绿色岩石里流下来，而小熊不觉得累，接着往森林的深处走了五十码。虽然熊妈妈看不见它，但是一直用耳朵听着它的动静。

一种小熊从没闻过的诱人的香味从茂盛的丛林里飘来，直觉告诉它那是很好吃的东西。它把叶子拨开，发现了香味的源头。一块淡黄色的肉挂在交错的木头搭起的东西下面，肉上还带着厚厚的深红棕色。哇，这块肉闻起来可香了！它就在交叉的木头的顶端挂着。小熊高高地竖起耳朵，闻到那诱人的香味，鼻子都皱起来了。它想尝一小口，就回去找妈妈。但是肉挂得有点高，它站起来，将小小的白牙齿露出来，又伸出柔软的爪子去抓，它的全部重量都移到上面去了，只想拉下那块肉。

原本克鲁夫正在凉爽的坑里打瞌睡，突然听见一声微弱的痛苦的叫声。可怕的是那叫声一下子就停了。那时，恐慌真的快要撕裂它庞大的身躯。它立刻找到了它的宝宝，但那种被称为"死亡锤子"的陷阱已经把小熊砸死了，它凄惨地伸着光滑的头和一只爪子，已变形的嘴巴外面露出了红红的小舌头。

克鲁夫马上明白它已经死了，一口气都没有了，可是巨大的悲痛让它难以接受这个事实。它疯狂地撕咬那块木头，就是这个东西夺去了它宝贝的小生命！它的爪子和前腿的力气那么大，过了半个小时，便彻底摧毁了那个陷阱。它把被压得不成形的小熊轻轻地抱了出来，舔着它的眼睛、鼻子和嘴巴。它的眼睛还悲惨地睁着。克鲁夫温柔地将它拥在怀里，悲伤地呻吟着。它用爪子抬起小熊的小脑袋，又看着那个小脑袋无力地垂下去，然后再次重复这个动作，直到它的身体变冷。它再也不能回避这个事实，它停止了爱抚的动作，因为无论它怎么做，它的心肝宝贝的小身体都不会变暖。它将头高高地仰起，慢慢地转了两次才把身体转过去，好像有种莫名的力量在召唤它。它再次回头看了一眼，才疯了一般冲进森林。

一整个晚上，它都漫无目的地走在魁达维克的低谷中，走过低矮的山坡，穿过从来没有走过的小路。直到第二天中午，它才意识到自己回到了古老的森林，就站在空地的周围。它不敢回到松树下的窝里去，最后累极了，才倒在一棵倒掉的铁杉树后面，乳房由于不再有宝宝的吸吮而胀得生疼。

它沉沉地睡了一两个小时，接着被孩子的哭声吵醒了。它很快就听出了那是米兰达发出的声音。它在某种情绪的触动下，不顾自己的疼痛，站起来静静地朝那哭声走去。

米兰达的觉醒

　　在那一天的午后，米兰达端着装有肉末的黄色小碗去给母鸡喂食。这一天，克里斯蒂觉得自己有点异样，用村里人的话说，就是"中邪了"。整个上午她都觉得很热很难受，但也没太在意。后来洗碗时，一个盘子从手中掉到地上的脆响惊醒了她，她低头一看，发现打碎的是女儿的彩色小盘子，然后便眼前一黑，她勉强摸到了木床边，直挺挺地倒在上面。她昏睡了数小时，也幸好是睡着了，才没有发生更糟的情况。

　　喂完鸡后，米兰达并没有立刻回屋，她走到了小屋后面的柴火堆那儿。后面的空地上长满了绿油油的荞麦，高高地长成拱形，看上去充满生气。

　　米兰达发现远处高大的灰色树干中间，有什么东西在动。

　　其实她很喜欢那东西。它长得很像一只猫，不过比她在村里见过的猫大，腿也长，还有一条奇怪的毛茸茸的大尾巴。那的确是一只猫，或者叫作小猞猁。它有着红棕色的毛，上面带着浅色的斑点，耳朵上立有短毛，看起来上去很像加拿大猞猁——它们原本就是近亲，只不过后者的毛更少些。凶残和害羞的表情同时显露在它的圆脸上，不过它确实只是一只猫。当米兰达看见这只坐在阴影里的猫，浅色的大眼睛直直地盯着她时，愉快得心都要跳出来了。

"哦，可爱的小猫咪！美丽的小猫咪！"米兰达叫着，热情地张开双臂，跑向森林里。

棕色的大猫警惕地看着米兰达跑到了十步开外的地方，接着掉头向森林深处跑去，直到跑到看不见的地方才又停下来，在那儿坐好看着那个着急的小孩。它好像非常好奇她脖子上的那抹红色。米兰达则完全投入在这个游戏中，只想抓住这个漂亮的家伙。她就差一点点，结果那只大猫发出一声愤怒的"扑哧"声后又跑开了。尽管失望，她还是鼓足勇气再次追了上去。这样你追我逃的游戏进行了好几次，直到米兰达没有力气再跑，眼里满含着泪水。那只坏猫咪似乎也玩烦了，对她脖子上的蝴蝶结也失去了兴趣，一下子跑得无影无踪。于是，米兰达一屁股坐在地上放声大哭。

她并不是爱哭闹的小孩，只是心里感到很失望。过了几分钟，她哭完了，一下子跳起来，用小手背把眼泪擦干，然后向家的方向跑去。她开始担心妈妈因为找不到她而发脾气，然而她跑了很长时间都没有找到出口，只好停下来，仔细地观察四周，再小心翼翼地接着往前走。她走啊走，倘若走的路是对的，早就该到家了，但是她已经用了快五倍的时间了，脚也十分酸痛。她静静地站在那里，非常无助，她意识到自己迷路了。她以前特别渴望进入森林，从不畏惧森林的黑暗，可是如今她觉得非常孤独和害怕，终于忍不住痛哭起来。

克鲁夫听见的就是这哭声，别的动物也听到了。

其中有一只比刚才那只狡猾的大猫大好几倍的棕色动物。它听见哭声后，悄无声息地走了过去。它身体结实，四肢强壮，爪子很大，扁平的头很小，但是看上去十分凶狠。它脚步轻得如同一束光，弓着身子，将步子放得很低，每迈一步，都会紧张地抖动一下尾巴。当它看到哭泣的米兰达时，停顿了一下，接着比之前更轻地慢慢走过去。它又将身子压得低了一些，肚子都快与地面贴到一起了，脖子伸得直直的，和尾巴绷成一条直线。

它并未发出任何声音，但是米兰达敏感地察觉到了什么。就在它即将走到一跃起就能将她扑倒的距离时，她突然停止了哭泣，朝周围张望起来，接着她盯住了它绿色的眼睛。虽然孤身一人的小女孩吓了一跳，但是当她的眼睛盯着它时，心虚的并不是她而是野兽。她害怕的是漆黑的森林里只有她一个人，但她并不害怕动物，即便是非常凶残的动物，她也天生无所畏惧。就像此刻，即使她认出了跟前这眼露凶光的动物是豹子，她心里升起最强烈的感觉也只是好奇，而不是恐惧。

在她的注视下，野兽不安地将眼珠转了转。有那么一个时刻，它有点拿不定主意，要不要逗弄一下这个不仅不害怕还不停盯着它看的动物。它慢慢地有点生气了，尾巴甩来甩去，用更坚决的眼神进行回击，仿佛要将她催眠一样。米兰达盯着它，而它正在酝酿最后的致命一击。

就在这个时候，奇怪的事情发生了，米兰达看到巨石后面出现了克鲁夫庞大的身躯。它摇摇晃晃地走过来，站在了米兰达这边，用后腿将不屈的身体撑起，冲着豹子发出警告的尖啸。米兰达看到自己熟悉的"大狗狗"，才发现其实她还是害怕豹子的，同时也感到心安了，她相信"大狗狗"会保护她的。她马上抽泣着跑到克鲁夫的身边，把带着泪珠的小脸藏到它的身后，两只小手紧紧抓住那软软的毛。克鲁夫并未在意她的拥抱，而是继续怒视着那只豹子。

豹子已经彻底惊呆了。它不再小心翼翼地将身体弓起，而是抬起头，放下尾巴，注视着眼前发生的这一幕。倘若这个小孩子是这头大熊的人，那它绝对不想去惹她。面对母熊庞大的身躯，它只能接受今天不得不挨饿的事实。不过它也感受到了米兰达自身的力量，她带着牧神般的威严，哪怕只有她一个人不安地看着它，它也不敢轻易发起攻击。

它很明白她身上有着十分神秘的力量。它觉得最好去告诉它的伴侣——那只没它强壮但野性更强的母豹子，以后无论发生什么，都不要去招惹这个小孩。想通了这点，它抬起头毫不在意地走开了。它走得如此懒散，让人无法相信它就是五分钟前悄悄接近猎物的猛兽。

等豹子走远了，母熊侧躺下来，把米兰达轻轻地拥到了怀中。它对这个人类的孩子泛起了母爱。肿胀的乳房还在火辣辣地疼着，它有点想让米兰达帮它吸吮，缓解一下疼痛，不过小孩子是肯定想不到这点的。为了表达感激，她用小手轻轻地抚摸它，而克鲁夫也专心地听着她亲热的呢喃，暂时将疼痛忘却。后来，米兰达躺在柔软的熊肚子上，不一会儿就睡着了。走了那么长的路，又经历了那么多事，她真的是太累了。

这天下午三四点，克里斯蒂醒了过来。她从小屋角落的木床上坐起来，感到有点冷。夕阳西下，余晖照进窗户。昏睡了那么长时间，她还是全身都不舒服。米兰达呢？她下了床，开始有点踉跄，但很快就稳住了。她想起来了，自己之前是晕倒了。她走到门外，母鸡在刨土，桑德斯在一旁温顺地看着她。谷仓外的篱笆那儿卧着那头黑白花纹的奶牛。绳子的另一端拴着小母牛迈克尔，它想喝奶了，正在荞麦地里不停地叫，不过没有看到米兰达。

"米兰达！"她大声呼唤女儿的名字，一声比一声更响，叫到后来已经变成了哭声，里面还明显带着怒气。她突然明白自己也许失去了米兰达。洒满阳光的空地，黑暗的森林边缘，灰色的小木屋，在她眼前突然旋转起来。不过她很快镇静下来，操起劈柴的斧头，果断地冲进了屋后的冷杉树林。

她一路跌跌撞撞地往前走，仿佛脚下的全是平地。她完全不了解森林，眼睛能看到的也只有大象那么大的动物。她的心里一片冰凉，就这样精神恍惚地一直往前走。突然，她看到了一块长满苔藓的岩石，看清那后面的情景后她停下了脚步。因为吃惊，她的眼睛和嘴巴都张得大大的。她浑身一阵战栗，心里的石头却总算落了地，坚强重新回到了身体里。她僵硬的脸上露出了笑容。

"当然啦，"她自言自语道，"她肯定平安无事，她比我更了解那些野兽。"她看到的就是这样的景象：一只庞大的黑熊从发白的冷杉林中走出来，而跟在它的身旁，不时地用手抚摸着它的正是米兰达。那头大黑熊时不时停下来，用嘴蹭蹭小女孩，有时还会伸出窄窄的红舌头舔舔她的小手，带着她往家走。看着这奇怪的画面，克里斯蒂静静地站了几分钟，然后走了过去。前面的熊和米兰达沉浸在自己的小世界里，根本没有注意到二十步开外的克里斯蒂。

克里斯蒂只好叫道："米兰达，你去哪里了？"

米兰达停下脚步，向四周张望了一番，但是依然没有松开克鲁夫的毛。

"哦，妈妈！"她又急切又紧张地喊着，想要所有的事都告诉妈妈，"我迷路了，还差点被豹子吃掉，幸亏亲爱的、很好的大熊来了，吓跑了豹子，然后我们就准备一起回家。妈妈，你快来和亲爱的大熊说说话啊！哎呀，别把它赶走！我可不答应！"

　　但是克鲁夫并不这么想。它保护的是米兰达，不是克里斯蒂，它有点儿嫉妒米兰达的妈妈。米兰达接着往下说，已经快哭了，克鲁夫却闪到一边蹒跚地离开了。

　　这天夜里，等母牛产完奶，小牛迈克尔饱餐一顿后，米兰达才将自己可怕的遭遇告诉了妈妈。克里斯蒂坚强而聪慧的心深受触动，她马上明白了米兰达那么喜欢克鲁夫的原因。遇见这种事，很多妈妈会非常害怕，不过克里斯蒂·凯瑞格没那么脆弱。她想到的是，以后当米兰达不得不面对森林未知的危险时，母熊就成了她的强大的保护神。

森林里的好朋友们

从那以后，米兰达感觉自己与野生动物们成为了朋友，这可是她盼望了很长时间的。克鲁夫几乎每天都会在空地和森林的交界处徘徊。一看到它，米兰达就会高兴地偷跑过去。大熊会在离空地几步远的地方停下，它并不想和克里斯蒂成为朋友，也不想靠近小屋、牛以及人类的其他东西。

克里斯蒂小心翼翼地对这种奇特的会面进行了几次观察之后，也大方地给了米兰达自由的空间。现在她同意米兰达往森林里走远一点儿，但是必须在能看得到小屋的范围内，而且必须要和跟克鲁夫一起。克里斯蒂多少了解一些野兽们的习性，她知道假若黑熊对某人产生了依恋，就会非常忠实于他或她。

有时情感是能够超越种族的。克鲁夫对米兰达的爱好像胜过了以前对宝宝的爱。它常常热情地看着她，因为喜爱而半张着嘴巴。和它在一起，米兰达也知道了森林里许许多多的秘密。无论米兰达让它做什么，只要它能够听懂就会马上去做，只是尽管米兰达说的话听起来非常悦耳，但是要听懂她的意思却很难。有一件事它始终无法做到——它会跟着她从森林走向空地，可是每次走出来一点儿就不再往前走了——无论米兰达怎么做，是说是闹是吵是哭，都无济于事。米兰达试过在前面拉、从后面推，大熊很喜欢她这么做，眼睛里闪烁着开心的光芒，但是依然不为所动。米兰达对大熊的固执感到很失望，但克里斯蒂却觉得很安心。她并不希望克鲁夫这个庞然大物随时在屋外闲逛，也不希望它妨碍自己干活。

尽管克鲁夫完全没有开化，它却聪明地知道米兰达与自己及别的动物不一样，不会和它一起在森林里生活。它也知道这个头上戴红色头巾的高个子女人是一种十分高级而神秘的动物，而她是米兰达的妈妈，所以米兰达是最高级的那种孩子，虽然她身上有一种神秘的威严感，但依旧是个孩子，她属于那个高个子女人。因而当它发现米兰达每次只能和它在森林待上一两个小时时，也并不感到委屈。一两个小时可以做很多事了，克鲁夫尽力教给米兰达有关森林的知识。它会嗅嗅树桩，接着挖出香甜的树根，米兰达就仔细观察那些树桩和叶子，没过多久就认识了森林里所有能吃的树根。

克鲁夫还教她怎样找到小巧的露莓，微甜的印度梨，在长长的藤蔓下藏着的铁线蕨，还有无毒的棉花般软软的蔓越莓，这些都是让人难以忘怀的美味。它还教她不要去碰有毒的蛇莓和延龄草诱人的紫色果子。米兰达这才知道原来人和熊都喜欢的蓝莓不是长在茂盛的森林里的，她很熟悉这种水果，因为以前在村里时经常吃到蓝莓派。成串长在草地边的岩石上的红色的格莓，不用克鲁夫教，米兰达也知道它们非常美味。

森林里还长满了五颜六色、形状各异的蘑菇：白的、淡黄的、粉的、艳橙的、绿条纹的、浅褐的，甚至还有鲜红的。最初米兰达只是害怕和厌恶地把它们叫作"毒蘑菇",但是克鲁夫让她知道了更多的知识。聪明的母熊会一掌把一些蘑菇拍碎,特别是红色的和长着疙瘩的,米兰达就明白它们有毒。其实这些蘑菇光看外形就有问题,米兰达觉得它们身上就写着大大的"有毒"两个字。但是米兰达一直觉得那种有着淡淡香气的白色小蘑菇是能吃的,她认为这种蘑菇非常可爱,一看到这种蘑菇她就马上高兴地去采。克鲁夫却用力把她推开了,她被树桩绊倒在地,本来非常生气,但一看克鲁夫极其厌恶地把那白色的蘑菇踩成了碎片,她就消了气——原来这种看上去很美的蘑菇其实是有剧毒的,只要吃上一小口,就能让人丧命。

在克鲁夫的保护下,米兰达非常安全,这样的保护是因为她太小,而且无法单独离开空地。森林里还是有一群并不害怕克鲁夫的动物的。和克鲁夫闲逛的时候,米兰达会看到挂着蜂窝的树。克鲁夫还未聪明到明白米兰达的皮肤是无法禁住蜜蜂蜇的。热情的大熊总想搞点蜂蜜给小女孩吃,结果就是米兰达被蜜蜂蜇得浑身是伤,这也让克里斯蒂对把米兰达交给克鲁夫的可靠性产生了怀疑。

在米兰达常走的小路边上,有好几个木桩住满了蚂蚁。有一天下午,克鲁夫找到了其中一个。它太高兴了,想让米兰达尝尝这些对身体很有好处的美味啊。它当着米兰达的面将被蛀空的木头掰开,伸出舌头卷起蚂蚁和白色的幼虫一起吞到嘴巴里。真是太好吃了!但米兰达却尖叫着跑开了,留下倍感迷茫的克鲁夫,它一边把蚂蚁吃完,一边想着发生了什么事。后来,米兰达念叨了它很久,说什么吃蚂蚁对身体没有好处,而且掰开蚂蚁的窝偷吃人家的幼虫也太残忍了。不过,因为克鲁夫没有搞清楚她生气的原因,自然也没有办法反驳。

虽然现在米兰达可以自由进出森林，但还不能算是动物们的朋友。当然，在小屋天花板上居住的松鼠一家除外。她经常凑得很近去观察身边的动物，而它们丝毫不受影响，该干什么就干什么。它们知道不用假装躲着她，因为无论它们怎样的纹丝不动并和周围的环境融为一体，那清澈、坚定、友好的目光都会把它们看穿。开始的时候，它们觉得真是太奇怪了：这个小家伙究竟是谁？年纪那么小眼睛却那么尖，看上去就是个小不点，却让它们的伪装术彻底失效！但是，直觉告诉它们，她不会伤害它们，所以她要看就让她看吧，只是小心一点，不要去招惹她就好。

它们也不会去惹克鲁夫，它们知道它有时候会吃肉，只是不想费劲主动去捉它们而已。所以，这些弱小的动物只要不靠近它，不被它一巴掌打倒就行了。但野兔不一样，克鲁夫非常愿意花力气去捉它们来吃，所以米兰达感到很疑惑：为什么每次她和克鲁夫在一起就见不到一只兔子？虽然偶尔也能瞥见一眼，但是它们很快就跑得无影无踪了，而克鲁夫根本就没看见。

很快，米兰达就发现自己的眼睛比动物们的还要敏锐。它们隐身伪装或者一动不动的时候，是可以骗过对方的，但是，米兰达却一眼就能看出在黄棕色烂木头后面躲藏的是红色狐狸；树干上的是一只五子雀，而不是一块疤；那儿是一只蹲着的松鸡，而不是一块长满苔藓的石头；地上蜷缩着的是田鼠，而不是棕色树叶；那根斑驳的树枝实际上是一只弓着腰的夜猫。

到了最后，那些动物们都慢慢地对她不再设防，相信她不会打扰它们。在她好奇的目光下，它们继续觅食。五子雀沿着粗糙的松树树干跳上去，在灰色的树皮下捉到了虫子。有着金色翅膀的啄木鸟使劲啄着头顶的烂木头，高兴地从里面叼出白色的蛆虫。身材苗条的棕色鼬鼠在树根间追逐甲虫，完全没有受到她的影响。骄傲的公松鸡站在木桩上打鸣，而母松鸡们则在空地角落那洒满阳光的蚁丘上窝着。

小木屋后面的云杉树顶上有对乌鸦在重新筑窝，小心地躲避着米兰达的视线。它们常常谈论她，古老森林的寂静被这沙哑的声音打破。它们认为她和克鲁夫那么亲密是非常奇怪的。因为自己是表里不一的两面派，所以它们觉得米兰达这么做一定有所企图。不过它们想不到其中的缘由，于是越发敬佩她却并不信任她，但是害羞的雨鸟却非常相信她。即便她就站在几步之外专心地盯着它们，它们也会唱起长长的有韵律的报雨歌。

要知道，雨鸟可是十分害羞的，平时如果有人看着，它们是不会发出任何声音的。可能有三四只雨鸟在唱歌，空地上空回荡着抑扬顿挫的悠长调子。克里斯蒂从未见过它们，但是常常听到那从带着水汽的暮色中传来的遥远的歌声，每当这种时候，她的内心就会升起一种深深的渴望。

那一年，米兰达又遇到了一次豹子。那时，她有一个月没见到克鲁夫了。她一个人站在荞麦地边上，正悄悄地往那幽暗又透明的森林里观望。这次她所看见的东西吓得她的心都快跳出来了——离她只有几步远的地方有一棵倒下的树，一只豹子正趴在上面半眯着眼睛盯着她。尽管被吓坏了，米兰达跟克鲁夫学的经验却让她有了自信。她一动不动，回盯那双半眯着的充满危险的眼睛。很快，那美丽的野兽站起来，故意如同一只普通的猫咪那样伸了个懒腰，把爪子亮了出来。它打了个大哈欠，把嘴巴咧到了耳朵，米兰达几乎能看到它粉红的喉咙，接着它轻轻地从树的那一边跳下来，慢慢地走了，那姿态好像是在告诫别人不要打扰它。

也是在这个多事的夏天里，米兰达见到了另外两只动物，它们是长着精美鹿角的瓦皮蒂和加拿大猞猁甘纳。当然，它们并不是一起出现的。

一天早上，坐在篱笆边上的米兰达正认真地用树枝为一只虚弱的蝴蝶搭屋子，突然一声重重的喷鼻声从她的手肘那儿传来。她吓了一跳，边抬头边叫出了声，什么东西从篱笆上跳回去了？那是一个顶着美丽而多叉的鹿角的浅棕色脑袋，睁着湿漉漉的大眼睛，温和又好奇地看着她。

"哦，你这只美丽的小鹿，我把你吓着了吗？"她认出了这是自己从前在图片上看过的小鹿，于是伸出小手和它打招呼。雄鹿好像对她脖子上的红色蝴蝶结非常好奇，盯着看了足足有半分钟，接着再次靠近篱笆，黑色的鼻孔微微地一张一闭着。雄鹿闻了闻米兰达的手，安静地把头放上去，让她触摸自己光滑的嘴巴和鼻子。突然，它听见了几声奇怪的声音，原来是克里斯蒂在给土豆锄草。她正从田地走到了谷仓的角落，阳光下，她头上鲜红的头巾特别耀眼。雄鹿将头抬高盯着看了一会儿，最后确信这个奇怪的东西非常危险。它打了个响鼻，光滑的蹄子焦躁地踏了踏，转身跑回了森林。

米兰达和猞猁甘纳的见面过程就没有如此友好了。

在这个夏天，小牛迈克尔长得非常好。白天它都被拴在离森林边界大概有五十码的野草地一角的木桩上。小屋外面有很长一片灌木丛，老灌木、黑莓和野铁线莲的藤蔓紧紧地缠绕在一起。这里是米兰达的秘密基地，虽然每次都不得不承受被刺伤的疼痛，她还是很愿意在这儿搭房子玩儿，要是早上太热，她还会在这里休息一会儿，而克里斯蒂就在空地的另一边干活儿。

一天上午，大概十一点钟，迈克尔在绳子允许的离小木屋最近的地方躺着，它看到森林中走出了一头奇怪的动物，然后停下来看着它。那动物长得和迈克尔差不多高，浑身都是铁锈红色，只有肚子和脖子是白的，四条强壮的腿非常长，显得身子非常短。亮晶晶的圆眼睛长在圆圆的脸上，尖尖耳朵上长着又长又硬的黑毛，脸颊两边还有白棕色的胡须，看起来非常凶悍。它的尾巴只有厚厚的一截棕色的根部，如同被人砍掉了一般。它警惕地看了看四周，然后压低身子，慢慢地走向了迈克尔。

虽然迈克尔毫无经验，但它也明白这是要命的事，它恐惧地使劲跳起来，笨拙地打开腿，整个身体都被木桩拉住了。它翻着白眼盯着这个可怕的动物，一声长长的、颤抖的、绝望的呼救声终于从喉咙里喊了出来。呼救是非常明智的。米兰达马上从她的秘密基地抬起头。下一秒钟，她迅速反应过来。"妈妈！妈——妈——"她大声尖叫着，迅速跑过去保护她心爱的迈克尔。

这种突发状况是猞猁始料未及的，它立刻停止了动作。米兰达看上去并不凶，它根本不害怕。但是她非常与众不同，它不懂她脖子上鲜艳的红色是什么。而且，米兰达那不顾一切的勇气里有某种奇怪的东西让它停了下来。它如同一只猫那样端正地坐着想了一两秒钟，脸颊上奇怪的胡须和立起的毛耳朵让它显得很庄重。不过，它也只犹豫了一小会儿，当发现米兰达对自己构不成什么威胁后，它又迅速地走了过来。米兰达看见它没有离开，连忙紧紧地抱着迈克尔的脖子，再次大叫起来。

叫声本应该飞过空地，被克里斯蒂听到，但不幸的是它被风吹散了，小木屋那边什么动静都没有。不过，别的耳朵听到了呼救声，还理解了迈克尔的哞哞声，那头黑白花纹的奶牛——也就是迈克尔的妈妈正在远处的另一片草地上。克里斯蒂看着它惊慌失措地沿着篱笆跑过去，以为它是在赶苍蝇。而在木桩的后面，原本正在躺着吃草的两头小牛——星星和光芒，也在听到迈克尔的呼叫时就一起站了起来。在听到米兰达的喊声后，光芒将红棕色的头从灌木丛后伸出来，焦急地去看发生了什么。看到甘纳后，它将嘴巴高高扬起，发出重重的哼哼声，十分勇猛地摇着头。长着黑白斑点的星星紧随其后，它的反应和光芒不同，它低下头，垂下尾巴，嘴里发出愤怒的咆哮，把长角对准迈克尔和米兰达的敌人。

甘纳是没有勇气和愤怒的公牛作对的。它气愤地叫了一声，张开血盆大口，冲米兰达露出白色的牙齿，然后放下竖起的耳朵，垂下了短粗的尾巴，大步逃回了森林里。它跑得很快，后腿使劲蹬着，如同一颗球一样弹走了。过了五秒钟，它就在森林里消失了。星星站在米兰达和小母牛前面，放下尾巴，打着响鼻，昂然地用脚开始刨草皮。

就在那天，米兰达用"甘纳"称呼那只大猞猁，后来她跟妈妈说，这是星星跑来把它赶走的时候，大猞猁自己告诉她的。

斧头与鹿角

就这样又过了一个冬天。这一年冬天有更多的鸟儿来到小屋寻找食物。整个森林里的动物都知道了米兰达慷慨大方的好名声。雪下得并不厚，天也不是很冷，晚上也没有豹子再跳到屋顶上来了。然而，克里斯蒂和米兰达亲眼所见的一些事却让这个冬天又变得不同寻常。

十二月和一月里的几天，瓦皮蒂领着两只身材纤细的雌鹿来到谷仓外，吃着地上散落的稻草，不过瓦皮蒂和两头公牛相处得不怎么融洽。星星和光芒有时候会凶狠地挑衅瓦皮蒂，而瓦皮蒂就会如同弹簧一般跳到一旁，重重地踏两下光滑的前蹄，低头将两只鹿角放平，把鹿角上十四个尖尖的"矛头"对准两头公牛。不过这样的防御毫无用处。那头黑白花纹的母牛似乎非常喜欢瓦皮蒂，不过它一点儿都不在意。有一次，米兰达让它和雌鹿们舔了舔菜里的粗盐，这三只鹿一下子就被这美味迷住了，一直跟米兰达走到小木屋的门口。它们也爱跟着克里斯蒂走来走去，这让她开心地背着女儿喂了他们很多荞麦饼。冷的荞麦饼不容易嚼烂，而且口感也不好，但它们还是很喜欢。

到了一月份，它们只能离开这片乐土转去别的草地寻找食物。

而那年春天，米兰达觉得最高兴的事就是认识了十齿——她在冬天见过的那头漂亮的雄驯鹿。当时它和雌驯鹿正悠闲地赶往南方，到达小屋的前几天，它们已经厌烦了荒地上的干苔藓，想要吃到南方溪水边的柳树和杨树嫩嫩的新芽。一天早上，还没把牲口们放出去，米兰达望着窗外，看到了十齿慢慢地从森林里走出来，正想穿过空地。它的鼻子向前方伸着，头上顶着像叶子一般的扁平鹿角。鹿角向后放平，因为只有保持这样的姿势在森林里行走，才不会让鹿角被缠住。它的额头中间支出来一对手掌状的又宽又平的角丫儿，和别的角呈90度，显得非常大。雌鹿们紧随其后，它们没有中间那一对，鹿角要小一些。它们身上的颜色是非常浅的白褐色，而不是瓦皮蒂那种暖棕色。

经过谷仓的时候，十齿看见了诱人的草料，赶忙停下来尝一尝。每一种动物都爱吃克里斯蒂的稻草，每当它们吃得正欢的时候，米兰达就会悄悄溜出来和它交朋友。她把一小把喂鸡的荞麦装在那只亮黄色的小碗里，像礼物一样端出来。十齿将美丽的头抬起来，好奇地看着她。倘若是在发情的季节，它肯定会直接给她致命一击。不过这个时候，如果不是遇到狼、豹子或者猞猁，它都是温顺而好奇的。这个小家伙看上去并不危险，而且她的气质非常特别。她手上端着的闪亮的东西是什么？她脖子上戴着的耀眼的东西又是什么？它停下，仔细地看着她，略微迟疑地将头抬到比肩膀稍低一点儿的位置。雌鹿们也抬眼看了一下，不过美味战胜了它们的好奇心，还是把问题留给十齿吧，它们继续低头吃草。

这几年米兰达已经学到了不少森林里的知识，其中一点就是一切野生动物都害怕而且讨厌突然发出的大动静，它们对此会马上做出反应。哪怕是最凶残的驯鹿，在此情况下也会像贵族一样优雅而自信地离开。

它们非常明白——敏捷和仓促是不一样的，它们不会在正面和敌人发生冲突，而会选择迂回地把它们干掉。

因此，米兰达不会冒失地跑过去和十齿打招呼。她慢慢地停在几步远的地方，把碗端给它，温柔地和它说着什么。她不懂驯鹿的语言，不过她相信自己的声音是充满善意的。她又向前走了一点儿，而十齿由于好奇并未后退。不过它始终保持警惕，就像瓦皮蒂一样，感到疑惑时它会在原地踏步，只是它的蹄子更宽、更大、更笨重；瓦皮蒂的则要更光滑，修长的蹄子会像尖刀般将地上的沼泽和薄雪割开。

米兰达清澈的目光让它安心，于是它一步一步地走了过来。柔软的嘴唇能接触到黄色的小碗了，它看清楚了碗里装的东西，于是把鼻子和嘴巴凑上前，突然往碗里吹了一口气。荞麦被吹得四处乱飞，有一些还沾到了它湿润的嘴唇上。它吓了一跳，赶紧后退了一步，然后舔了舔嘴唇。嗯，是不错的味道。接着它又把鼻子凑了过来，仔细地闻了闻，然后吃掉了所有的荞麦。

"啊，贪吃的家伙！"米兰达一边温柔地责备它，一边转身回小木屋打算再拿一点儿。

"可别让桑德斯看到，"她暗自想着，"倘若它知道我拿它的荞麦去喂鹿了，不知道会如何呢。"

十齿紧跟着她，充满好奇地嗅了嗅她脖子上戴着的红色的蝴蝶结。它想跟着她进屋，但是它的鹿角太宽，卡在了门外。当时克里斯蒂正在扫地，突然发现光线一暗，抬起头就吃惊地看到了那个大脑袋。

"真要命！"她叫起来，"很快，她就要把森林里的所有动物都带来和我们住在一起了！"

不过，她还是大方地给了它几把荞麦。它把其中的一半吹到了地上，害得她又扫了一次地。直到明白不会再有更多好吃的了，十齿才不情愿地从门口走开，闻了闻窗框，想用鼻子把窗户推开。

十齿和雌鹿们不知道，有四只大灰狼一路跟着它们。虽然大灰狼十分凶猛，但也很谨慎，它们深知驯鹿的攻击能力，所以才迟迟没有下手。它们在寻找机会袭击落单的雌鹿。这几天，它们非常小心地跟在鹿群后面，到现在已经又饿又气了。从森林里走出来之后，它们看见五只雌鹿在谷仓外吃草，却没有看见十齿。

这可是绝佳的机会，它们要动手了。四只饿狼，拖着毛茸茸的尾巴，皱着灰色的嘴鼻，露出白色的狼牙，灰白色的肩膀同时一起一落，并排着从雪地上偷偷跑下来。这时，雌鹿们发现了饿狼们，它们惊恐地愣了一下，然后迅速跳拢起来，后腿紧紧靠在一起，围成一个圆圈，低下头将尖尖的鹿角朝外竖了起来——这是它们代代相传的防御术。

狼群没有发出任何声音，只是深深地吸了口气，接着使劲跳起来，想要避开鹿角锋利的边缘。其中两只狼因被刺中而惨叫起来，还有一只狼逮住一只雌鹿的膝盖，把它拖了出来，一口咬住雌鹿的脖子，眼看就要把它咬死，但是肋骨突然被旁边的雌鹿用力刺了一下，疼得狼松开嘴大声号叫。第四只狼迅速发现了防御圈的破绽，它跳起来的时候，一只愚蠢的小雌鹿吓得跑到了一边，自己逃走了——将整个防御圈都破坏了。

那只头狼一下子就咬住了小雌鹿的脖子，另外三只狼也跳到了它的身上。剩下的雌鹿们依旧保持着防御的姿态，面无表情地看着小雌鹿身处险境。显然，这是由它自己的愚蠢造成的，当然没有好下场。不过回过神来的十齿想得却不一样，那只愚蠢的小雌鹿是它最喜欢的，于是它发出一声半是咆哮半是哭诉的吼声，连忙冲上去救它。

　　一只狼被它撞到了谷仓的角落，哀嚎着一瘸一拐地爬起来，尽管垂头丧气，但还是再次回到了战场，接着十齿的两只前蹄将另一只狼的背踏碎了。剩下的两只狼很快就从两边抓住了十齿的肚子，想拖倒它，但十齿英勇地直立起来用力想把它们甩开，这样它才能用角顶，用蹄踩。那只受了伤的雌鹿挣扎着站起来，想要躲进那可靠的防御圈中，最后其他雌鹿非常不情愿地让它躲了进去——它们的做法无可厚非——因为对驯鹿来说，这只小雌鹿的错误很严重，它打破了队形从而使得整个鹿群都陷入危险的境地。

　　这时，勇猛的十齿发现自己的处境十分危险。不过，意外出现了——有援兵到来。狼群没有料到克里斯蒂·凯瑞格会冲出来。克里斯蒂一看到狼群就极其愤怒，她原本以为附近的森林里早就没有狼了，如今它们的出现则表示随时都会有危险。她知道狼的数量很少，所以必须斩草除根，永绝后患。

　　"有狼！在屋子里待着不许出来！"她严厉地吼道。米兰达向来不敢违抗这样的命令，她的身体因激动而发抖，脸色发白，眼睛却瞪得大大的，用力扒着窗玻璃看向外面。克里斯蒂摔门冲了出去。

　　经过柴火堆的时候，她顺手抄起斧头。她脸色像铁一样严峻，愤怒的火焰在黑色的眼睛里燃烧着。这是一次绝望的冒险——敌人是三只饿疯了的野狼，唯一的帮手就是一头雄驯鹿。但是，克里斯蒂并非怯懦的女人。

　　她一斧头冲着离得最近的那只狼的后腿扫过去，差点把它劈成两半。那狼将十齿松开，而十齿迅疾地转过身，想攻击另一边的敌人，不过那只狼已经跳开了。它躲过了十齿的鹿角，却差点儿把克里斯蒂撞倒。克里斯蒂正全力挥舞着斧头，砍向它的脖子。尽管她只能拖住它短短的一瞬间，但这对十齿而言已经足够了。它跳起来，将两只尖尖的前蹄向前伸出，如同凿子一般正对着敌人的肋骨踏了上去——就算是钢铁做的肋骨也承受不了这一击，雪地上那堆血淋淋的灰色皮毛已经没有狼的样子。

　　唯一还活着的就是被十齿踢瘸的那只狼，它之前一看到克里斯蒂出来就悄悄退到了后面，此刻更是扭头就跑。克里斯蒂急忙追了上去。她比一般女人跑得快，一心想着要把狼群全部消灭。那只狼因为腿瘸了，一开始跑得并不快，但想到同伴的下场，它开始拼尽全力想要逃脱。然后它放松了紧绷的肌肉，加快了速度。它一路狂奔，快得让克里斯蒂好像变得静止了似的。

　　克里斯蒂停了下来，抢起斧头，用尽全身的力气向它扔过去，命中目标。倘若是斧刃那端命中的话，她的心愿就实现了，然而斧头把儿打在了狼的屁股上。它被打得在雪地上翻了好几个跟头，惊恐地号叫着。但它很快稳住自己，如同一个灰色毛球那样弹起来，穿过灌木丛，在森林里消失了。

　　克里斯蒂回来时，看到米兰达迷茫又可怜地站在门边，小脸十分苍白。而十齿和雌鹿们没有等她回来，对她表示感谢——它们已经小跑着穿过了白雪覆盖的土地。它们的嘴鼻直直地向前伸着，鹿角沿着脊背平放着。那只小雌鹿和十齿身上流下的血，随着前进的每一步一滴一滴在雪地留下两条渐行渐远的红线……

和平女神

经过狼群事件后，克里斯蒂比之前更担心女儿，不过幸好米兰达和母熊之间有着非同寻常的友谊。雪一停，森林里一眼望穿的暮色和神秘的静止又让米兰达心痒了。母熊又来了，和以前一样无比忠心。然而，若它不在，米兰达就不能进森林，只能热切地偷偷地观察那些动物。

时间飞逝，转眼六月就要来了。大地被热气烤得暖烘烘的，地上的苔藓都被晒干了。米兰达又一次发现自己的眼睛非常厉害。有一天，她和克鲁夫在小桦树林里遇到了一只雌鹧鸪，它带着一群刚孵出来的孩子。鹧鸪妈妈扑腾着翅膀，似乎受了伤。克鲁夫赶紧追上去想捉住它，它向旁边扫了一眼，想看看周围有没有小鹧鸪。米兰达没想到聪明的克鲁夫居然一只也没瞧见，那些小鹧鸪就在她身边，她看得一清二楚——那些一动不动的棕色毛球看上去很像森林里到处都有的叶子和苔藓。有的在叶子或树枝下半掩着，有的蹲在地上保持警惕。它们的眼睛紧闭着，努力让自己与周围的环境融为一体。命运是难以预料的，倘若它们动一下就可能会当场死去，所以这些小鹧鸪生来就要严格遵守鹧鸪的生存法则。它们的坚持效果不错，因为无论遇到的是敌人还是朋友，都从来没有被发现过。

　　但它们没有逃过米兰达的双眼，她早就把鹬鸪妈妈的小把戏看穿了，根本不担心它受伤，而且她知道克鲁夫抓不到它。况且，天真的她以为就算是被捉住，克鲁夫也不会伤害鹬鸪妈妈，真正有意思的是这些静止不动的小鹬鸪，一只、两只、三只……米兰达数了一遍，一共有十只，周围可能还有更多。鹬鸪妈妈正绕着圈飞，想看看究竟发生了什么事。它看着满脸好奇的米兰达温柔地捡起一只它棕色的宝贝小毛球，然后又是一只。它太过惊讶了，以致几乎忘记了克鲁夫的存在，差点儿就被捉住了。

　　它连忙飞高了些，不过马上就意识到，在米兰达面前，什么东西都藏不住。于是它一边惊慌地叫着，一边直直地向森林深处飞去。本来静止不动的小球们听到妈妈的叫声后马上动了起来。躺在米兰达手掌上的那两只好像死了的小鹬鸪也立刻跳到地上冲进了灌木丛里。伴着低沉刺耳的咯咯声，鹬鸪妈妈带着孩子们迅速地逃离了。克鲁夫只好失望地回到米兰达身边。

　　米兰达一直认为森林里的动物们是非常温柔的，它们大部分是亲切又安静的邻居，除了猞猁甘纳、狼，还有那只猫头鹰——它把野兔撕开当成了夜宵，在雪地上留下一堆血淋淋的毛。她没有见过源源不断地在静止中发生的悲剧，她无法想象那些在她眼皮底下各自忙碌的野生动物们是如何整天提心吊胆，害怕死亡突然降临。她天真地觉得，它们大部分都是老死的。

　　那年夏天，米兰达第一次也是仅有的一次发现了克鲁夫的缺点。除了妈妈之外，她一直把克鲁夫当成世界上最亲近的人。那天，她像往常一样跑过空地去森林边界和克鲁夫见面。母熊没像平时那样跑过来,它踩着什么东西,正在仔细地闻着,专心致志地研究着。米兰达跑过去一探究竟,结果被吓坏了,那是一只死兔子,浑身血淋淋的,还残留着余温。她吓得尖叫着往后退,然后,她生气地用小手一下又一下扇着克鲁夫耳光。克鲁夫非常吃惊,不过它没有问为什么,它知道米兰达与常人不同。它把头仰起来,躲开巴掌,闭上眼睛,并且温顺地移开了那惹事的脚掌。

"哦,克鲁夫,你怎么可以这样!你这只坏熊,就像那些狼一样坏!我恨你!"米兰达哭喊着,眼里闪着泪花,小胸口里溢满了悲伤。克鲁夫看出来她现在很难过。米兰达把死去的兔子提起来,跑到土豆地里拿了锄头。大熊则在原地坐着忏悔。米兰达故意不理它,惩罚般地在它的正前面挖了一个洞。她把兔子埋进洞里,轻轻盖上土。接着把锄头重重一扔,伸出双臂抱住母熊的脖子,大声痛哭起来。

"克鲁夫,你怎么可以这样呢?"她哭喊着,"哦,也许有一天,你也想要吃了我吧!"

克鲁夫难受地跟着米兰达离开了那个伤心的地方。过了一会儿,米兰达的心情渐渐平静下来,似乎忘记了刚才伤心的一幕。那天下午,她们一直开心地在空地边上吃着野生莓果。克鲁夫渐渐明白了——米兰达是因为它杀了那只兔子而生气——米兰达很喜欢兔子,所以克鲁夫决定以后都不捕食兔子了——至少不能当着米兰达的面这样做。不过,当米兰达回家后,狡黠的克鲁夫却悄悄回到埋兔子的地方,挖出了死兔子,心满意足地把它吃掉了,之后它还聪明地把土重新盖上,免得被米兰达发现。

经过这个小插曲,米兰达深信克鲁夫已经改过自新了。就这样,日子一个月又一个月，一个季节又一个季节，一年又一年地慢慢过去了。米兰达几乎已经忘记了让她害怕的那几次流血事件。这几年的生活几乎没什么变化，不过米兰达丝毫都不觉得乏味。她随时都可以看见发生的各种事情，而克里斯蒂对此毫不知情。如今，小屋外环绕着丁香花丛和葡萄藤，鸟儿们悄悄地将窝搭在了绿色的树叶间，风吹日晒的木桩上也被一丛丛鲜红色的豆藤花攀附上了。不再光秃秃的小木屋显得十分温馨。牲口的数量也多了起来。老戴夫很少到这里来，不过每次回村里时都会装满克里斯蒂的东西，帮她卖掉。

米兰达在野生动物中的威望也在慢慢增加，但是别的动物都不敢像克鲁夫那样亲近她，它们更想和她保持一段恭敬的距离。在她的面前，它们从不会杀掉更弱小的动物——似乎在她能洞察一切的目光下，动物们达成了永久休战的协议。

到了春天，克鲁夫就不再独自来到空地，有时它的旁边会跟着一只毛茸茸的小熊，不过它对米兰达的忠心丝毫没有因此而减少。小熊小的时候会跟着克鲁夫和米兰达一起玩耍，但长大后就被赶去了别的地方——因为克鲁夫无法容忍同一片森林里有别的熊——任何成年熊都不能侵占它的领地，即便是自己的孩子。小熊们来了又走了，克鲁夫和米兰达之间的爱却从未消失。

冬天里，织布机被克里斯蒂踩得咔咔作响，她要将小农场丰收的亚麻织成线，而米兰达的任务则是编织。为了避免把狼招来，她们没有养羊。春天快要来临时，天气变暖了。有一天，老戴夫背着米兰达编的样式新潮的各种长袜、短袜和手套，沿着小路慢慢地走回村里。他很快就发现有两只狐狸跟在自己后面。它们并未跟得很紧，也没有发出大动静，让戴夫觉得它们似乎只是陪着他，走了一两英里①都是如此。他感到非常奇怪，不知道自己为何会受到这么高的"礼遇"。

还有一次，他也是背着很多东西，瓦皮蒂——那只雄鹿竟然跑过来非常亲切地嗅了嗅他。而第二年冬天，当他背着同样具有魔力的货物在路上走时，好几只蹦蹦跳跳的野兔远远地跟在他后面，仿佛在寻求保护，这些事让他觉得实在太奇怪了。他一开始以为自己"见鬼了"，但是认真观察后发现那些莫名其妙的动物都是活的。总之，每次在森林里走动都让他感到非常别扭。后来，他忍不住跟克里斯蒂说了这件事。

克里斯蒂一听就笑了。

"戴夫，难道你不知道米兰达和那些动物的相处得很好吗？她自己就是半个动物！有动物跟在你后面的时候，你是不是都背着米兰达织好的东西？"

"原来的这样！"老伐木工回答道，"我想起来了，怪不得有一次那只大公鹿一直在闻我背着的手套和袜子呢！"

"它们和米兰达是朋友，所以闻到那些东西上的味道，会以为她就在周围，或者它们觉得你也是她的朋友。"

从那以后，每次老戴夫带着米兰达编织的东西回村里时，都会特意看看有没有动物跟着他，他对这种礼遇感到十分骄傲。当然，他把这件事告诉了其他人，于是出现了很多离奇的故事。有人说克里斯蒂和米兰达用大家都会说的英文就能和野兽们说话，她们知道森林里的一切秘密，除了那些"人类"不需要知道的事。而更迷信和狂热的人则暗地里议论

---

① 1英里≈1.6千米。

说，克里斯蒂看到的根本就不是真正的动物，而是鬼魂变成了动物的样子，像兔子啊、山猫啊、狐狸啊、熊和豹子啊——在与世隔绝的小屋外游荡。

这些恶毒的故事让老戴夫感到很气愤，他每次都要和那些造谣的人大吵一架，后来只要有他在场，那些人就不敢瞎说了。小戴夫却一点儿也不关心森林深处的那些事儿，他跑去了魁达维克以南的森林。很快"猎人和捕兽能手戴夫"的名声就传开了。他不怎么回村里，不过每次回来都会或多或少听到那些离奇的传言。而长期的独来独往已经让他的心变得非常宽大、安静和包容。

不速之客

    克里斯蒂离开村庄后的第七年，村里发生了一件事。因为这件事，那些老掉牙的流言又有了新的素材，而有关空地的传言也增添了许多神秘的色彩。

    那年的冬天不是很冷，雪下得不够深，松树根下，黑熊克鲁夫的洞穴缺少足够的积雪保温，因此，它提前结束冬眠苏醒了过来。大地还冰封着，几乎找不到什么食物，所以它饿坏了。米兰达发现了它越来越强烈的饥饿感，带了好几次煮熟的豆子给它。对饿极了的熊来说，这些豆子无疑是世间美味。当它知道这些豆子是克里斯蒂煮的以后，来自味蕾的温暖便融化了它多年来对克里斯蒂的戒备。第二天，当克里斯蒂和女儿在小木屋吃饭的时候，克鲁夫已经出现在门外，用力闻着里面的香味。

    "什么东西在外面来回走？"克里斯蒂严肃的声音里夹杂着一丝不安。米兰达已经跑到窗户前望向外面。

    "天啊，妈妈，克鲁夫来了！"她兴奋地拍手大叫起来。没等到克里斯蒂说话，她就已经打开门了。克鲁夫眨了眨精明的小眼睛，摇晃着走了进来。它在桌旁蹲坐着，好奇地盯着炉子里的火。"噼啪"一声干树枝炸开了火花，吓得它退到了更安全的位置，不过仍然专心地看着那奇怪的东西。

克里斯蒂和米兰达安静下来，充满好奇地看着它想做什么，最后还是米兰达打破了沉默。

"噢！亲爱的老克鲁夫，你总算来见我们了，我们太开心了！"她叫着冲过去紧紧地将克鲁夫的脖子抱住。与此同时，好像是欢迎的表情也浮现在克里斯蒂的脸上。作为回应，克鲁夫舔了舔米兰达的耳朵，又扭头去仔细观察那神奇的火焰了。

它的安静使得克里斯蒂松了口气。

"米兰达，拿点儿荞麦薄饼给这可怜的家伙，"她好客地说，"它一定是因为饿了才来的。"

米兰达更希望它不是出于这么功利的目的。不过，她立刻装了一盘荞麦薄饼，这些本来是她自己要吃的，因为薄饼上已经淋上了厚厚的糖浆。她把盘子放在离克鲁夫最近的桌子边上，把它的嘴巴轻轻拉过来。不用邀请，克鲁夫立刻把火焰的事抛在脑后，荞麦薄饼和糖浆诱人的香味扑鼻而来，它从未吃过这些，高涨的食欲已经无法遏制。它也顾不上礼节了，伸出红色的舌头把薄饼一扫而光，还把糖浆舔得干干净净。它高兴极了，还想再来一盘。

才从烤箱里取出的薄饼高高地堆在克里斯蒂面前的盘子里，克鲁夫急切地伸出爪子去抓那盘子。这举动也太无礼了，克里斯蒂移开了盘子，米兰达用力地推了推它横在桌上的爪子。"不可以这样，克鲁夫，你要乖乖的，否则就不给你吃了！"她竖起食指表示警告。熊的反应原本就比一般动物快，再加上它和米兰达一起玩耍了那么长时间，克鲁夫已经很通人性了。它眨了眨眼睛，吐着舌头静静地等着。然后，米兰达又将一大盘的薄饼和糖浆端给了它。吃完以后，克鲁夫在小屋里东看看西看看，最后在里屋角落的一块毯子上躺下睡着了。直到傍晚，它才站起来摇晃着离开了，回到了自己的窝——冬眠期还没过，它还有点儿不太清醒。

从那以后，克鲁夫每天中午都会到小木屋来，把克里斯蒂和米兰达为它准备的食物吃掉，然后躺在自己选中的角落里的那块毯子上，一直睡到下午再回去。渐渐地，克里斯蒂把它当成了家中的一员，她从未如此对待过那些牛和鸡。过了几天，克鲁夫再过来时，公牛们不再对它满怀戒备地放低牛角，而桑德斯的儿子——一只像它一样骄傲的公鸡，也不再像从前那样惊声尖叫着给大家发出警告了。

过了立春没多久的一天下午，有两个不速之客来到了小屋。距离魁达维克十六英里远的地方，有一个伐木营，那里这些天发生了一件麻烦事。有两名脾气坏又爱惹事的工人由于一整个冬天都不安分，最后终于把老板和同伴惹怒了，将他们赶出了营地。他们一路上愤怒地穿过森林走近路回村里。大约下午三点的时候，他们来到了空地，想找点食物。

即便克里斯蒂看出他们身上压抑的怒气，但见他们说话还算有礼貌，所以还是立刻去忙着准备，毕竟林区人都有热情好客的特点。米兰达不喜欢他们，所以离得远远的，一声不响地观察着他们。

很快，克里斯蒂就端上了丰盛的大餐，有热茶、鸡蛋、煮豆子、白面包和黄油，但是没有肉，所以他们不高兴了，让她把肉拿出来。

"我们没有肉，而且我们是不吃肉的。"克里斯蒂解释说，"我和米兰达都喜欢吃这些东西，我想会合你们的胃口的。"

　　林区人不可或缺的食物之一就是肉，他们从未听说有谁住在林区却不吃肉的，所以想当然地觉得她肯定是不想拿出来。

　　"你撒谎！"其中那个皮肤黝黑、又矮又瘦的恶棍大声说道。另一个人也站起来，向着克里斯蒂走近了一步，而克里斯蒂站在原地毫不畏惧地望着他们。他将浓密的红胡子竖起，又恶狠狠地耸起宽肩膀，高得都要触及他的大耳朵了。

　　"你这里肯定有肉，赶紧给我滚去做！"他最后那句话是伐木工人的口头禅，但是绝不应该对女人说这种话。

　　"混蛋！"克里斯蒂气得脸和眼睛都红了，"从我的房子里滚出去！"她想看看周围有没有够得着的武器，不料那个恶棍已经抓住了她。尽管她的力气比大部分男人大，但并非这个野蛮人的对手。那人耍了花招，抓住她转一圈后又将她甩了出去。米兰达气愤地尖叫着，把桌上的餐刀抓起来，就要扑过去帮忙。那个矮个子的恶棍，似乎发现了有意思的事儿，大叫道："比尔，抓住那个女人！这个小女孩交给我！"说着就向米兰达扑去。

　　这一切都发生得很突然，有那么一瞬间，克里斯蒂吓得彻底呆住了。恐惧将她体内疯狂的勇气激发了出来，她张嘴狠狠地咬住抓住她的男人的手腕，那人惨叫了一声将手松开，趁这个空档，她挣脱出来，反手用力掐住那个人的脖子。所有的事情都发生在一瞬间，但也成功地将另一个流氓的注意力转移了过来。他狞笑着跑过来，想从克里斯蒂的手中拉开自己的同伴。

　　不过他没有成功，因为就在那时，半梦半醒的克鲁夫用鼻子顶开了门，想看看里面为什么这么吵闹。它庞大的身躯就像梦魇一般降临，那皮肤黝黑的恶棍如同被施了定身术，吓得一点儿都不敢动。克鲁夫咆哮着跳了过来，那人吓得围着桌子跑到打开的门边，一溜烟地逃走了。

而另一个脖子被克里斯蒂紧紧掐住的流氓，当他眼角的余光看到从天而降的母熊时，觉得这一切都是他的同伴害的。对他来说，克鲁夫像牛一样壮，他用尽全力从克里斯蒂的手里挣脱，喘着气，咒骂着把她甩到桌边，自己从小屋中冲了出去——他害怕那怪兽会折回来，那样他就如同笼子里的老鼠一般彻底没有活命的机会了。

巧的是，克鲁夫正好折了回来，而且非常生气，竟然有敌人比它跑得还快。哎呀，现在另一个这样的人又站在门边。那人抬头一看，眼珠子都差点儿吓出来。他惨叫着，如同潜鸟般灵活地闪到了一边。克鲁夫野蛮地将爪子伸出去，想在他身上发泄所有的不快。若是这一掌击中目标，那小屋门口马上就会血流成河，而这世上也就少了一个流氓。不过它没有击中，让他跑了。他拼命地在雪地不停地跑，想追上逃掉的同伴。

回到小屋时，克鲁夫气得胡须都翘了起来。克里斯蒂和米兰达则哭着拥抱它，对它表示感谢和赞扬。那个又黑又瘦的恶棍一直跑到森林边缘才敢停下来，转过身看后面——黑熊没有追来。没过多久，他的同伴也跑了过来，气喘吁吁地紧紧抓着他。有那么一两分钟，两个人都没有力气说话，只是偶尔咒骂几声。

那个个子大一点，留着胡须，叫比尔的恶棍被克里斯蒂咬伤的手腕还在流血，喉咙也肿成了紫色，可见她当时用了多大的力气，另一个跑得快的恶棍侥幸没有受伤。两个家伙狼狈又害怕地面面相觑。

"你之前有没有见过那东西？"比尔急吼吼地问。"谁会见过那鬼东西！"他的同伴肯定地回答。

"啊，见鬼了！那只是头熊而已！"比尔自嘲地说道，"不过那熊比头牛还壮！我可不想招惹熊和牛啊！"

"这有什么好笑的，熊太可怕了。我说，咱们还是快点走吧！"两人一起抬头想看看太阳以确认方位，不过他们看到的并不是太阳。两人吓得头发全都立了起来，下巴也快掉了，极大的恐惧把他们钉在原地，一点儿都不敢动。

只见一只豹子正蹲在他们头顶正上方那棵古老松树伸出来的一根宽大的枝干上面，睁大眼睛瞪着他们。他们可以清楚地看到豹子牢牢抓在树枝上的利爪，而在它探过身子将头低下时，他们看见它的嘴唇在向后弯。两人吓坏了，头脑中一片空白，心脏都快不动了。突然，其中一人惨叫一声，接着两人像兔子一样跳到一边，撒腿就跑。

几个小时后，他们总算回到了村里。之后，故事就迅速传开了，说有鬼魂守卫着克里斯蒂的小木屋，倘若碰巧有人去打破那里的平静，那些鬼魂就会随意变幻成各种凶猛的动物，比如豹子、熊、狼或者疯狂的驯鹿……把那些人全都吓跑。

村里迷信的人当然认为这件事是真的，而其他人也假装相信，因为只有这样才有故事可说。更可笑的是，谁都没有和那个叫比尔的恶棍争论过这件事的真实性。只有小戴夫有时候回来听到传言后和他吵过一次，并把他狠狠地修理了一顿。

好友重逢

从那以后，就很少有入侵者袭击空地上的小木屋了。村里疑神疑鬼的人们都说克里斯蒂母女俩藏着什么秘密，她们才会远离大家去和那些动物朋友在一起。除了老戴夫，谁也不想与动物们成为邻居，也不想让强壮的熊做自己的保镖。他们不想让顽皮的猞猁来串门，也不喜欢牛群在谷仓前自由奔跑。至于小戴夫，他不想再对关心克里斯蒂和米兰达的动物们造成伤害，于是把他的陷阱收起来，带着精湛的枪法和森林生存技能，去了远离空地的地方。

而米兰达在克里斯蒂这唯一的人类亲人陪伴下，一天天长大了。她和妈妈非常亲近，两人一直相依为命。虽然克里斯蒂的文化水平不高，却也教会了米兰达许多事。沉默的森林、充满神秘的夜空、肃穆的风和安静的动物小伙伴们也都在潜移默化地改变着米兰达。

如今，十七岁的米兰达已经出落成了一个心智也远比实际年龄更成熟的姑娘。她身上既有人类的灵气，又有森林女王般的精灵气质。她非常安静，不苟言笑，浑身散发着野性。尽管森林里的动物们什么都不懂，但是她对它们却怀着不同寻常的怜悯。不同于她的动物朋友们，米兰达的情感很丰富，高兴了就愉快地唱歌，苦痛时就会变得软弱，看到血腥还会害怕。毫无疑问，这些特质让她在森林里变得更加神秘了。而米兰达和小戴夫都是不懂害怕的人，即便面对的是发怒的豹子或者麋鹿。与此同时，她的这种神秘气质也莫名地向别的生物彰显了她的领袖地位。

尽管肤色和克里斯蒂一样，米兰达却长得并不像她。她身高中等，身材纤细，气质优雅，手脚小巧，五官也非常精致。她的肤色是健康的亮棕色，一看便知她经常在户外干爽的空气和灿烂的阳光中活动。她那棕黑色的头发就像瀑布一样，在阳光下如同跃动的火焰，柔柔地在饱满的前额上披垂着。她那又大又深的双眼中，充满了一种巨大的征服力量，使得森林中的动物们对她充满敬畏。她眼睛中也闪着充满魔力的透明的奇异光芒。她的目光清澈得如同水中的倒影一般，看上去很不真实。她的鼻子挺直又立体，而且非常灵敏，不仅能将森林里不同动物的味道辨别出来，还能嗅到一些难以描述的气味——这些夹杂在空气中的气味一般预示着季节的变化。

她的嘴巴很大，却一点也不突兀，嘴唇薄厚适中，唇线鲜明，泛着鲜红的光亮，看起来非常灵动和紧致。米兰达有的地方也和妈妈很像，比如沉着冷静，自控力很强。她动作敏捷，即便是在休息时，也像一只随时准备振臂起飞的小鸟。她的性格也像克里斯蒂那样，看起来就像一座沉静的火山，内心却燃烧着火苗。米兰达一直戴着的那个红色蝴蝶结让她与众不同，克里斯蒂则始终裹着红色头巾，让人透过她平静的外表感觉到她的热情。

如此多样的性格融汇在米兰达身上，却显得十分自然。她好似和平女神一般和动物们相处融洽，没有战争和杀戮。如此，她很长时间都没有见到血腥，也渐渐淡忘了死亡和苦痛。但是，她却是鲑鱼的噩梦。不过，她自己从来没有仔细想过自己带给鲑鱼的危险，只是觉得钓鱼时，即使存在危险，湖畔的美景依然赏心悦目。小溪欢快歌唱自由流淌，激荡出五彩的水泡，水声隆隆的瀑布，暗绿色的波光粼粼的湖面，暗紫色和琥珀色的旋涡和逐渐激荡开的水面，还有那湖边的落叶松和铁杉树根，都让人沉浸其中。

米兰达在这样美丽的景色中悄悄将挂着鱼饵的鱼钩投进水里，专心致志地盯着渔线，仿佛这细细的线上承载着她所有的希望。哪怕一点儿微小的振动都能让她兴奋地拉起渔竿，把钓上的或朱红或银色的鱼儿拖拽到绿色地毯般的苔藓上。钓鱼真是太有意思了！池里的鱼儿从没让她想过它们也是有呼吸、有感觉的生物——她无论如何也不会认为自己是这种冷冰冰生物的敌人。

是的，尽管她十分亲近自然，却依然躲不开自然界中永不休止的战争。

一个夏天的傍晚，温暖无风，米兰达正提着一大串鲑鱼往家走，其实这样的天不适合钓鱼，但七八月份时鱼儿们总会游到水面上来，对它们而言，米兰达的鱼饵是致命的诱惑。她提着很多战利品：一条嘴被撑开的大鱼，半打被桤木做成的叉子从鱼鳃那里穿过的小鱼。她黝黑的脸有点红，头发散开（她向来不戴帽子），地上的石头、树皮上的标记、偶尔飞过的飞蛾和在松树缝隙间栖息的猫头鹰等倒映在她深邃的眼睛里，不过这双眼睛看见的似乎又不只是这些东西。

突然，她看到了另一幅景象，她一直盯住那里，有点儿生气，急急忙忙又略显迟疑地往前跨了一步。

眼前的空地十分开阔，温暖的阳光洒在上面，仿佛是在进行无声的邀请。空地边缘上长了一棵低矮但枝繁叶茂的山毛榉，沐浴着阳光，投下美丽的树荫。就在这树荫里，一个少年正头枕在胳膊上，安静而惬意地躺在地上睡觉。他又高又瘦，红棕色的头发修剪得短短的，穿着灰布衣，裹着一件很旧的鹿皮外套，浅黄色的小胡子和那晒成红棕色的皮肤对比十分鲜明。他的来复枪靠在旁边树上，在这样一个慵懒的夏日午后他舒服地打起了盹儿。

一只巨大的豹子就蜷缩在离他不足五步的地方，它趴在地上，注视着他，早在第一眼看到猎物时这只豹子就做好了一击毙命的准备。此刻，它平顺地舒展着尾巴，只有尾巴尖轻微地颤动着，充满凶光的大眼睛正一眨不眨地盯着就要到手的猎物，根本没有注意到米兰达的靠近。

米兰达觉得这树荫下的少年非常美，就像盛开的花朵，就像空地上挺拔的小树，又像色彩绚丽的日出，他与她熟悉的任何一种野兽都不同。一想到这英俊的少年即将面临的危险，米兰达的胸中就腾起了一种莫名的愤怒，产生了强大的保护欲。她只稍微犹豫了一下，就轻轻走到少年的身边，生怕脚步太重惊醒了他。她目光如炬地盯着那野兽的双眼。

"滚开！"她果断地命令道，并做了一个手势。

虽然野兽听不懂她的话，但这"滚开"的手势十分简单，它马上就明白了。有好几秒钟，它望着米兰达的眼睛，对抗着那坚定的目光，好像想对她的权威发起挑战。但是，它很快便将目光移开，改变了态度。它蹲坐起来，将尾巴垂下去，全身体也放松下来，它扭头望了望，很快转身生气地走开了。

就在豹子离开时，熟睡的少年突然惊醒了。他坐起来，面带疑惑地看了米兰达一眼，接着又看了一眼豹子离去的方向，伸手打算去拿枪。

米兰达迅速地制止了他，站在他面前，满面怒容地看着这个少年。

她大喊着："你不能开枪！"声音微微有些颤动。

他已经跳了起来，看着米兰达涨红的脸，一时间心中对她充满了崇拜和疑惑。

"这畜生想把我吃掉！"他抗议道。

"可最终它没有，"米兰达简短地回答道，"因此你没权力把它杀掉！"

"那它怎么没把我吃了？"少年问道。

"我赶走了它！早知道你要把它杀掉，真该让那豹子把你吃了！"米兰达冷冷地答道。

"它怎么没吃了你？"少年接着追问，灰色的眼睛一下子亮起来，似乎明白了是怎么回事儿。

"因为它不敢，也不想！"

"我猜……"这个英俊的少年伸出手，冷漠的脸上展开微笑，"你就是小米兰达吧！"

"我是米兰达，"她答道，却毫不理会少年向自己伸出的那只示好的手，"可我很确定，我不认识你，如果你想到我的林子里伤害我的朋友的话，那就尽管试试！"

"我绝对不会伤害它们一根汗毛的！"少年用满含热情和高兴的语气说，"米兰达，难道我们不是朋友吗？以前，我们的确是朋友呀！"

他伸着手向她靠近了一步。米兰达往后退，将手背在身后。"我根本就不认识你！"米兰达坚定地说，语气中的愤怒也慢慢变成一丝倔强，过去的记忆一点点涌上心头。

"你过去可是小戴夫的朋友啊！"他殷切地低语道，面对米兰达的冷漠和疏离，一贯冷静的他不免有些惆怅。

但是下一秒，米兰达突然真诚地握住了他的手。"我想起你了！"她继续说，"这么久，你都已经忘掉我们了吧？不过没事的，跟我一起去空地吧，看看我妈妈，再一起吃顿晚饭吧！"

戴夫一下子开心起来。

"谢谢你，米兰达！我真是太开心了！"他说着，走到一旁去拿枪。一看到枪，米兰达脸上友好的表情瞬间僵住了，大眼睛里一下子充满了厌恶。

"我来拿！"米兰达突然开口说道，然后伸出了手，一副完全不容许拒绝的架势。

戴夫面露难色，不过还是赶紧把枪给了她，他长着淡黄色胡子的脸上闪过一抹浅笑。实际上，米兰达对这饱受诟病的武器毫无兴趣，只是想拿着它而已。

"我会替你拿着这把枪，"她突然开口道，"这些东西你来拿。"说着，她把那串鱼递给了他，转身走回小道上。

小路很窄，只能容纳一人，戴夫默默地跟在她身后走着，一时间两人沉默不语。米兰达莫名地对这少年产生兴趣并出手救了他，但如今一想到他是猎人，她就觉得他是敌人。因为这种怨恨，米兰达认为戴夫肯定会对她和动物们之间的友谊表示鄙视和不屑。她突然间非常同情那些死在戴夫子弹下、困死在陷阱中的动物们。在她看来，陷阱是最不可饶恕的。小时候，她看见一只猞猁，可能就是甘纳，被陷阱紧紧钳住了后腿！被陷阱困住的动物要过好几天才会痛苦地死去，它的目光一点点变得呆滞，眼神空洞，双齿之间吊着肿得发黑的舌头。

　　她原本可以做点什么来帮助这个小东西结束痛苦，但当时她太小了，不知道该怎么做。她只是感到深深的无助和痛苦，之后转身逃走，哭了很长时间。

　　后来，她有点后悔，可能那可怜的小家伙吊着的舌头想要喝水呢。她马上带着一杯水飞快地跑了回去，希望可以缓解它的痛苦，但是当她赶到那里的时候，那只猞猁已经断气了。原本可以在它最后的时光里减轻它的苦痛的，她却没有抓住机会，这种悔恨一直在她的心中萦绕，让她痛彻心扉。而此刻，这位优秀的猎手，却是她小时候的好朋友，走在身后的他让她回想起儿时亲眼所见的悲惨情景，这让她一时难以接受，觉得实在是太讽刺了。但她排斥戴夫最主要的原因是她隐隐觉得到他会给她带来一种威胁——会对她的整个生活，她对动物的怜悯，以及她冷静和满足的心造成的威胁。

　　戴夫当然也感觉到了米兰达对他的排斥，他很想化解这种尴尬，他想看到她笑。他凭直觉认为米兰达对自己的抗拒来自这把来复枪，他多少知道她为什么这么做。他默默地走着，小心翼翼地思考该怎样安抚她。

　　穹顶般的树荫将天空遮蔽，散发出阵阵清香，脚下则是棕色、绿色、灰色斑驳相间的小路。他一次次地想为了她放弃自己如今的职业，去做更慈悲的工作，不过他心里更想改变的是米兰达，希望她能够理解和支持自己如今的职业。他不够聪明，所以无法用语言表达，不过他认为自己有能力重新按自己的意愿塑造米兰达，毕竟她原本也是叛逆的。

　　米兰达喜欢清静，所以他的沉默让她感到很舒服，但女人总是喜欢自己保持沉默，对别人的沉默则充满好奇。"你是猎人吗？"她还是忍不住开口问了，但是并未回头。

"是的，米兰达。"

"也会设置陷阱吗？"

"是的，米兰达。"

"那这样的杀戮是你喜欢的吗？"

"米兰达，是的，我很喜欢。尽管我也喜欢动物，但为了让自己生存下来你必须杀死它们。动物们也是如此，通过互相厮杀，才能最终存活下来，想在这个森林里存活，享受这树荫、这蓝天、这安静、这香气，杀死敌人是唯一的办法。我想这些你都懂的。"

戴夫突然停了下来，他很少这样有感而发，也从来没有对任何人解释过他对狩猎的热情。米兰达转过身，充满好奇地看着他。这样的注视让他莫名心慌，他害怕这双让人无法逃避的眼睛会把自己看穿，害怕她觉得自己说的都是废话。

米兰达慢慢开口，不冷不热地说道："倘若你喜欢杀戮的话，你还是不要去空地了！这里不欢迎你！"

"我不会对你的动物朋友们下手的！"他激烈地抗议着，"自从我听说你和驯鹿、大熊成了朋友，我就从这片山谷离开了，再也没有在魁达维克这边设过陷阱。米兰达，我发誓，只要是你喜欢的动物，我绝对不会伤害它们！"

"你最好不要伤害它们！不然我会亲手杀了你！"她冷冷地答道。危险的信号从她冰冷的目光中迅速闪出，"或者，我会让克鲁夫干掉你！"她又补充道，脸上突然露出的欣欣衬得她的眼睛更加深邃，这可爱的模样把戴夫迷住了。

米兰达再度转过身，看向小路，他知道她默许了他的到访。

"谁是克鲁夫？"他客气地询问，趁机离她更近了些，根本不在意这条小路只能容纳一个人。

"它是我最好的朋友！"米兰达答道，"你马上就要到空地了！你最好听我的，小心克鲁夫！"

被逆转的生活

接下来大约一个小时的路程，他们都没有说话，在古老的森林中交谈总显得有些聒噪。行走在森林中，沐浴着清新的日光，看着变幻的美景，人的想法在这寂静与和谐中也会不停地改变，然后又再次回归沉静。尽管心存疑虑，甚至怀着反感和敌意，米兰达还是被戴夫所吸引，乃至根本没有注意到今天的森林有些过于安静了。

其实，动物们都逃走了。猎人的出现让动物们充满了天生的恐惧，哪怕它们看到了米兰达，也难以镇定地待在原地。这陌生的猎人是米兰达的同类，虽然它们信任米兰达，但深知人类天性的动物们也担心她背叛它们。因此，豪猪、狐狸、野兔都小心翼翼地跑远了，田鼠慌忙躲在铁杉树根下，浣熊溜进了自己在枫树上的洞，啄木鸟则藏在了厚厚的树叶里，只有那好奇又粗心的鸸鹋栖息在小路上方的桦树枝上，等待着他们的到来，但当他们真的靠近这里时，天生的警觉又让它急忙飞离了树枝，就连栖息在松树树杈里的棕色小猫头鹰也惴惴地盯着面前经过的两个人。

若是平时，米兰达一定很早就感受到这些反常现象了，可今天，米兰达沉浸在自己完全不同的心情中，完全没有注意到周围的变化。

来到空地边缘后，戴夫想起了十三年前帮助克里斯蒂搬到这里的情形，可是如今，空地上的变化让他非常震惊。木屋四周笼罩在一片寂静中，依然十分阴冷，林间的空地更像是通天的隐居之地。这开阔的空地上有白色与粉红相间的荞麦，开着蓝色花朵儿的亚麻，还有成列生长的玉米，暗绿色的土豆田以及点缀在草地上的六头小牛，看上去一片生机勃勃。篱笆修缮得非常整齐，成片亮丽的太阳花、火红的红花菜豆和绚丽的蜀葵花亲昵地攀长在小木屋和谷仓外面，把它们装点得非常清新。精致的景色无处不透着家的温馨。

年轻猎人一个人生活惯了，见到这种情景突然心里一空，他的脸上不禁浮现出早在幼时就已遗失的微笑。突然，他惊讶地看见黑莓丛中冒出了一只迄今为止见过的最大的黑熊。那头大熊看见了这个陌生人，蹲坐在地上认真打量了他一番，然后蹒跚地爬向米兰达，用鼻子亲昵地拱着女孩的手。戴夫看着这一切，感到非常羡慕，很明显这幅熊和女孩嬉戏的画面感染了他。米兰达看了戴夫一眼，发现他的脸上只有羡慕和嫉妒，似乎还带有深深的折服。

"它就是克鲁夫。"她温柔地说着。

"我从来没有见过这么亲切的熊啊！"戴夫发自内心地感叹道。他忍不住伸出手，摸了摸克鲁夫光滑的皮毛——他忘了这种突然的接触可是野生动物非常忌讳的（松鼠除外）。

果然，他的这一举动惹怒了克鲁夫，它大吼一声，转向一边，马上对戴夫展开了攻击。戴夫急忙后退，非常惊险地躲过了熊的攻击。他沉下脸来，但什么也没说。米兰达也觉得很生气，因为克鲁夫冒犯了客人。她重重地打了下它的鼻子，严厉地批评了它，又离它远了一些。

克鲁夫怔住了，自野兔事件之后，米兰达从未对它如此严厉过，现在却变了，而根源便是这个高个子陌生人。它的心剧烈地跳动着，暴怒不断聚积。最终，它只是看了一眼米兰达，眼中满含苦涩和责备，蹒跚地从土豆田间的小道爬走了。

米兰达犹豫地看了看克鲁夫，又看了看戴夫，又重新看向克鲁夫。她突然觉得心里如同被针扎了一样疼，她有些哽咽，却什么也说不出来，只是转身迅速地追上了克鲁夫。她抱着它的脖子，嘴里低低地忏悔着，但克鲁夫对她毫不理睬，只当她是无意钩挂到它身上的荆棘，依然坚定地向着森林走去。直到走到森林的边缘，在那满是阳光的地方，克鲁夫停下了脚步——这里是它和米兰达友谊开始的地方——在最开始的几年里，她们经常在这里玩耍。

克鲁夫转过身，蹲坐下来。它看了看米兰达的脸，轻轻地舔了舔她的耳朵，表示自己已经不生气了，也同意和解了。不过，克鲁夫还是觉得很受伤，不想跟米兰达回空地。对于米兰达的安慰，它只是一直在舔她的手，好像不想米兰达误解自己。最后，米兰达只能流着泪看着克鲁夫爬向了森林。

当她走回来时，戴夫正在等她，但她对他的好感却已经消失殆尽。半小时前，两人默默地走在回家的路上，而如今的沉默却带着刺骨的寒意。到达小木屋后，克里斯蒂的热情欢迎让戴夫感受到了久违的温暖。这么多年，戴夫都没有来过这里，她却没有一丝责备，这让他产生了苦涩的自责感，而免除自责的最佳方式就是接受他人的责备，不过显然克里斯蒂没有给他这种机会。她问到了他作为独居猎人的方方面面，为他的成功感到高兴，不过也对他的职业感到惋惜，并试图劝诫他做一个素食主义者。

看到高贵的克里斯蒂还是如此美丽、沉着，戴夫不禁想起村里的那些谣言，他相信这样一个既亲切又可人的女子是肯定不会被弗雷格·凯瑞格主动抛弃的。他暗暗下定决心以后要经常到这里来，无论米兰达对他多么冷淡。

整个晚上米兰达的心情都不太好，态度冷冰冰的，一点儿也不在意戴夫，不过在晚饭时候，为了不显得失礼，她还是给他盛了食物。吃饭时，她并未一直沉默不语。戴夫偷偷地观察她，看着她和妈妈说话的样子，被她那野性又细致的美丽倾倒，这让他的怒气彻底消失了。这顿晚餐非常丰富，有糖浆黄油薄饼、鸡蛋以及醋栗酱甜奶酪，他对此赞不绝口。克里斯蒂留他在这儿过夜——就睡在十多年前老戴夫睡过的木床上。

第二天早上，他非常勤快地帮忙干活，受到了克里斯蒂的赞扬，不过米兰达还是对他视而不见。到吃早饭时，克鲁夫来了，看上去好像已经忘记了昨晚的事情。克鲁夫没有刻意去看戴夫，只是围着他打量了一番。克鲁夫的到来，让米兰达对戴夫不再像之前那么冷淡了，她也不再那么自责了，她一直以为是由于自己对新朋友的偏爱，才犯下了无法饶恕的错误，使得老朋友蒙冤。

戴夫本来就打算去村里处理一些皮毛买卖和赏金的事情，所以尽管克里斯蒂盛情挽留，他也坚持吃过早饭就出发。当他拿起放在床脚的枪时，米兰达递过来他的子弹袋，表示愿意同他和解。不过这里的弹药好像和以前的不太一样，米兰达不久前拿着这些弹药走到门边，冷冷地将里面的粉末一股脑地倒在了牛粪上。她神秘地微笑着把剩下的空壳还给了年轻的猎人。

戴夫不禁有些恼怒了，在他眼里弹药可是非常神圣的东西，如此肆意浪费，简直就是犯罪。

"这可是我从这儿到村里仅有的弹药了！"他责备道。

"那就可以了呀！"米兰达说。

"我真不明白你为什么要这么浪费我的弹药？"他继续对她进行质问。

"我怎么知道你在去村里的路上准备做些什么！"女孩儿若有所指地回答道。

戴夫的脸都涨红了。"难道你忘了，我向你保证过，不会对你的动物朋友们造成任何伤害吗？"他责问道。

"那你为什么还需要这些弹药呢？"米兰达反问道。

可怜的戴夫，虽然思维敏捷，心智沉稳，但在米兰达面前却始终处于劣势。他不知道如何回答她的这个问题，只好蹩脚地答道："那如果再遇到想要把我吃掉的豹子呢，就像昨天那样？"

"你已经发过誓，不会伤害它们一根汗毛的。"米兰达得意扬扬地提醒道。"那倘若它们要把我吃掉，你也要我信守诺言吗？"他反问道，不再生气倒是开起了玩笑。

"我觉得当然可以。"米兰达小声说道，"无论如何，你都得在没有弹药的情况下出发了。戴夫，你也不用担心，以前，你爸爸也没有带枪。"

"好吧。"戴夫笑道，"那我会努力活着，不让自己被动物们吃掉！再见，克里斯蒂！再见，米兰达！我会常常来看你们的。"

"再过十三年吗？"克里斯蒂说道，少有的笑容绽放在脸上，冲淡了言语中的责备。

"也许吧！"戴夫回答道，转身沿着小道大步离开了。

米兰达有些不甘心地目送他走远。

能干的小戴夫

尽管戴夫不怎么了解女人，但也明白不能立刻又跑去小木屋。几周后，当米兰达对他是否会再来感到好奇时，这才又出发去拜访她们。

此刻，地里金黄色的南瓜已经成熟，荞麦地里一片明亮的棕色，植物的茎秆已经有些灰白，森林里的红枫叶也慢慢凋落了。傍晚时分，他悠闲地走到了小木屋附近。奶牛身上的铃铛声预示着已经到了挤奶时间，也预示着太阳就要落山了。走出平静温暖的森林，感受着空地上吹来微冷的秋风，让他格外舒服。对于在小路上独自走了一天的他来说，嗅着秋天丰收的味道，耳畔响起奶牛身上的铃铛声，真有一种回家的温馨感觉。

灰色的小木屋依旧坐落在一点点隆起的高地上，仿佛是要通向天空，却又有带着一种孤单的色彩。这片空地，是戴夫遗失的美丽世界，但他又对米兰达和克里斯蒂这么多年在这里的孤单生活感到十分心痛。

刚走出森林，他就遇见了克鲁夫，它一边挖着树根，一边大口咀嚼着。他跟它说话时态度非常谦卑，但它却晃动着巨大的臀部，完全没有理会他。戴夫很想让这只聪明的熊喜欢他，至少希望它不要讨厌自己。他原本非常喜欢这只熊，也明白若能和它相处得很好的话，可以得到米兰达的赞同和接纳。不过就算这样，他也并未急于逼迫克鲁夫留意自己。

"别着急，孩子，慢慢来，是只母熊，所以才这么难打交道！"试过许多方法后，他开始自言自语——这是长时间独居养成的习惯。他从冷漠的克鲁夫身边离开，加快脚步走向小木屋，希望能来得及帮米兰达和克里斯蒂挤牛奶。

快到门前时，他被吓住了，在这神奇的空地，好像得做好随时被惊吓的准备。突然从小木屋后面走出了驯鹿瓦皮蒂（或者是它的儿子），总之，它看上去比从前威武雄壮得多。它向前走了两步，来到他跟前，嗅了嗅，感觉这气味十分陌生，于是显出了怀疑的神色。

小木屋周围的陌生人，即便不是敌人，也非常危险。驯鹿优雅地跨进小道，轻蔑地将它强壮的蹄踏了几下，接着低下头露出了它的武器——鹿角。生长到十个月时，这鹿角已经十分锋利和坚硬了，很明显，它已经为这难得的战斗做好了准备，处在发情期的驯鹿无疑是英勇无畏的。

此刻，戴夫彻底明白瓦皮蒂不是在吓唬他了，他觉得又尴尬又好笑。他不能和这意外的敌人进行战斗，因为不管是输是赢，米兰达都不会开心，这绝对是米兰达故意制造的麻烦，她肯定会来救他的。现在，挑衅的瓦皮蒂与他只有五六步的距离，戴夫将枪柄放在脚趾上，温柔但声音洪亮地发出"嚯啰嚯啰"的声音。他的声音回荡在空地上，克里斯蒂和米兰达闻声来到门前，一看就知道发生了什么。

"米兰达，快制止你的朋友吧！"戴夫大叫着，"我只是想来看看你们！"

"它觉得你要伤害我们！"克里斯蒂解释道。米兰达大笑着走上前。

"瓦皮蒂，不要把这可怜的小家伙吓坏了！"米兰达喊叫着，推开大驯鹿，跑到了戴夫身边。瓦皮蒂看见米兰达和这个陌生人在一起时，便知道他不是敌人。它晃了晃鹿角，退到一边，领着鹿群走向谷仓前的空地。

戴夫来到门口，克里斯蒂正在那里等着他，脸上没有任何情绪。戴夫感叹道："克里斯蒂，米兰达又救了我！上次是只豹子，这次是只驯鹿！不知道第三次会是什么！"

"兔子，或者是松鼠。"米兰达不友善地对他进行讽刺。

"无论是什么，"戴夫接着说，"下次怎么都会有好运气了吧！要是你又救了我，米兰达，就连我一起照顾吧！我非常乐意被你照顾。"

"戴夫，下次，你还是自救吧！"米兰达的回答让他有点失落。"戴夫，你只能靠自己了！"克里斯蒂正色道。不过当米兰达转过身去，克里斯蒂却向他使了个眼色，示意他不要在意，米兰达就是这样面冷心热。

但是就现在而言，米兰达对戴夫可不是这样的。若是戴夫现在就急着想要公开获得米兰达的好感，肯定会被断然拒绝。

戴夫恰巧赶上了挤牛奶，这是他从小就喜欢干的活儿，五头奶牛已经等候在篱笆那儿了。

克里斯蒂拿出三只锡桶，说道："戴夫，你要是愿意，就给我们帮帮忙吧！"

米兰达看了看妈妈，心中无比疑惑：难道这个笨手笨脚的人还能做如此精细的活儿？"你会不会挤奶啊？"米兰达问道。

"当然会，只不过很久没做过了。"戴夫说道。

"你能在不伤害奶牛的情况下把牛奶挤出来？你确定？你能分出干

净的牛奶吗？"她问了一堆问题，显然并不相信他。

"你等会儿看看就知道了。"戴夫回答道。

"让他给老怀蒂挤奶吧，他肯定能把它搞定，我们给别的奶牛挤。"克里斯蒂建议。

"也是，什么人都可以搞定老怀蒂。"米兰达同意了。戴夫则暗自发誓，他一定要把怀蒂的奶挤得很干净，而且还要比她俩快，让米兰达不敢再看不起他！他走向奶牛，准备挤奶。为了表示对奶牛的友好，他先是轻抚它的侧腹，温柔地给它挠了挠肚子，接着用他强有力的双手将奶牛大大的乳头覆住，怀蒂很喜欢这个年轻的家伙，慷慨地给了他很多牛奶。桶里传来牛奶滴落的声音。戴夫明白他做到了，抬头看了看他的对手们。他惊讶地发现，不知什么时候克鲁夫紧挨着米兰达坐在那儿了，它那窄窄的红舌头在上下颚间懒懒地打转，正充满兴趣地看着这乳白色小喷泉。

裹着红方巾的克里斯蒂依然将头靠在奶牛的肚子上，很明显她还在挤奶，米兰达则刚把最后挤出来的奶滴到桶里，再看戴夫，他已经挤完了，桶里的奶带着奶油状的泡泡，整个桶都快装满了。他站起来，自夸道：

"以后，假如有时间的话，我会教教你们挤奶的方法。"

"你可还没有挤完呢！"米兰达连头都没抬直接反驳道，"等我把这头牛的奶挤完，我还能从怀蒂那儿挤出很多的牛奶。"

但是克里斯蒂走了过去，看了看戴夫的桶。"米兰达，这次你恐怕做不到了！"克里斯蒂惊叹道，"戴夫的确比我们厉害，老怀蒂从来没有给过我们将近一桶的牛奶啊！戴夫，你真有本事！你替我把迈克尔的奶挤一下吧——就是那头黑白花纹的。假如你们不吵架，你俩就在这儿挤牛奶，我去多做点饭菜，弄完后你们一起过来。你们男人心里惦记的全是吃的，所以女人只要把你们的胃抓住就行了。要是上帝不让我们做饭的话，那我们就该被你们吃掉了。"

严肃的妈妈竟然开起了玩笑，米兰达马上明白妈妈非常喜欢戴夫。她板了板脸，想要继续保持对戴夫不冷不热的态度。妈妈走后，对于戴夫所有试图跟她聊天而提出的问题她都只用简短的"是"或"不是"回答，这让他挫败得不再说话。

克里斯蒂说到做到，晚饭非常丰盛，有红糖浆蘸金黄薄饼、玉米油炸的鲑鱼、番茄炒鸡蛋，以及乳酪凝乳，每一道菜都很美味。米兰达的态度也有所转变，说话也自然多了，这却让戴夫感到有些不知所措，因为他好像也只知道回答"是"或"不是"了。

看着他无所适从的样子，米兰达的心软了些。她转身，给旁边口水直流的克鲁夫喂了一个蘸满糖浆的薄饼。听着她甜甜的说话声，戴夫浑身都酥麻了。这个女孩自然率真却不做作，天生会撒娇，不过从未在动物面前表现过，而此刻，她毫不自知地散发着这样的魅力。

"戴夫，我晚上会去湖边夜钓，"她说，"我去试试能不能钓到鳟鱼。今晚是满月，湖边的景色非常美，你想和我一起去吗？"

"米兰达，我可以吗？我当然非常乐意啊！"戴夫殷切地回答道。

"我们把碗洗完就出发。"女孩补充道，"戴夫也能给我们帮忙吗，妈妈？"

"倘若你想让戴夫做些女人做的活儿的话，他当然可以来帮我们洗碗了。不过，今晚我不会跟你们去湖边了，戴夫和克鲁夫会保护好你的。"

"大概是要我照顾他吧！"米兰达带着轻蔑的深情叫嚷道，她可还记得豹子和驯鹿的事。"妈妈，你怎么了？和我们一起吧！你不去，就没什么意思了！"

"我觉得今晚有点累，我就想在家里待着，坐在火边休息一下。"

米兰达跳了起来，满脸担忧，赶紧跑到妈妈跟前。

"妈妈，你感到累了？"她叫道，好奇地看着克里斯蒂的脸，"怎么从未听说过，我们这样健康又强壮的人怎么会感到累呢？妈妈，我想你大概是生病了，那我也要待在家里，哪儿也不去了！"

"乖，你去吧。"妈妈回答道，语气十分坚定，根本不给米兰达留反抗的余地，"晚上，我就想一个人安静地待着。戴夫的到来让我回忆起了很多往事，我原本以为它们早就消失了。现在，我需要时间认真想一想。"

"妈妈，你真的没有生病吗？"米兰达继续追问，但也坐回了自己的座位。

"是的，孩子，我没有生病。只是最近没事可做的时候，我感到很累。也许我对这森林里孤独的生活有些厌倦了吧。戴夫，这样的孤独我已经忍受了很多年，它也确实在我需要的时候给了我平静和力量。但我有时会想，这孤独实在太重了，会不会有一天就把我压垮了。我喜欢这片空地，但我并不想在这里度过一生。"

"妈妈，"米兰达又跳了起来，大嚷着，"你可从来没有对我说过这样的话啊！离开空地！离开森林！不，我活不下去的，离开这儿，在别的地方我都会活不下去的！"

"米兰达，会有别的地方可去的。"戴夫小声说道。

克里斯蒂接着刚才的话题，若有所思地说道："孩子，对你来说，这里的确不一样。你在这里成长，天空和森林哺育了你，你一直生活在它们的怀抱中，它们也早已融进了你的血液里。在来到这里之前，你就不像普通人类的宝宝，而更像一个精灵，也更有野性。这里的每一个动物都觉得你是它们中的一员，甚至森林中的动物都不能看到的东西你也能看到。是的，米兰达，你的眼睛与众不同。你爸爸曾经望着你，说你会长成森林女王或者女牧神。他还说，可能森林里的仙子们会带走你呢！你的确非常适合这个地方。过去我也曾想过，依靠我强大的内心，我也能够在这孤独的森林中度过余生。但如今我明白了，它太过沉重。米兰达，我不想死在这里啊！"

米兰达注视着妈妈，脑袋里一片混乱。

"妈妈，直到我死的时候，你才会死的。"她哭着喊道，"我不能没有你啊，一天都不行！不过，"她又激动地补充道，"我明白，我一离开空地就会马上死掉！我明白，从这里离开，我就会死！"她十分坚定地说着，但心中也有一丝疑惑。她好像看到自己和妈妈在这片巨大的荒地里变老，身边一个人都没有。

想到如此残忍的画面，她不由得对戴夫产生了一丝奇异的好感。她没有问自己，会不会有一天她真的可以离开这片空地，把这里的寂静和森林里的朋友们通通抛弃掉。只是一想到这里，她就心如刀绞。她跑到妈妈身边，搂住妈妈的脖子，一滴泪水悄悄地在旧外套上滴落。

戴夫隐隐觉得若是这话题再继续下去，他们就没有办法去湖边了。因此，他小心谨慎地把话题转到了薄饼上。

上部 月光与麋鹿

月光与麋鹿

在米兰达准备前往湖边时，天边已经低低地悬挂着巨大的月亮，透过窗户，皎洁的月光倾泻进了小木屋。米兰达带了一个装了些小鱼的锡面水壶，这些是她的鱼饵。

"你的渔线和鱼钩呢？"戴夫问道。

"在湖边的一棵空心树里。"米兰达说，"你不能带武器，要不，就别去！"她尖锐地对着正准备拿枪的戴夫说。他急忙放下枪。

"但是，米兰达，这是晚上啊！"他抗议道，"你确定我们会安全吗？"

"害怕你就不要去啊！"她干脆地回答，一点儿情面都不留。夜晚有点冷，她迈步走进皎洁的月光中。戴夫立刻跑到她身边，不管她对自己的奚落。巨大又笨拙的克鲁夫跟在米兰达的另一边。

米兰达一边抚摸着克鲁夫的脖子，一边在门前跟妈妈道别："妈妈，我们马上就会回来的！"

不过走出不到二十步，克鲁夫就停下来坐在地上了。它认为保护米兰达（其实米兰达根本不需要什么保护）是它的专职，这个讨厌的陌生人是来抢夺它的特权的吗？它才不想和他共享，它只留在需要它的地方。

"走吧，克鲁夫。"米兰达一边拉它，一边催促道。这嫉妒的熊却还是固执不走，反而转身走向了小木屋。

米兰达有点生气了。

"它爱去不去！"她叹了口气，转头看向森林，对着戴夫露出一个灿烂的微笑，克鲁夫当然很生气。

"那好吧。"戴夫说着，也不敢把自己的开心过分地表露出来，"我们回来之前，它都会在这里陪着你妈妈的。"

"克鲁夫认为它才是我的主人。"米兰达开玩笑说，"这个世界上，除了我妈妈，它和我最亲，但我还是不能由着它乱发脾气，尽管我对你非常友好，它也不能因此生气呀。我也很生气，它对我来说肯定比你对我更重要啊，是吧？"

"是的。"戴夫回答道，语气中的喜悦连自己都能觉察到。为了让米兰达对他产生好感，他借机讲了村里一个伐木工人养的熊，并对这个名叫皮特的熊的脾气特点和其他情况进行了详细描述。戴夫之所以会选择这个故事，就是为了让米兰达明白，她的生活实际上和普通人的生活并没有太大差别，也想让她对普通人的生活和森林生活建立某些联系。

不知不觉，他们从洒满月光的空地那里离开了，月光便幻化成一条条光带，就像鬼魅一般，一点点隐在他们身后，最后慢慢地在树荫里消散了。渐渐地，可见的光都没了，他们彻底陷入了黑暗。戴夫紧紧地贴着米兰达的手臂走着，有时还能触及她的裙摆。他的心里因这样近距离的接触而窃喜，但他不得不承认，哪怕他有双猎人的眼睛，在最开始也看不见任何东西。米兰达则有着不同于常人的视觉，仍旧行动自如，完全不受影响，如同白天在开阔的路上行走一般。

不一会儿，戴夫的眼睛也适应了黑暗，能隐隐约约地看到不同的事物，朦胧中也看到半透明的光芒在浓密的树荫中闪动，这是因为月光通过不同的折射和反射把顶端树叶上的露水照亮了。长年的森林生存经验让戴夫感官灵敏，头脑清醒。在这黑暗中，尽管他看不到，却能感觉到桦树树干和松树树干距离他的脸只有一臂之遥了，也能根据脚下苔藓变多、变坚实的情况，断定自己走在盘根错节的树根部分。

从树丛经过时，他能靠鼻子分辨出云杉、铁杉、松树、香脂树和其他有味道的树木，还能提前感知到附近的落叶松沼泽。唯一没有派上用场的就是他的耳朵了，只能听到米兰达的脚步声、他自己笨重又熟练的脚步声以及皮毛轻微从苔藓上擦过的声音，森林中没有别的声音，除了一阵含糊的低语声，如同树叶的沙沙声一般，又像树木正将吸收的养分从树干传导到树枝。他们两个人都没有说话，好像发出任何声响都是对这片寂静的冒犯。戴夫发现哪怕自己走得不算慢也没办法跟上米兰达，这女孩高超的夜行技能使他折服。

"伶俐的米兰达呀，我已经跟不上你了。在这儿，你可是我的眼睛呀！"戴夫对着她的耳朵轻声低语道。温暖的淡淡的气息喷在她的脖颈上，微微有点痒，让她一时觉得困惑，又觉得非常舒服。当他为了维持自己的平衡而轻轻拉住她的手臂时，他惊讶地发现，她对他的动作表示了默许。当然，他也十分聪明，不会想太多，这样的动作对米兰达这种没在村里长大的女孩来说，应该不具备任何含义。

突然，一双幽幽的、灼热的眼睛就在他们前方离地面大约两英尺的地方出现了。米兰达把戴夫的手向她的臂弯处紧了紧，无声地告诉他不要后悔没有带枪，其实，在那个时候，他也已经无所谓了。

"是猞猁吗？"他对着她的耳朵低语道。

"不，是豹子！"米兰达低低地回道，声音里透着冷漠，说完就直接向前走去。听到这惊悚的回答，戴夫再也不能保持镇定了，晚上遇见豹子可太糟糕了。不过，随着米兰达的靠近，让人难以理解的一幕发生了，那灼热的眼睛突然闪到了地面上，没过多久，便朝着另一边隐去，彻底没了踪影。

"米兰达，你是怎么做到的？"戴夫低语道，声音中充满了敬畏。

"它们认识我。"女孩回答道。显然，这样的回答没有解开戴夫的疑惑。

不过他们也没有继续说话了，黑暗的魔力，让他们都屏住呼吸，彼此间有了一种熟悉又期待的感觉。戴夫放在米兰达手臂上的手有一点紧张，却又觉得非常安心。有时，在离他们不远的地方，会有尖锐的爪子在冷杉上爬行的声音传过来，接着会出现两个亮晶晶的小点，倒挂着从上往下看着他们。他们知道那是浣熊，但都没有说话，只是继续向前走。

突然，路上出现了一个发光的东西，它足有一个人那么高，就像幽灵一般，鬼魅似的光在他们眼前不停闪烁。如果是胆小的人肯定会以为这是派来警告他们滚回去的幽灵，不过他们都知道，这只是一个腐烂的桦树树桩散发出的磷光。经过这个树桩时，戴夫从上面折了一小块，揉碎了，淡蓝色的光就在他的手指上停留了好一会儿，就像飘逸的香水。

最后，他们终于听到一阵凄冷的声音："呜——咕——呜咕呜咕——"这肃穆的叫声是远处的猫头鹰不停地发出的。

"我们已经到湖边了。"米兰达低声说，"我知道猫头鹰咕咕，它就在湖边的一棵老树上居住，我们已经离那里非常近了。"远处，隐隐透出湖面发出的斑驳银光，尽管没有风，却让人感觉到一股寒气，这表示他们已经到了开阔的岸边。

米兰达将戴夫的手挣开，沿着长长的弧形沙滩和他并排往右走去。

"看到那里了吗？"米兰达说，"旁边还有一棵倾斜的树，看到没有？渔线和鱼钩都被我藏在那棵树里了。"

"没有船晚上怎么钓鱼啊？"戴夫对此表示十分好奇。"当然有啊！"米兰达回答，"去年夏天，你爸爸帮我做了一个独木舟，它也被我拴在那棵树的后面了。"

此时，月亮已经高高地挂在了天上，月光非常冷清，渲染得这片巨大又古老的森林越发寂寥了。今夜无风，波光粼粼的湖面犹如一面明镜。白色的沙滩，走上去感觉非常柔软，绵延的沙滩边缘有一片枝繁叶茂的树林。在水边，离水面非常近的地方，三棵柳树相伴而生，在水面上投射出婀娜的影子，显得神秘而又空灵。就在两人即将从闪着光亮的沙滩上走到生长着柳树的小绿洲上时，一只雄麋鹿悠长而洪亮的叫声从对岸传了过来。这声音悠扬、沉静而空灵，好像传达着这广袤天地的深思。

"这就是音乐啊！"戴夫说道。

米兰达尚未作出回答，雷鸣般的咆哮声已经从附近的树林中传出，紧接着就听到灌木丛中一阵窸窸窣窣的声音，然后沙滩上出现了另外一只雄鹿，它高高地拱起身体，不时寻找着冒犯者。看到戴夫和米兰达，它马上直接走向他们。

"爬到树上去，快！"戴夫叫道，同时拔出长刀，站在了米兰达的面前。

"别胡来，没事的！"米兰达厉声说道，"你往树后面退！"她一边说着，一边将他的手臂钳住，想要推走他，但他不明所以地拒绝了。

"笨蛋！"她冲他发火了，"你难道不用脑子想想，没有你的这么多年，我是如何活下来的？"

她双眼中跳动的火苗，让他暂时无法思考。就在这狂躁的动物快要靠近时，他突然明白——她才是这里的主人啊。尽管不情愿，但他也迅速退到了大柳树后面。此刻，这野兽在空气中嗅到了米兰达的味道，正在半信半疑地确认。米兰达走进了似水的月光中，轻轻吹了吹口哨。麋鹿认出了她，便停下了脚步，它抬起巨大的鹿角，将柔软的鼻子向她凑了凑，友善地嗅了嗅，然后慢慢地一步一步向她走近。米兰达则把小手伸出来，掌心向上，静静地等着它。躲在树后的戴夫惊奇地看着这一切，手里紧紧地握住刀柄。

这时，与刚才同样的鹿鸣从湖对岸传来，正在靠近的麋鹿仿佛忘记了米兰达，敏捷地转身，低下头，咆哮着冲向对岸，势必要与那挑衅者展开一场生死大战。当它消失在一棵高大的松树边时，另一只高大的雌麋鹿从黑暗中闪现出来，跟着它优雅地跑了。

得意扬扬的米兰达看了看戴夫，已然忘记了刚才的愤怒。"米兰达！"戴夫感叹道，"你居然连发情期的麋鹿都能够应付得了，你简直就是当之无愧的森林女王啊！女王殿下，向您脱帽致敬！"

"把你的帽子戴上，戴夫！"她说道，却没有一丝不快，"我们快点准备钓鱼吧！"

他们在厚实的越橘和铁树丛中顺利地找到了保存完好的独木舟。戴夫把小舟推进了水中，米兰达则抛出了一团渔线。渔线的一端，每隔四英尺就挂了一个大鱼钩，一共有四个大鱼钩，这种设计也便于将渔线沉入水中。然后，她从水壶里拿出小鱼，挂在鱼钩上。

"渔线这么长，怎么不在上面多挂一些鱼钩呢？"戴夫好奇地问道。

"钓的鱼太多了，我们也吃不完。"米兰达解释道，"那样钓鱼也不好玩，而且吃不完的鱼做成腌鱼味道也不好。"

戴夫将独木舟上唯一的船桨拿了起来，开口说道："米兰达，你在船头坐着吧，看着渔线，我来划船。"

米兰达却根本没动。"戴夫，听好了！"她大声说道，"我做我的，你只是一个看客，我真有些后悔把你带来了。你就坐那儿别动，我怎么说你就怎么做，不然，下次我绝对不会带着你来了！"年轻的猎人只能听话地在船中部靠前的位置跪坐着，并没有靠前到让船体难以保持平衡。米兰达敏捷地上了船，坐到了船尾的横木上，娴熟地将船桨没过水中，开始划船。

独木舟无声地从树荫下驶出，驶进了平静的湖面。抛锚的地方离岸两码远，那里有一个发光的木头浮标作为标记。米兰达借助水流，利用手腕的力量无声地将独木舟停在了浮标附近，然后把渔线的一端系在了布满锈迹的浮标上。

"我想这里应该是深水区吧！"戴夫说道。

"没错！"米兰达回答，"鳟鱼只喜欢在深水里待着。"她允许戴夫说话，却不让他插手做任何事。戴夫是个有梦想又愿意实干的人，只动嘴当然让他觉得很无趣，所以他也没什么可说的。

再看米兰达，她正敏捷地一手拿渔线，一手操纵船桨，把独木舟一点点划向岸边。她对手中的活儿十分专注，并没有给戴夫进行任何讲解。不过他看明白了，她是想快点把绳子的另一端系在水边凸起的木桩上。现在，米兰达用脚拉住渔线，双手撑桨准备登陆。

突然，有一个鱼钩开始猛烈地晃动，她很快便将渔线从脚下拉开拖向了船外。戴夫看到这一切，却明智地没有戳穿，只是转身指着正剧烈跳动着的浮标。现在这浮标左右晃荡，不时地还被拉进水中，明镜般的湖面一下子变得支离破碎。

"你快要把它抓住了！米兰达！"他得意地说道。米兰达的懊恼也被他的喜悦冲淡了，她划了两三下船桨，划到了浮标处，戴夫也总算赢来了表现的机会。

"戴夫，把那个浮标抓住。"她命令道，"我来划船，你想想怎么把那家伙拖上岸去。"在一片水花四溅的混乱中，他终于将一条大约五千克重的大鱼拉了起来，并将它摔在了船尾。米兰达手法精确却不残暴地在鱼的脖子处划了一下，终止了这条鱼的挣扎。

就在戴夫正羡慕地看着这闪光的战利品时，米兰达已经着手收拾浮标上的渔线了。

"米兰达，你在干什么哪？"他见她一直忙着取下鱼钩上的鱼饵，扔进湖里喂鱼，于是好奇问道。

"我们可不想一周只吃鳟鱼呀！"她回答道，"这条鱼够我们吃很长时间了！"她重新把小船划向了之前出发的树荫下。

鹿肉肉排

接下来的冬天里，每个月戴夫都会去空地两三次，不过，他和米兰达之间却毫无进展。米兰达一直无法捉摸，时而友好，时而又很冷漠。唯独一次，他从蛛丝马迹中感觉到她是期待他的到来的。

那天，空中高挂着一轮明月，他穿着雪地靴从森林中穿越，尽管积雪很厚，但也投射出微弱的光亮，隐隐约约映照着脚下的路。清晨，他总算到达了空地，惊讶地发现米兰达已经站在牛棚门口了，很明显她已经喂完了牛，她用那双又大又黑的眼睛轻轻地瞟了下他，脸却红了。对于这一幕，他保证自己没有看花眼。不过，他的欢欣没过多久就烟消云散了，在那次来访的剩余时光，她对他都非常傲慢和冷漠。最后，就连克里斯蒂都忍不住严厉地批评了她。

"妈妈，我无法控制！"她解释道，"我不想恨他，但是，他跟屠夫有什么两样呀？他的双手沾满了鲜血。哼！有时我真的觉得靠近他就能闻到血的味道，那是属于那些惨死的动物们的血的味道！"

"孩子，你一定也是想让他来的吧？"妈妈提醒道。

"是，只要他来，你就很开心，所以他有时候来一次也挺好！"女孩不露痕迹地说道。

戴夫依旧定期来看望她们，他抓住一切机会想让米兰达明白男人的价值和必要。当然，他没有直接表现出来，而是通过和克里斯蒂的谈话来间接表达的。克里斯蒂倒是认为戴夫的话很动听，米兰达却不以为意。他决心让米兰达放弃对自己职业的偏见，对他来说，做一名猎人是一个男人值得终生奋斗的职业，这个职业也充满了冒险和传奇。同时，他也决定改变她对肉类食物的厌恶。他认为如果他能够做到这两点，米兰达的灵魂就会更具有人类的特点，也就更能理解人类的爱和其他感情了。

有了这样的信念，他便一直压抑着自己对她的追求，暗自地想了许多方法，想要将其中的阻碍去掉。他对女人的了解真的不够多，实际上，追求米兰达这种女孩的最好方式就是干脆不理她。但他只能按照自己的了解，选择最好的方法。

冬天的另一个好处是克鲁夫不会再出现了。克鲁夫一直不爱搭理戴夫，坚决不与他和解。为了讨好克鲁夫，他买了很多蜂蜜，而且是蜂房里上好的蜂蜜，又不辞辛劳地从村里带过来，可是依然无功而返。无论他如何大献殷勤，克鲁夫都无动于衷。戴夫觉得克鲁夫对他的态度也影响到了米兰达，让她觉得他很不可靠，因此，戴夫热切盼望克鲁夫最好能够在它松树根下面的洞穴里一直睡到晚春时分。

这边，戴夫正在费尽心机地谋划着，幻想着在他潜移默化的影响下米兰达可以发生改变。其实，米兰达早在无意间把他改变了，而他自己却完全没有意识到——他已经不像从前那样痴迷来复枪和设陷阱了。而他那距离魁达维克很远的住地充满孤寂，让他感觉住得很不舒服。

有一次，他原本有非常好的机会可以打到一只猞猁，但他犹豫了很

长时间，因为这小东西看上去十分无辜，最后错过了时机。因此，他少
囤积了如此完美的一张毛皮。当他在雪地中把一只雌麋鹿打死时，这濒
死的野兽喘着气，流着血，转头投给他一记饱含责备又十分痛苦的目光，
他突然觉得非常不安——这是他从未有过的感觉。当他用刀将它的喉咙
割破时，他的手也没有以前那么稳了。他并没有对这些异常的失误进行
深究。随后他把这又嫩又鲜美的鹿肉挂在了冰冷的地窖里。

尽管他一点儿也不想承认，其实他非常庆幸冬眠的熊并未成为他的
猎物。他能想象，倘若对它们开枪，自己绝对会有一种强烈的负罪感，
就好像对米兰达犯了错一样。尽管在他的心底，有一种说不清道不明的
情愫，但在这个冬天，从一月到二月，他的猎物依旧空前丰盛。猞猁、
狐狸和狼獾，不但自己往他的枪口上撞，更是纷纷往他的陷阱里跳。他
残忍地猎杀着，似乎想要将灵魂中复苏的怜悯消除。

然而，尽管他的皮毛堆一点点垒高了，却再也无法找到从前的满足
感了。他的捕猎技艺如今就只是一种谋生的手段而已，他的乐趣都在米
兰达身上。清晨，总有一群前来寻找食物的鹧鸪、雪鸟、麻雀或羽毛光
滑的乌鸦簇拥着米兰达，它们争相向她讨要面包屑和谷物。他喜欢看到
这样的米兰达，鸟儿们围着她的脑袋，或者在她的头发、肩膀或者手臂
上停留，幼雀还会从她鲜红的嘴唇中淘气地啄食面包。有时候，乌鸦会
敏捷地侧身飞过，顺便淘气地扯一扯她的鞋带。

看到这样的她，他的心里就好像烈火燃烧一样，无比温暖，迅速掩
盖了他独自在树林中经历的那种苦行僧般生活的苦闷。不过只有在想起
米兰达时，他才会对于鸟儿和其他的森林同伴们心生温暖。他发现鸟儿
们不怕克里斯蒂，因为她给足了它们食物。但是对于米兰达，它们则更

加主动，更加喜爱。它们会心生嫉妒，会争着去轻啄她的手、脚和裙子，哪怕是幼鸟也会如此。

在冬末的晚上，发生了另一件让他莫名很感动的事。傍晚，雪白的野兔把狐狸和鼹鼠甩掉后，常常会跳过积雪，跑到小木屋门前向米兰达索要食物。野兔会在她的身边欢快地蹦着，一点点吃掉她给的三叶草、干草和萝卜。有些兔子会在她的脚下蜷缩起来，有些则会直起身子，用颤抖的前爪去摸她的衬裙。这些竖着可爱的耳朵的兔子都非常信赖米兰达和她给的食物。

春天就要来了，米兰达却开始担忧克里斯蒂的身体。她看到妈妈过去坚实柔和的脸颊已经慢慢变尖了，颧骨和下巴也十分突出。细心的米兰达还发现妈妈的脸色越发苍白，眼角周围也是一片灰白，过去鲜红的嘴唇也没有了光彩。在此之前，克里斯蒂一直都保持着年轻貌美的样子，但如今只要做点小事，比如喂牛或者切菜，她都会感到十分疲惫，想要休息一下喘口气。米兰达非常担心妈妈的身体，也很忧心妈妈现在的反常。

克里斯蒂如今经常在灶火旁边坐着坐着就开始走神，即便活儿还没有干完。米兰达独自干了冬天的活儿，她非常能够体谅妈妈，知道妈妈跟她一样，心情糟糕的时候就爱胡思乱想，不过妈妈这样的状态让她感到十分焦虑。一天早上，下过暴风雪后，积雪已经堆到窗户的一半了，妈妈让米兰达把雪扫干净，自己却沉默地走开了。米兰达当然不会因为这件事感到委屈，只是心里觉得害怕，非常害怕，这哪里是曾经那个警觉又忙碌的克里斯蒂呀！于是，当戴夫又一次到来时，米兰达觉得很有必要跟他商讨下，问问他的意见。

日暮时，这场小型讨论会在牛棚开始了。跟过去一样，戴夫帮米兰达挤牛奶，克里斯蒂去做晚饭了。听完米兰达的讲述后，这年轻的猎人脸色变得沉重了，但并不感到惊讶。

"这两个月，我一直在留意这样的变化，米兰达。"他说道，"我觉得你那双大眼睛虽然能看到一些我们这些平常人看不见的东西，却往往会忽略身边的事情。"

"戴夫，我可并没有忽略！"女孩抗议道，"我到如今也不知道你能不能帮上忙，不过我真的没有别人可以商量了。"她补充道，声音有些哽咽，好像有泪水随时会涌出来。

"倘若你让我帮忙，我也能帮到你的，米兰达！"他有些犹豫，"因为我明白她需要什么。"

"妈妈需要什么？"米兰达追问道。听到他的回答，她突然觉得有种无法抑制的担忧。

"她需要吃肉了，新鲜的烤肉是最好的！"戴夫说道。

两人都不说话了。米兰达转身，看着牛棚外，直直地望向落日余晖中闪着光芒的田地。

"这就是她越来越瘦、身体越来越差的原因了！"戴夫接着说道，"只有肉可以让她好起来，她应该吃点肉了！"他现在非常想握紧她的双手，让她安心。

"我不信！"女孩说道，转头接着挤牛奶。

"那我们拭目以待。"戴夫反驳道。她的沉默，让他感觉胜利似乎就在眼前了。

晚上，他也发现，虽然每道菜都经过精心的准备，让人垂涎欲滴，

克里斯蒂却一点胃口都没有。米兰达当然也发现了，明白了妈妈生病的
原因反而增添了她新的苦闷。她有些讨厌戴夫，他自以为是地按照他的
理论解释妈妈的症状。她不认同他的观点，在她心中，肉就是一种微型
毒药。可是她也很担心妈妈，所以也不能彻底地直接地厌恶这种东西，
尤其这东西还有极大的可能就是治病良方。因此，在这点上，她选择了
逃避，把决定权交给妈妈和戴夫。

听着年轻猎人的谈话，晚饭时的克里斯蒂比平时开朗了很多。不过
让人失望的是，吃过晚饭戴夫就起身告辞了，他不想再劝米兰达，坚称
自己只是来看看她们，并解释说有非常重要的事情，现在不得不回家了。
克里斯蒂当然不太相信，她面露厉色地看向米兰达。

"妈妈，这可与我无关！"她抗议道，好气又好笑，"我真没欺负他。
他要走，也是他自己决定的！他一直都知道我们想让他留下！他想走就
让他走吧！"

"米兰达！"克里斯蒂厉声说道，"我希望你不要太责难戴夫了！我
想倘若你如此对待你的动物朋友们，它们再也不会来找你。你似乎忘了，
戴夫父子可是我们唯一的朋友。如今，戴夫的爸爸在伐木营，能帮助我
们的只有戴夫。"

"哎！妈妈，除了他手上沾满动物的鲜血，我也没有排斥他。"女孩
反驳道，倔强地把脸转到另一边。

戴夫恳求般地耸了耸肩，又对着克里斯蒂充满理解地笑了笑，走到
了门口。"两位，晚安！"他高兴地说道，"过不了多久你们就能见到我了，
大概就在明天的这个时候吧！"

在他离去时，米兰达突然惊讶地察觉到，作为猎人，他竟然没有带

上他形影不离的枪，一阵温暖在心头涌起，她的脸红了。戴夫走后，母女两人一阵沉默。最后，还是克里斯蒂先说话了："我真心希望你不要排斥戴夫，米兰达。"不过米兰达女性的直觉及时拉响了警报，她还是保持沉默。

当天晚上睡觉时，米兰达因为那细微的发现而开心不已。戴夫没有把枪带来，很明显是受到了她的影响，这一举动也或多或少地冲淡了他提议让妈妈吃肉带给她的恐惧感。

第二天晚上，野兔们吃饱喝足后回家了。克里斯蒂和米兰达做完一切家务，正打算吃晚饭，这时戴夫走了进来，身上带着那把枪，还有一包用棕色麻布包裹的东西。克里斯蒂当然对他非常欢迎，但米兰达却在看到枪时，立刻僵住了。他看到了她的表情，迅速反应了过来。

"米兰达，我不得不带枪。"他局促地解释道，"没有它，我就没法来了。狼群又回来了，而且有六只，我在家门前都被它们攻击了。"

"啊，狼！这些坏家伙！"米兰达厌恶地叫道。

自从幼时那次趴在窗户上看见十齿和雌鹿群受到狼群的攻击后，她幼小的心灵就蒙上了愤怒和痛苦，从那以后，她就非常讨厌狼这种贪婪的野兽。

"我希望你彻底消灭它们！"克里斯蒂衷心地说道。

"有两只跑了，剩下的都被我干掉了！"戴夫回答道。

"非常好！"克里斯蒂赞赏说，"快坐下和我们一起吃饭吧！"

"等一下，克里斯蒂，"他一边说着，一边把包裹解开，"我发现你这阵子瘦得非常厉害，也没什么胃口，我勉强也算个医生，知道不少小病小痛，所以我明白什么能让你好起来。我需要用煎下灶台和锅，我保证我做出来的东西比医生开的药还有效。"

米兰达立刻明白那是什么了，她也反应过来戴夫从魁达维克一路匆匆地跑回家去就是为了这些鲜肉。因为她说过她要保护魁达维克的动物们，所以戴夫不想伤害它们。她也知道，这么远的路程，要在一天内去了又回，他应该只休息了不到一个小时。不过，她还是忍不住排斥他。她专注地盯着盘子，拼命将内心的波澜压下去，紧张地听着他们的交谈。妈妈就要问这个敏感的问题了。

克里斯蒂倒是十分好奇。"灶台在那边，戴夫。"她说，"煎锅就挂在碗柜侧面。不过，你带来了什么？我也一直在琢磨怎么在吃的上面做些改变，尽管我们吃的东西已经很好很健康了。"

"克里斯蒂，"他深吸了一口气，接着将一块玫瑰色的鹿肉肉排从包裹里拿了出来，"我专门给你带来了一块肉质鲜嫩的鹿肉，我马上去把它煎好。"

克里斯蒂几乎就要无法保持冷静了，她和米兰达一直都吃素，这一点村里的人全都知道。她们始终严格遵守这规矩，所以戴夫的话对她来说实在太突然了。她本应该生气的，如今却觉得非常不安，她不知道对于这一胆大的提议米兰达会作何反应。而且，她突然察觉自己的确对这禁止的食物有一种罪恶的渴望。她有些紧张地瞟了一眼米兰达，但对方好像陷入了深思中。

"不过你知道的，戴夫，"她语气坚定地拒绝说，"我们都不会吃肉的。"

听到这样的回答米兰达很高兴，不过也发现了这声音里的犹豫。戴夫一声不吭，只是把鹿肉切片，然后小心翼翼地把肉片放在热滚滚的黄油里。平底锅下的炭火烧得正旺，很快锅里就传来滋滋的响声。

他手里拿着刀高兴地说道:"做好了!克里斯蒂,大家都觉得我挺像个医生的。因此,我做的这个肉并不是食物,而是药,你不要拒绝它。整个冬天你都非常虚弱,米兰达很担心你,你也要对她好点。这肉非常新鲜,里面含的铁正是你需要的!而且就这一点儿肉,这么少,吃下去你就能恢复力气!等你好了,还像过去一样健康再把它戒掉就行了,到那时你赶我出去都行,不过现在……"

他原本一反常态说得十分流畅,却故意在这里停顿了一下,他想把克里斯蒂对肉食的本能勾起来,从而认同他的观点。这停顿的片刻,鲜美的鹿肉的香味恰好扩散到了小屋中,产生了神奇的作用。他看着克里斯蒂,期待着她的回答。

当克里斯蒂闻到鹿肉的鲜美味道时,她就明白,戴夫是对的。肉排——在黄油里煎过的鹿肉肉排,她确实很想尝尝!这些日子,她一点儿食欲都没有,现在却饥肠辘辘。听完戴夫的话,她只觉得身体里仿佛涌出无数细微的力量,想要让她同意这样的改变,去品尝一下那鲜美的肉。不过,米兰达怎么办?克里斯蒂急切地看向她,想看看她会不会突然表现出愤怒和不屑。

不过米兰达好像忘记了小木屋中发生的事,她那深邃的双眼茫然而又空洞地注视着窗外被大雪覆盖的前院。她正努力想着其他的事,她想着满月倾泻的闪着蓝白光辉的光,如同月亮中溢出的清亮的水;想着在洒满月光的林中空地上,动物们悄无声息地来回走着;想着麋鹿群安全地睡在灌木丛中的积雪里,它们花了两个星期的时间才用蹄子堆出一个像院子似的栖息地;又想着母熊在松树下的洞穴里蜷成一团非常温暖,洞口还堆着厚达五英尺的雪。实际上,她正在尽量控制自己,以抵御身体里被这诱人的肉香所点燃的渴望。她惊恐地发现，自己正在进行激烈的斗争，她能感到身体的一部分正在喊着要尝尝这禁忌的食物。

戴夫发现克里斯蒂向米兰达投去了询问的目光。

"克里斯蒂，你不用看米兰达，她是赞成的！"他接着说，"我昨晚跟她说过，她不反对。"

米兰达还是沉默不语。她是坚定的素食者，倘若她都能够妥协，那克里斯蒂还坚持什么呢？她本来就不是天生不吃肉的，只是后来慢慢养成的偏好，她当然可以把这长期的规则打破！实际上，这段时间她一直都在默默地打算和犹豫着，只迟疑了一小下，她下定了决心，不再改变。

"戴夫，我愿意接受你的治疗！"她慢慢说道，"我想试试看。不过，既然你也在，为什么不一起吃？你往锅里放盐了吗？这儿还有一碟辣椒。"

"不了，"戴夫回答道，努力掩饰他的欣喜。他一边把盐和辣椒加在这诱人的鹿肉上，一边说道，"我就不吃了，吃肉可以帮助我保持强壮和健康，但是我并不经常吃。而且，我特别喜欢吃你们这儿的食物，我非常喜欢你做的热腾腾的薄饼、黄油荞麦糕、土豆饼和鸡蛋。在这儿，我可不想吃肉，就连熏肉都不想，只不过我们的身体有自己的构造方式，我们是不能违背自然规律的。我在家看了很多医书，里面说到，我们的牙齿及内脏都是身体需要肉类的最好证明。克里斯蒂，实际上我们跟熊很像，需要的食物是多元化的，这里面就有肉类。要是我们不吃这些食物，身体当然就会感到不舒服。"

戴夫从来没有讲过这么多话，他如今热切地希望自己的话能起作用。他一边说着，一边把做好的鹿肉端上来。克里斯蒂急忙吃了一片，让戴夫深信他的劝解颇具成效。她把所有的肉都吃光了，但戴夫并没有再做，唯有如此，她明天早上才依然想吃。克里斯蒂也吃了别的东西，但心里充满了对肉的渴望。米兰达再次回到了桌边，高兴地谈天说地，却一点儿没有提及健康、食物，还有捕猎。

她对自己很懊恼，但对戴夫却露出了少有的甜美微笑，这让他受宠若惊。她非常佩服他用"鹿肉是药"这招来说服妈妈，也非常感动他主动表示自己爱吃素食。看来，虽然他有时会触及她的底线，却还是努力和她站在一边的。不过，唉，那诱人的肉香啊！它此刻依然充溢着整间小屋，撩拨着她那蠢蠢欲动的食欲。她觉得自己太可怕了，也非常憎恨自己。

克里斯蒂把刀叉放下时，脸上容光焕发，她看着戴夫，说道："戴夫，你真是一位好医生，你说得很对，我的确觉得好多了！"米兰达站起来走进了月光中，呼吸着清新的空气，开始沉思。

戴夫原本想跟上，却被克里斯蒂拦住了。"让她自己静静吧！"她若有所指地低声说道，"这半个小时发生的事情够她想很长时间了。"

"我想她会想明白的吧！"戴夫回答道，鹿肉肉排事件让他感到比以往任何时候都更有希望。

小鹿之死

　　从那以后，克里斯蒂每个星期都会吃两三次"药"——鹿肉，当然这肉是戴夫带来的。快到初春时，克里斯蒂的脸上终于重现了往日的神采。不过，戴夫的希望却破灭了。米兰达对自身想要吃肉的欲望十分警惕，为了能战胜自己，她只能选择离戴夫远一点，以免受到他的影响。

　　此外，还出现了一件不幸的事，米兰达觉得都是因为自己的疏忽才让朋友们受到了伤害。事情的经过是这样的：兔子们在小木屋吃饱饭离开的时候，被附近一群流浪的狐狸袭击了。这群饥肠辘辘的攻击者已经埋伏在空地边缘两个晚上了，这次终于得手。不过很快它们就销声匿迹了，肯定是被别的住在森林里的其他动物吃掉了——那些动物懂得如何防范入侵者。其他幸存的兔子们变得十分小心，它们很少再来小木屋讨要苜蓿和萝卜了。

　　米兰达有点伤心，认为这件事严重影响了她在动物们心中的地位。松鼠们也搬离了小木屋，再也不能看见它们忙碌的小身影了。鸟儿也不见了。这年的春天来得很早，雪融化之后光秃秃的田地就露出来了，虫子们比往年早了两周爬出来，爬上米兰达的牛群，面包屑可没法和正在发芽的种子以及刚孵出来的肥嘟嘟的蜉蝣们相比。但是米兰达依然觉得鸟儿之所以逃回田里去就是因为不相信她。

老朋友克鲁夫睡醒后变化不大，不过和它一起回来的还有一只可爱的小熊，克鲁夫当然要花更多时间照顾熊宝宝。相对来说，对米兰达的关心就少了很多。米兰达和克鲁夫在明朗而安静的走廊上一起漫步时，感觉过去那种平静祥和、纯净得就像无瑕水晶的日子似乎又回来了。过去，动物们会跑到小木屋这里来寻求她的保护；过去，她很开心自己能够拥有一双洞悉万物的眼睛；过去，她非常笃定自己的所见，但她在戴夫来访时不会表现出这些伤感。他来这里时气氛与平日不同，她发现自己没有以前那么自信了。更糟的是，她发现越是假装与他疏远，自己心里就越难过。

她一直没有意识到自己的感情，不过精明的克里斯蒂早就看出了她的挣扎。不过米兰达也没有在意戴夫的感受，她知道他的呆滞和焦虑都会让她开心，却不知是为什么，她固执地觉得应该更加冷淡他。到最后，戴夫的心中也不由得升起了一股愤怒，然后采取了"完全不理会米兰达"的策略：他只和克里斯蒂说话，这倒让米兰达觉得应该更礼貌地对待妈妈的朋友。

戴夫还是察觉到了她的这些变化。于是，到了六月份，当洁白的蒲公英在牧场上盛开时，他来到了女孩面前。米兰达刚刚把土豆种完，一大簇丁香花在远处的小木屋旁边盛开，紫色的花朵儿透着无限魅惑，如此美好的时光让人的心情莫名地灿烂起来，戴夫当然要抓住这个时机。他的脚步很轻，轻得连米兰达都完全没有发现。

"米兰达，"他低低地叫了一声，语气中满含柔情，"既然你现在已经做完农活儿了，明天可以和我一起出去吗？""戴夫，你要去什么地方呢？"克里斯蒂突然插话说，她怕米兰达在戴夫说出计划之前，就一口回绝。

"我要翻越山岭，乘坐小船漂过大叉山，去到那里的空地上，把从村里买到的药带给盖柏·怀特家生病的小孩。这小男孩五岁左右，金黄的头发长长的、卷卷的，非常可爱，如同画儿里的人一样，人却瘦得很，让人心疼。昨天盖柏去村里问了医生，但是又忙着去城里卖皮毛，没办法脱身，而且医生说有些必需的药要去村外买，所以他就先把这个给了我，"说着，戴夫从他的衬衣里掏出了一个小瓶子，"让我尽快把这个带过去。路上的景色非常美，米兰达，而且大叉山还有你喜欢的急流。和我一起去吗？"

戴夫已经慢慢摸清了米兰达的原则。他知道，有关一个小男孩，特别是一个需要帮助的小男孩的话题，绝对可以迅速激起她的同情心，唤起她对人类的兴趣，这当然有利于他了。而美丽的景色和激流带来的兴奋感，则是第二重诱惑。他知道，热爱美景且勇敢无畏的米兰达是很难拒绝这件好事的。

就像他预料的那样，女孩深邃的目光一下子就亮了。她能看到那些与以往不同的东西：一条未知的河流，森林还有山群，新的山谷和远方的小木屋，一个孤单女人，特别是还有一个长着长长的黄头发、生着病的小男孩。这些都让她难以产生排斥感和敌意。

"戴夫，那里离这儿很遥远吧？"她反问道，好像有些拒绝的意思。

"没有去村里远，"戴夫回答，"而且也不用走太久，我们可以坐船。倘若克里斯蒂不介意的话，我们晚上最好在怀特家过夜，第二天再回来。

萨里·安·怀特是个很好的人，你一定会喜欢她的。有你陪她说说话，她也会非常开心的。"

他真想直接说，看到米兰达这么天真可爱的女孩，怀特夫人一定会很喜欢的，不过他还是不敢这么直白地表达自己的爱慕。

"若是米兰达想去，我当然没意见。"克里斯蒂说，"我不会感到孤单的，克鲁夫会一直在这里陪着我！"

这一点大家都知道，只要戴夫和米兰达出门，这头爱吃醋的熊是不会跟去的，肯定会待在家里。

一直到出发前，戴夫都很担心米兰达会突然改变主意，不过她这次真的挺感兴趣，没有再拒绝。

六月的早上，暗红色的光芒透过窗户照进小屋，灶台上的火苗还在燃烧。戴夫和米兰达很早吃完早饭出发了。两人沿着桤木林向小河走去，不一会儿就进入了森林，准备从东边走到北边。叶尖上颗颗泛着银光的露珠儿在滑动，垂挂在青翠的桤木林上、小河边嫩绿的草地上和如面纱般飘逸的蛛网上。戴夫把他的枪拿了出来，米兰达也没在意。

被微湿的露水笼罩的森林，沉浸在日出前的光亮里。太阳渐渐升起来，发出万丈光芒，将每一片湿漉漉的树叶照亮，映出淡淡的光辉。随着太阳越升越高，露珠慢慢消失了，树林间重新暗下来，浓密的树荫让人感受到一种别样的清新，古老的森林又展示出魔幻的光景。似有深意的静谧，在一起交织的远景和近景，一点点变得不真实的熟悉的事物，这种魔力让他们觉得仿佛从来没有在这林子里生活过一样。古老的神秘的森林是变化万千、妙不可言的。

他们敏感地感受着它的魔力，就像在呼吸中舒展开每一个角落的叶片。他们都没有说话，两人的默契在这无声的寂静中早已掩埋。对戴夫来说，沉默是他最有利的追求手段，因为米兰达对此不会表示排斥和拒绝。

三个小时后，他们才总算来到了森林中一个让米兰达觉得陌生的地方。这地方到处都是长满藤蔓和苔藓的石头，还有一座高耸的花岗岩小山。他们接着在林间像动物一样轻声地走着，突然远方传来一只幼鹿微弱的哀鸣，他们急忙顺着那个声音走过去。

在森林这种遍布危险的地方，一只幼鹿这样大意地悲鸣呼救的确非常少见。他们本能地停了下来，又小心翼翼地向前走，不时还透过树枝瞄一眼。在森林里，不寻常的一般是最可疑的，所以小心谨慎是很有必要的。两人又继续走了几步，米兰达这才看到了那只可怜的幼鹿。

"嘘！"她抓住戴夫的胳膊，低声说，"快看，这小家伙迷路了，不要把它吓到！"

"它要是继续这么叫的话，"戴夫喃喃道，"很快就会真的有别的东西出来吓它了。"

话还未说完，这小东西就瑟瑟地跳起来想要逃走。可怜的小家伙环顾四周，好像不知道自己究竟该往哪里跑。突然，地上的灌木丛中闪电般地跳出一只棕灰色的猞猁，一口咬住了它的喉咙，野蛮地将它拖了下来，开始残忍地喝它的血。

"把它杀了，把它杀了！"米兰达非常着急，想要往前冲，但是戴夫拦住了她。

"等一等！"他坚定地说道，"这只小鹿已经死了，我们没法救它了。等一下，我们应该可以收拾两只猞猁，这里或许还有一只。"

一般情况下，米兰达肯定不会同意戴夫说的"收拾两只猞猁"，不过刚才，看到那只猞猁那么凶残地对待小鹿，她心中对它们充满了憎恨。她想起了那天猞猁甘纳跑到空地，是斑纹公牛星星勇敢地与之战斗，才让她和小牛迈克尔幸免于难。于是，她默许了戴夫的话，耐心地等着。

但别的动物就不会等了。小鹿的妈妈听到它的呼唤，马上急速无声地从毛毯般的苔藓地上奔了过来。它自然看到了米兰达和戴夫所看到的一切，于是毫无顾忌，甚至没有考虑情况对自己是不是有利，就马上跳了过来，立刻向仇人发起进攻。饿极了的猞猁及时地抬起头，躲过了母鹿有力的双蹄，不然的话一定会受重伤，但是它的腹部依然结实地挨了一下重击，擦剐掉一些皮毛。它站立不稳，顺势向坡下滚了几步。

还没等猞猁爬起来，母鹿再次向它发起了进攻。米兰达目露凶光，因激动和欣喜涨红了双颊，她紧紧地抓住戴夫的胳膊，抓得他都觉得有点疼了。这警觉又暴怒的猞猁急忙转过身来，用牙齿和两只爪子紧紧钳制住母鹿的腿。尽管猞猁十分凶残强壮，却没占到半分便宜。就在它们两个处于胶着状态时，另一只猞猁从山坡上跑了下来，大吼一声，然后跳起来，咬住了母鹿的脖子，疼痛让母鹿不得不跪了下来。

"开枪！快开枪！"米兰达一边喊着，一边从戴夫身边跳开，给他留出足够的射击空间。早在她说话前他就已经将来复枪放了肩上，米兰达说话时，子弹已经从枪膛中射出，第二只猞猁应声倒地，戴夫马上跑上前去。第一只猞猁，趁机摆脱了钳制，想要躲起来，不过就在快要看不见它时，戴夫在近距离又开了一枪，子弹斜着没入它的后腿，将它的脊椎震碎了。戴夫是出了名的神枪手，米兰达因他所展现的精湛技艺而失神了。她一直认为，开枪就会击中，击中就表示死亡。戴夫的第一枪让那只猞猁一命呜呼，现在在地上一动不动，可是这只试图逃到灌木里的猞猁，正疼得在地上打滚，这让她倍感折磨。

"啊，这也太疼了吧！赶紧把它杀了吧！"她喘着气说道。戴夫跑到跟前，举起枪，一枪打中这只猞猁的头骨底部，彻底结束了它的生命。此时母鹿也跛着脚，流着血，蹒跚着来到了小鹿死去的地方，显然它的伤势不是太严重。它的孩子正在苔藓地上躺着，母鹿凑近些，用小巧的鼻子嗅了嗅它，可能庆幸它毫无痛苦地死去了，然后转身，渐渐地消失在了树荫中。

米兰达依次看了看地上的三只动物，陷入沉思中。一旁的戴夫安静地等着，不知道该怎么做。他认为当米兰达在感情中挣扎的时候，自己还是小心为妙。

最后，米兰达啜泣着说道："我们继续赶路吧，不要在这个可怕的地方停留了！"她的大眼睛忽闪忽闪的。

戴夫有些不舍，因为他不能带走这两张上好的猞猁皮毛，只能把它们留给狐狸撕咬了。他无声地跟着米兰达，心里知道要是在此刻谈及皮毛的话，他就彻底没戏了。就在他们要走出这片山坡时，戴夫转到一边，开始走向一座只能在树林中才看得到的小山。

"为什么走这儿？"米兰达问道。

"那两只猞猁应该在这里筑窝了。"他回答道，"我们要把它们的窝找出来。"

"找它们的窝干吗？"女孩好奇地追问道。

"我想窝里会有好几只幼崽吧，"戴夫说，"所以我们得找到它们的窝。"

"为什么？"米兰达越来越听不懂。

戴夫转身，看着她，慢慢地说道："我们可是把它们的父母杀了，尽管是为了小鹿。现在，你想让猞猁幼崽饿死吗？"

"戴夫，我没想到这点。"女孩说道，心中无比悔恨。当她再看向他时，眼光中出现了新的认同。尽管戴夫打猎，手上沾满动物的鲜血，但是对待这些毛茸茸的猞猁时，他比对自己要仁慈。

他们在这座小山上找了将近半个小时，总算找到了一个非常浅的洞。洞口刚好被一棵倒着生长的雪松那密实的松针遮住了。洞口处残留着些骨头，两只铁锈色又毛卷卷的小猞猁正躺在洞里面干燥的苔藓上。

米兰达敏锐的双眼立刻就发现了它们，戴夫却花了几秒钟才能适应洞里的暗度。他看着这两只漂亮的小猞猁，就像两团毛茸茸的球，让人总想伸手摸一摸，想要保护它们。他当然知道这两个小猞猁无助的模样一定能给打动米兰达柔软的心。不过戴夫还是勇敢地走向前，弯下腰，将那两团毛球理开，接着用他那柄沉重的猎刀，在两只小猞猁的喉咙上各划了一刀，快速而又简单地结束了它们的生命。要知道，在这样的环境下，没有几个人人能如此勇敢地做出这种选择。

"可怜的小东西！"他嘀咕着，"这是我们仅能为它们做的了。"他看向米兰达。女孩已经从山洞里退了出去，站在那儿脸涨得通红，十分严厉地看着他。

"你实在是太残忍了！"她尖叫道。戴夫原本准备为自己的行为进行一场争辩，但他没有想到米兰达会对他作出这样的评价。

他也站了起来。"我想你应该已经是个成熟的人了吧，可你的想法却总是那么幼稚。不过我尊重你的想法，尽管我没有说过，但它们实际上也在影响着我。可如今，在我看来你就是个无理取闹的孩子。你是不是以为，或许这两个小东西能够自己照顾自己，然后活下来？"他说得毫不留情，语气里满含嘲讽，声音中带着一股强大的力量，让她慢慢地平息了下来。

她很震惊，脸也更红了，最后轻轻垂下了双眼。"我原本打算把它们带回去，然后照顾它们的。"她解释道。

戴夫冷峻的面容略微舒缓。"你照顾不了它们，它们太小了，真的太小了。你看，它们连眼睛都没睁开，你没办法养活它们，米兰达，它们肯定会死在你手上的！"

"可是你怎么能……"她抗议道，语气中愤怒已然消失，只有因为怜悯而哽咽在喉的啜泣。

"这就和你对你抓到的鱼所做的没什么两样，米兰达，都是为了让它们不再受苦。"

米兰达迅速地抬起头，眼睛瞪得大大的。

"戴夫，你知道吗？我原先从来没有这样想过。"她回答道，"我以后再也不去抓鱼了！我们赶紧离开这儿吧！"

"看吧，"戴夫打算好好利用这个机会，让米兰达认真反思一下她的那套理论，"米兰达，你原先觉得人一辈子都能不犯错。但是，你看看，生活有时总会跟你开玩笑。当然不是说你全错了，因为我亲眼见过你和动物们的交流，你懂它们，它们也懂你，这让我对杀戮也产生了不同的体会。不过，米兰达，自然界有它自己的法则，你无法违背。现在，你因为看到猞猁杀了小鹿，所以让我开枪杀了它。它难道天性喜欢杀戮吗？它只是为了填饱肚子而已，也是为了它的同伴。自然界让猞猁成为了肉食动物，如果它不能捕捉到猎物，它的孩子就会饿死，所以，它必须去杀掉别的动物。是大自然把它变成这样的——狐狸、狼、豹子、浣熊和鼹鼠们都只能以猎杀其他动物为生。而且，大自然也给熊制定了生存法则，只不过不像猞猁这么严苛。人也有生存法则，所以我们需要吃肉，需要吃别的食物。我们要吃肉才会让身体保持健康，否则就会生病。大自然是不会允许这样的规则被打破的。"

"行了！"米兰达激动地打断了他的话。

"你也不能一直不吃肉！"戴夫说道。

"那我宁可在吃肉前病死！"她激烈地反驳道，"为了生存，什么才是正确的？不停地杀戮吗？用这种方式活下去的人真该下地狱！"

戴夫严肃地摇了摇头。

"这点至今还没有人搞明白，米兰达。我也想了很长时间，看了很多书，可我也没法看懂。对于我而言，一切生命就像在可怕墓地上飞舞的美丽蝴蝶。同样，倘若我们不去想那些未知，那我们就会以为活着就已经非常好了。米兰达，我也坚信今生的美妙永远胜过最美好的梦！"

在他最后一句话中好像含有什么深意，米兰达为之一颤，但与此同时，她也提高了警惕。"啊！"她突然叫道，然后很莫名地说了一句，"我以后再也不去抓鱼了！"

这不是戴夫想要的回答，而且米兰达显然也没有表现出对他观点的赞同。但是他也失去了继续谈下去的勇气，这场谈话就到此结束了。

惊险的漂流

快到中午时，酷暑的燥热一点点渗透进了森林中。树荫间，一对浅蓝色的蝴蝶正翩翩起舞，树木的芬芳也越发浓郁了。一点点升腾的暖意，让两人停下来准备吃午饭。在流水淙淙的小溪旁，两人找到了一棵横亘在道上的铁杉树，然后坐了下来。午餐非常简单，就是些黑面包和自制的奶酪，是克里斯蒂给他们做的。他们只短短地休息了一会儿，就又出发了。

戴夫说："从这儿到大叉山大概还有一英里。盖柏的小船就在这溪流下游藏着，下面的水声是不是挺大的？"

"我喜欢这声音！"米兰达开心地叫着，兴奋得手舞足蹈，仿佛这婉转似乐的水声涌进了她的身体。

"大叉山的水声更大！"戴夫慢慢说道，"水也更湍急，顺流而下就能到达盖柏的空地。米兰达，你不害怕吗？"

米兰达少见地大笑起来，她的笑声非常尖，却像悦耳的音乐，不过也很短，笑声里好像有种无法捉摸的东西。

她如今已然热血沸腾，却只回了一句："你该知道如何撑船吧，戴夫！"她声音中透出的信任让戴夫感觉自己就快成功了。他没有回答，担心一张嘴就泄露了心底的狂喜。

很快，有其他的声音传了过来，这声音并没有将清脆的溪流声掩盖，而是像背景音乐那样，反衬出溪流的清新；这声音又像轻柔而律动的雷声，刹那间从四面八方传来，好像连远方低地闲荡的牛群都被包围在这声音里一般。戴夫看了看米兰达，她一下子就明白了。

"是急流！"她叫道，"我们就是要穿过它吗？"

戴夫笑道："不，当然不是。我们即便坐船也无法穿过去！那是大苏瀑布，你有没有听说过？它可被誉为百瀑之王啊！这旋涡下方也是有水的，我们去那儿坐船。"

他们继续向前走，听着旁边震耳欲聋的水声，米兰达心中产生了一种深沉而又激烈的感情。尽管急流水量大，但水面还是像溪水一般潺潺流淌。继续向前走，树木慢慢隐退，然后眼前出现一片白光，溪流的声音一下子就被盖过，彻底消散。耳边轻柔的雷声也突然被这颇具爆发性又让人心颤的声音占据了。

他们终于看到了一条好像蜿蜒的长龙一般的瀑布！白色、茶绿色、黄色的水花翻腾着从陡峭的山上涌下来，倾泻在随处可见的黑色大石上。

米兰达站在那儿一动不动，已经被眼前的壮丽景色深深吸引，戴夫则将红黄色的桦木制成的小船从灌木丛中拖了出来，将它推进了脚下看似平稳实则暗流涌动的水里。他在船头放了一捆很扎实的草，让米兰达可以坐得更舒服，然后又拿了一捆放在她的背后，免得磨伤了她。

"你可以舒服地坐着，米兰达，不用跪着了。"他解释道，"你好好坐着就行，我来负责撑船。"

“但是我跪着撑船更舒服！”米兰达抗议道。

“你不用撑船！”戴夫有些生气地说道，“你只管避开石头，别的事情都交给我。”

大苏瀑布的下游是一个又深邃又开阔的水池，咆哮涌动的水流被水池里宽阔的洞所吸纳，让他们能够平稳地漂流。戴夫跪在船尾，船后拖着长长的白色云杉木做成的船桨，让他可以十分方便地划船。

戴夫划了几下，将小船驶入了琥珀般的平静的深水旋涡上。尽管是旋涡，其上的水流也非常平稳。过了几分钟，他们到了一个倒置在水中的长满绿色苔藓的石头旁。一条深而宽的河道将水流残留的冲力消磨掉了。这时，刚才还咆哮着的水流突然变成了轻柔而律动的雷声，这正是之前他们听到的水声。

戴夫划动着小船，驶入了像深色玻璃一样的深棕色水面上。这里有大约一英里长的死水，米兰达非要自己撑船。巨石直接从河道里冒出来，树木也从石缝中柔柔地垂下。这石头、这树林、这水在六月阳光的笼罩下，熠熠生辉。渐渐地，巨石隐去了，岸边出现了陡峭又树荫密布的斜坡，越来越巨大的咆哮声从远方传来。小船下的水流好像从沉睡中被唤醒，轻快地托着小船前行。

这涌动的水流似乎无法按捺想要冲破水面的冲动，急于和前方的水流汇合。河道开始有些倾斜了，虽然水面的平静还没有被彻底打破，但也慢慢有一些长长的纤维般的水纹出现了。河道倾斜的下方，一股白花花的碎浪突然从其右边蹿出，贪婪地攀上了小船。

“米兰达，别再划了！”戴夫一边沉静地说道，一边站起来查看河道的状况，小船则快速地漂向前方的急流，“从现在开始，一直会有这样的急流将我们送到盖柏的空地，已经很近了。"

又过了一会儿，米兰达感觉那绿油油的河岸好像已经与她并行了，而那仿佛带有怒意的排浪正拍打着她。她从未体会过这样的漂流，她划船的技能都是在湖上学到的。她屏住呼吸，但勇敢地注视着这一直在身边叫嚣的沸腾咆哮的水流。她突然感觉热血沸腾，精神也为之一振，想要大叫着用力划船。但是她一直没动，用力地抓着前方的船桨，直到关节都发白了。戴夫沉默着，好像也没有做出大的动作，但这就像离弦之箭一般的小船在巨浪中稍微平稳了些。米兰达这才发现，戴夫的腕力惊人。突然，正前方出现了一块凸起的黑色方石，周围的水流被抬升后又击散开来，他们的小船正直直地向它飞去，米兰达屏住了呼吸。

"向右！"戴夫高声命令道。她竭力划桨，一次，两次，终于在最后关头，使小船的方向发生了改变，小船平安地绕过了这个礁石。米兰达停了下来。

前方是陡峭的山坡，不过河道变得平缓了些，波浪也只是翻滚着向中心涌动，没有那么高了。水流将小船冲向河心处，两旁都是翻涌的雪白的泡沫和黄绿色的浪花。三个连续的巨大水浪横亘在山坡的脚下的河道中央，它们卷起层层波浪，在阳光下的照射下发出夺目的光彩。戴夫划着小船，飞快地连续穿过，飞溅的水花把米兰达的衣裳打湿了，让她感觉到一丝凉意，水花也让小船中有了很多积水。

"啊！"米兰达甩了甩头发，松了口气，笑得十分开心。现在或许有超过百码的平稳水路，但戴夫还是小心翼翼地划着小船，准备靠岸。

"我们要靠岸了，把船上的水弄出去！"他说道，"这条河不会再有这样的巨浪了，一直到盖柏家，我们都不用再淋这么多水了。"

"没关系！"米兰达热情地回应着，"太壮观了，戴夫！你做得真好！"

对于她突然给予的赞扬，戴夫有点不知所措，于是从把船拉上岸到再次出发，他都在呆呆地傻笑着。米兰达又坐在了船头的地方，而且也没有再对戴夫发出嘲笑。

之后近一个小时的航程里，一直都能遇到巨浪，几乎没有什么相对平缓的水面。不过就像戴夫之前说的，这些巨浪再大也不如之前的大。当小船慢慢驶入围绕着盖柏草场的那片平稳的水域时，米兰达感觉这持久的兴奋感让自己有点疲劳，仿佛划船的不是戴夫而是自己。一路上，戴夫始终全神贯注，全力以赴，才穿过了层层巨浪，安全地到达目的地。

他们停靠在开满鲜花的草场边。戴夫拖着小船来到一棵榆树的树荫下，并把它翻转过来塞进了草堆，以免阳光晒化船上黏合处的松香。盖柏的小木屋在草场的一块巨石上，高出周围的山坡，能将这清澈的河流尽收眼底。这片空地因为没人照顾而十分荒芜。土豆地、荞麦地，还有破败的谷仓里都有一些黑色的木桩，小木屋也没有灌木和藤蔓的装饰。

米兰达突然感到有点伤感，她的家已经让人觉得很寂寞了，而且因为地处高地，还多了一种与星星为邻的庄严肃穆感，而这里荒芜和闭塞的感觉让人更加看不到希望。当她看见神色黯淡、脸色惨白的女人走出小木屋来迎接他们时，她有种想哭的冲动。

"萨里·安，这是米兰达，我跟你说过的。"戴夫介绍道。两个女人有些羞涩地握了握手，但都没说话。

"吉米如何了？"戴夫问道。

"还是那样，让你费心了！"萨里·安一边有些疲倦地回答，一边带着他们进了屋子。

一个面容瘦削又苍白的男孩坐在床边低矮的凳子上，长长的卷发一直垂到肩膀。此刻，他正无精打采地玩着一个红黄色相间的又破又旧的布娃娃。他抬起哀伤的蓝眼睛，看了看米兰达。就这一眼，让米兰达心中一下子充满同情。她不由得冲过去，跪在地上抱住他。

米兰达的活力和热情也瞬间赢得了这个孩子的心，他惨白的小脸上泛起光亮，噘起小嘴让她亲他。米兰达轻轻地将他抱在怀里，温柔地注视着他，眼里满含着爱和怜惜，这让萨里·安非常感动。

"他很喜欢你，米兰达。"萨里·安含笑对她说。

戴夫心中满是难以抑制的激动，忍不住骄傲地说："啊，哪个人会不喜欢她呢？"

他觉得，此时的米兰达不似从前那般神秘和野性，她的身上满是人类的气息，不再只喜欢那些沉默的长毛的动物朋友们。他从包里把药拿出来，米兰达接过后一点点地喂给吉米，小家伙顺从地像在吃蜜一样把药吃完了。萨里·安眼中流露出对米兰达毫不掩饰的赞赏。若是米兰达在这儿待的时间久一点的话，她肯定会嫉妒的。但幸好，米兰达只能照顾吉米一小会儿。

她用米兰达也能听清的声音，低声打趣戴夫："戴夫·提图斯，你真是太走运了！这美丽又聪明的女孩肯定会成为你的好妻子，你孩子的好母亲，你可要好好珍惜啊！"

可怜的戴夫！在他听来，萨里的话就是在给自己泼冷水！他真想把这个好心又愚蠢的女人掐死，可她现在还笑脸盈盈地向他俩示好呢。他有点儿恨自己为什么不早点儿警告萨里，米兰达和村里那种可以随便开玩笑的人完全不同。他看见米兰达朝吉米弯着腰，假装什么也没有听到，但是脸已经红到了耳根。戴夫突然觉得一切功夫都白费了，一时间不知道该说些什么。

过了一会儿，他才结结巴巴地说道："萨里·安，我可没有这么幸运。尽管上帝知道，我有多么想娶她，可米兰达根本不喜欢我。"这女人看着他，露出一脸不可思议的表情。"天啊！戴夫·提图斯，那她怎么会和你一起来这儿呢？"她叫出了声，尾音中却透出了一丝疲倦，"一定是你搞错了！你根本就不了解女人！"

长久与星空和树林相伴的戴夫性格温和淡然，却在听到她的话后难以控制自己的情绪，脸一下子就红了，为米兰达感到难为情。

"我明白你是好意，萨里·安，不过我们不要再说这个话题了！"他勉强装作平静地说道，语气却十分坚决，这女人终于反应过来了。

"你们一定饿极了吧。"她说道，"我马上去做晚饭！"她说着转向了壁炉，开始往水壶里灌水。

之后，在晚饭和剩下的时间里，米兰达一句话都没有和戴夫说。她只是友好地跟萨里·安说了几句，没有露出丝毫不满的情绪。她陪着吉米，所有心思都放在他身上，萨里·安则让戴夫帮忙做了些农活，挤了牛奶。然后，萨里·安在还生着火的灶台边把她之前想说的话对戴夫说了。

她并不生气戴夫当时的失礼，但隐隐有些担忧米兰达。她开始觉得米兰达的确不同于别的女孩，也跟自己当年不一样，尽管难以说清，但她总感觉米兰达的美好和敏感让人觉得有点儿不舒服。她泛泛地将这些归纳为"骄傲自大"，而且慢慢开始觉得像戴夫这么好的男人米兰达是配不上的。不过，她还是保持公允的态度，心想小孩最会分辨善心，既然小吉米这么喜欢米兰达，说明她身上也有可取之处。

　　第二天早上，戴夫和米兰达准备回去了。米兰达费了半天劲才舍得和小吉米分开，而小吉米一离开她的怀抱就伤心地哭了。萨里·安看着她跟戴夫在一起，还挺好挺正常的，觉得所有的事都好了。不过，戴夫明显地感觉到了米兰达的冷淡。他原本也是一个骄傲的人，不到万不得已的时候，也不想自取其辱。所以，在漫长又艰辛的回程途中，尽管是逆流而上，戴夫也暗暗地展示了自己划船的技巧和力量。

　　米兰达当然看到了他的技艺，但依然狠下心坚决不理他，一种从未有过的羞耻感让她有些气恼。不过在这段路上，她还是会害怕和激流搏斗，也会为成功通过巨浪而感到高兴。上岸后，回到树林中的两人依然没有说话，但这安静却不同于从前，缺少了那种默契感，只是冰冷的沉默，如同有一堵无情的墙挡在两人中间。森林之神好像也想看到戴夫的不痛快，一路上，他们也再没发生什么奇遇，动物们似乎都避开了他们，只有空荡荡的道路，戴夫越走越觉得生气。

　　日落前两人回到了空地，停在了小木屋前。戴夫目光中带着一丝责备和一丝期许，注视着米兰达的眼睛。这时，克里斯蒂和克鲁夫开心的嬉闹声从木屋后面的树林中传来。米兰达神色冷淡地回望着戴夫，冷冷地把手伸了出来，说道："我玩得非常开心！谢谢你，戴夫！在树林那儿你可以找到我妈妈。"

惊心动魄的旅行

    整个夏天和初秋，戴夫都坚持每两个月到小木屋来一次，米兰达一直对他客客气气的。她觉得，或者可能是假装觉得——自己非常感谢萨里·安，因为正是她粗俗的玩笑把她拉回了正确的位置。那时，她真是太危险了，差一点儿就将自己托付给了戴夫，尽管他很吸引她。她再次觉得和动物朋友们在一起在神秘奇妙的森林里生活是多么令人开心的事情。

    但她没有发现爱这种东西是难以抑制的，也难以抑制对人性的渴望，所以她将这种感情都放到了克里斯蒂身上，对妈妈表现出了从未有过的喜爱之情。这当然让克里斯蒂觉得很开心，她也明白其中的原因，却从未在米兰达面前表现出这种愉快的心情，也不敢去猜测她的想法，免得被生性敏感的米兰达发现。

    她私下一直鼓励沮丧的戴夫，告诉他："戴夫，不要烦恼，静待时机，一切都会好的。"戴夫也一直沉默、耐心地坚持着，哪怕很烦躁，也会竭力忍住不表现出来。

    若说戴夫和克里斯蒂是盟友关系，那么他和森林中的那些动物就是敌对关系了。要知道，那些动物很早以前就臣服于米兰达的神秘力量了，它们都是站在米兰达这边的。克鲁夫是米兰达最亲密的老友，对她一直都非常忠诚，而且基本能听明白米兰达的话。克鲁夫的孩子——那只健康成长的小熊当然也忠诚于她。有时，克鲁夫和米兰达为了锻炼小熊，会带着它去远处走走。那时，所有的狐狸都会如同小狗一般紧随米兰达。

一天下午，她困得在山坡上的松树下躺着睡着了，那只曾经想把戴夫吃掉的豹子懒懒地跑过来，在她旁边躺了下来。豹子的呼噜声把她吵醒了，她挠了挠它的脖子，它的呼噜声却变得更大了。当她意识到自己对森林中动物竟然有那么深的影响时，她觉得特别开心。她发誓永远都不离开这片清新的树荫，不离开这些她用眼睛和手就能控制的动物朋友们，也绝不放弃现在这种只有自己能体会的神秘生活。

她也常常避开老戴夫，其实他来的次数很少。她非常敬重他，但是她担心他看出自己的想法，她也固执地不去想吉米那温柔的小嘴唇和苍白的小脸。

就这样，很快就到了十月，落叶无声地盘旋在森林的每一个角落，光线也一点点照射进之前被绿荫遮掩的地方，此时的米兰达心中已经有了决定。戴夫挣扎着不表露出失望的心情。

十月末，为了给克里斯蒂找鲜肉，戴夫来到了遍布石头的空地。六月的时候，他和米兰达就是在这儿遇到了猞猁。他认出了这个地方，一股伤感涌上心头，当时就是在这儿他和米兰达有了很大进展，只是事情似乎已经过了很久了，现在的一切对他而言都那么不真切！他往旁边看了看，猎人的敏锐让他马上举起了来复枪。只见一头幼熊正在空地边缘贪婪地吃着灌木丛中的蓝莓，脸上还带着对这甜美滋味十分满足的表情。

"熊肉肉排,"戴夫心想,"很适合克里斯蒂,她现在都有些不喜欢吃鹿肉了。"

他扣动扳机,小熊猛地前倾,然后蜷缩起来——它的脑袋被子弹击穿,立时就死掉了。死亡来得如此突然,它可能都没有感觉到疼痛。戴夫跨步走过去,看到它半张着的嘴巴里面塞满了蓝莓和一些小小的黑色树叶。戴夫伸出手,摸了摸它柔软又油黑闪光的皮毛。

"你是个很可爱的小东西。"他喃喃地道,有些后悔,"在你这么开心的时候把你杀掉,真的是很残忍。"不过,戴夫可不是一个多愁善感的人。

没有耽搁时间,他把小熊的皮剥了下来,然后藏在一堆大石头下,准备回来的时候再取。他现在要去小木屋,当然不能把这张皮毛带去,不然绝对会彻底毁掉他在米兰达心中的形象。不过这皮毛真的非常好,他不甘心再把这便宜留给狼獾和狐狸。藏好皮毛后,他割下了最鲜嫩的肉,用树叶包好,再用桦树皮捆上,扛到了肩膀上,赶紧向小木屋出发。他准备用这块熊肉给克里斯蒂做晚饭,却莫名地有些不安。

等戴夫走出那片空地,另外一头熊从树荫里悠闲地冒了出来。这头熊身形很巨大,有着锈色的毛和泛灰的鼻子,它停住脚步,四处查看,突然身体一僵,惊慌失措地冲进了蓝莓林,看到了这鲜血淋淋的一幕。它围着小熊的尸体转了两圈,使劲用鼻子在空气和地面上嗅着,然后一点点退后,退到了山坡下,眼睛却一直注视着已经血肉模糊的小熊,好像希望它能突然站起来跑向自己。走到树林边,它突然转身,发疯一般沿着戴夫走过的路狂奔起来。

这是老克鲁夫——戴夫之前杀掉的是它的孩子!

它发了疯似的跑着，复仇的鲜血在身体里沸腾着。跑了不到一个小时，它感觉自己离仇人已经非常近了。愤怒没有完全冲昏它的头脑，它冷静而谨慎地想了一个周密的复仇计划。随即它重新调整速度慢慢地走着，没过多久，就看见它的猎物正大步朝前，快步走在深棕色的树林中。

克鲁夫是这片森林里最精明的熊，它当然知道即使有蛮力和怒火也对付不了一个武装的猎人，它要等到他处于劣势时再发动攻击。尽管身躯庞大，但这时它也像鼬鼠和貂一样静静地走在小道上。年轻的猎人拥有敏锐的感官、直觉和精湛的森林生存技能，却根本不知道这暗黑的复仇女神正在一点点接近自己。

他走得很快，虽然秋天天气已凉，但他的头发还是被汗水打湿，贴在了前额上。当他走到小木屋旁边的小溪时，他决定先洗一洗。他将包裹放在一棵铁杉树下，摘下帽子，把皮带解开，又脱掉了衬衣，而且放下了上了膛的来复枪，然后半裸着上身向前走了大约二十步，来到了一个比较方便清洗的池塘边，弯下腰打算好好洗一洗。

克鲁夫的眼睛猛地冒出猩红的凶光，它等待的机会来了。

它向前爬着，尽量让铁杉树干挡在自己和敌人之间，而后一点点靠近戴夫放下的那堆东西。它闻了闻卷着的包裹，然后用爪子把它打开。一声急促而低沉的咕噜声从它的喉咙里发出，声音中满是怒火和痛苦，然后它就扑向了杀死自己孩子的凶手。

听到野兽的吼声，戴夫就知道有危险了。他马上把头抬起，头和肩膀都还在滴水，他看到了克鲁夫，眼看着这头巨熊已经快要扑到了他。就在那一刹那，他明白了整个悲剧——他突然感觉非常恶心。刚好，在离他一臂远的池塘对岸，长着一棵高大的山毛榉，他马上跳了过去，抓住树干，然后攀着树枝荡到树上，躲开了克鲁夫充满恨意挥出的爪子。

戴夫敏捷地爬着树，想找到一根树枝能让他顺势跳到另一棵树上，以便拿到放在地上的来复枪。克鲁夫停了一下，也往树上爬，继续追赶他。戴夫没有找到可以让他逃走的树枝，其实在森林中很多树与树互相紧紧缠绕，但是，因为戴夫喜欢在阳光能够直射的水里洗澡，所以他选的地方树木间隔都非常远。

爬到离地面四五十英尺的时候，他总算找到了一根勉强能用的树枝。他站在上面，扶着一根嫩枝，努力保持平衡。他向前走，走到树枝无法承受他的重量时才停下来。这样的情形让他感到无比绝望——就算他再幸运，跳得再精确，也抓不住最近的那棵树。他想往回退，但克鲁夫已经爬到树杈上了，它的爪子已经抓住了树枝，然后一点点地爬向了他，无情地将他逼入了一个死局。

戴夫身体紧绷，纹丝不动，静静地等着它。他脸色苍白，嘴巴微张，他明白，自己的生命即将走到尽头，但只要一线生机尚存，他都会努力去争取。下面，有一根结实的铁杉树枝，就在他和苔藓及岩石密布的地面之间（他借着暮光向下看了看，确认了一下），在关键时刻，他会跳下去，抓住树枝，以阻止他继续往下掉，或者至少消除一部分冲力——这是他唯一的机会，但也是九死一生。

他不害怕，可是用这样的方式来结束他的一切希望，真的让他感到非常痛苦也非常绝望，命运的嘲弄深深地将他刺痛了。随着克鲁夫的靠近，脚下的树枝被压得越来越弯。他抬起头，准备直面死亡。

米兰达刚好离这里不远。她听到了克鲁夫预示进攻的咆哮声，其中蕴含的暴怒让她急忙跑了过来。她非常震惊，不过很快就明白了，她认出了戴夫放在铁杉树下的衬衫和来复枪，心里无比恐惧，然后便看见戴夫站在高高的树上，赤裸的肩膀在树叶间泛着光。她也看见了克鲁夫，此刻它距离戴夫已经不足三英尺了，她看见恨意在它的眼里和张开的血盆大口中蔓延。

"克鲁夫！"她尖声用命令的口吻喊它的名字，然而克鲁夫根本就没有理她，仿佛只是听到了一阵风。"克鲁夫！克鲁夫！"她一声声叫着，带着深深的恐惧和痛苦的恳求，可是它依然没有停下脚步。戴夫没有转头，只是平静地向下喊道："米兰达，这次你没办法了，我想现在是道别的时候了。"

米兰达的脸色突然一变，她把来复枪拿了起来。"别动！"她叫道，接着仔细沉稳地对准目标，连续两次扣动了扳机。两发子弹间隔时间非常短，几乎聚合在一起飞了过去。然后她把武器丢掉，站在那儿，眼神空洞。

克鲁夫的身体如同痉挛一般抽搐了一会儿，落在了树枝上，它想要抓住这根树枝，但是下一秒却滚落了下去，没有任何挣扎，重重地摔在了地上。巨大的重量让大地发出一声闷响，如同哭泣一般。听着这声巨响，米兰达低声哭了起来，她伏在铁杉树上，脸枕着手臂，伤心地痛哭起来。

现在，戴夫意识到自己是希望她能救他的，不过在巨大的狂喜后，他的内心非常同情这个女孩。他从树上下来，把衣服穿好，又系好皮带，好奇地看了看被米兰达扔在苔藓上的来复枪，里面已经没有子弹了。他一脚将绳子捆住的熊肉踢到了灌木丛里，来到了她的旁边。

迟疑了一会儿，他伸出一只手放在米兰达的肩上，轻轻地拍了拍她，"米兰达，你太棒了！"他说，"你又救了我一次！现在我不会谢你，因为还不知道你准备如何处置我，自从我第一次看见长大后的你，我的生命就属于你了。你救了我的命，你现在准备如何处置我，米兰达？"

他紧紧揽着她的肩膀按向他的心口，将身体靠了上去，但依然不敢亲吻她棕褐色的发丝。女孩突然转身，把他抱住，将脸埋进了他的胸膛。"啊！戴夫！"她一边哭，一边用可怜的声音哀求道，"带我和妈妈从这个地方离开吧，我不想住在这里了！我把我深爱的老朋友杀死了！"她的泪水不停地流下。

一直等到她平静了些，戴夫才说道："米兰达，若说我改变了你的生活，其实你也让我改变了很多。亲爱的，我以后不会再打猎或者捕兽了，不会再找动物们的麻烦了。我们把这儿卖掉，前往美拉米奇。可以找个量木材的工作，我对那个也在行。而且，我爱你，我需要你，我一定可以让你开心，可爱的米兰达。"

米兰达听完了他的话，轻轻地从他的怀抱中挣脱了。"戴夫，你去跟妈妈说我都做了些什么。"她平缓地说着，"我想多跟克鲁夫待一会儿。"

那天晚上，米兰达回到小木屋后，戴夫和克里斯蒂带着铲子和灯笼去到了池塘边的山毛榉旁。他们挖了一个坟，把克鲁夫深深地埋在了泥土里。这样，它就不会被狼獾的爪子骚扰，但春日的阳光也不会再唤醒它了。

下 部
X I A B U

快乐的麦克菲尔森一家

一

你如果想去拜访麦克菲尔森一家，那必须先过一座小桥。高高的小桥非常精致，一条窄窄的小河从下面流过，河水欢快地奔流着。有道大门位于桥的正中间——说是大门，其实只是一座低矮的用铁丝网编成的小门——甚至根本算不上是道门。这会儿，整座桥、整道门都在篱笆的包围下——所谓的篱笆也只是用旧电话线草草编织成的。只要将门一关，就别想穿越河水，通过小桥，到达小岛，除非你能长出翅膀飞过去。

总之，麦克菲尔森的家非常安全，就像是拥有护城河的城堡一样。

一个男孩连蹦带跳地跑了过来，他的左腋下夹着一个棕色的麻布包，包里的东西时不时动弹一下。每当包裹里的东西乱动的时候，男孩就停下脚步，摸摸布包，安抚一番。男孩跑上桥，到了那锁住的门前。只见门后有两名奇怪的守卫，两双精明的眼睛正透过铁丝网打量着他。

其中一名守卫是条棕黑色大狗，矮矮长长的身体上长满了卷毛，油亮的耳朵软软地耷拉在脑袋上。这条狗长得真是奇怪，尾巴毛茸茸的，像是条小猎犬，但腿却是又短又小的罗圈腿，又像是条腊肠犬。这条狗不仅长得丑，还有点儿凶，但此时它却非常高兴，摇着尾巴看着门外的来访者，友善地吐出半截舌头。它很喜欢眼前这个小男孩，因为他非常可爱——它并不喜欢其他小男孩，因为他们都是讨厌的"小害虫"。

另一名守卫是只年轻的黑白相间的小猪，它正警惕地站在大狗身边，一双机灵的小眼睛骨碌碌地打量着来访者，看起来有些犹豫不决。

男孩握住门把手，将小门推开，门上那个古旧的棕色牛铃立刻叮叮当当地唱起了歌。他走进门，熟练地跟门边的小动物们打了声招呼。夏日的空气里混杂着各种各样的声音——桥下湍急的水声，调皮的小水花从大坝上哗啦跳下来的声音，还有锯木厂里沙沙的锯木头声。不过，无须担心，即便耳边有如此多的声音，小屋里的居民还是听到了铃铛声。

一阵响亮的嘎嘎声率先从屋后传来，然后，从屋角探出一个小脑袋，那是一只好奇的加拿大黑鹅。与此同时，一只正坐在锯木做成的台阶边的胖胖的土拨鼠一下子坐直了身子，想要看清楚是谁来了。一只火红的狐狸正蜷缩在一棵玫瑰树下打瞌睡，听见铃声，它马上抬起脑袋，轻快地跑出小岛，一眨眼就不见了。要知道，狐狸是种高傲的小动物，它最不喜欢被人打扰。一只驼鹿宝宝在靠近桥头的灌木丛下懒懒地站了起来，它的脑袋耷拉着，大耳朵不停地扇动，驱赶着浓浓的睡意。最后，从小屋里传来一阵大笑声，有个尖利的声音喊道："艾比尼泽！艾比尼泽！我的天呀！你好！"

然后，小屋的门猛地被打开了，拄着拐杖的麦克菲尔森出现在门口。一只绿色的鹦鹉站在他的肩膀上，而他的跛脚边则跟着两只大白猫。

麦克菲尔森、鹦鹉，还有两只猫都看向桥上的小门，想要透过铁丝网看清来的到底是谁。那只聪明的鹦鹉有双非常漂亮的眼睛，瞳孔是橙色的，眼珠是黑色的。它仔细看了一会儿，最先了解了情况。好面子的鸟儿赶紧尖声叫喊起来，它这是在显摆，也是在对客人表示欢迎："是男孩！是男孩！我的天呀！你好！"

它喊完之后，便连忙从麦克菲尔森的肩上跳到他的前襟上。麦克菲尔森快步走上前去，迎接亲爱的男孩的到来。鸟儿则又跳到他的拐杖上，轻轻啄了其中一只白猫一口，这是鹦鹉在表达自己的友好。啄完之后，鹦鹉赶紧跳离拐杖，又回到麦克菲尔森肩膀上站好，这时，男孩恰好来到了他们面前。

麦克菲尔森——尽管麦克菲森才是他名字的正确写法，但营地里的人们都喜欢这样叫他——是一位老伐木工。他常常手拿绳圈站在寒冷的冰水里去套水中的木头，所以患上了严重的风湿病，一条腿严重变形，现在只能跛着脚走路了。但是，他还有贴心的老拐杖，因此走路是没有问题的。虽然老人家的腿不是很好，但他的手指灵活，人也聪明，因此营地里的居民和工厂里的工人常常让他帮着做些琐细的小活计。

靠着这些收入，他的日子过得十分惬意。他的小屋坐落在小河中间一块高大的圆形石头上，就像座小城堡。这条小河源源不断地给伐木场提供着动力。石头顶上有一小块平地，他用那双巧手在平地上建了这座小小的房子。在小房子旁边生长着一些灌木，还有一些沙地草坪，被太阳晒得暖烘烘的，躺在上面别提多舒服了。这座"小城堡"和繁忙的工厂相距不远，几步就到了。小城堡在小河的环绕中，小桥是唯一的一个出入口，因此非常安全。麦克菲尔森和他的小动物们共同生活在这里，被人们称为"快乐的麦克菲尔森一家"。

　　小动物们的生活的确快乐、自由，但是，有时还是会受到一些约束的。小动物们对麦克菲尔森又爱又怕。他虽然和小动物们没有血缘关系，但他觉得，只要互相喜欢，自然就是一家人了。因此，他将这些小动物都当成了家人，他们每天生活在一起，感情好得很。

　　他们家的家庭氛围很好，小动物们也都很爱他，愿意和他亲近；不过，它们也有些害怕他，毕竟小动物如果没人管，就会乱糟糟地打成一团。小屋子里每天都很热闹，每只小动物都有自己的个性。矮胖墩是短腿杂交犬的名字，是不是很形象呢？詹姆斯·爱德华是那只野生公鹅；那只土拨鼠名叫巴特斯；两只白猫一个是梅林蒂，一个是吉姆；还有伯恩斯——一只棕色猫头鹰，总是站在小屋最黑暗的角落里的一个盒子边上。

　　当然，还有那只漂亮的绿色鹦鹉，它的名字是安娜尼娅斯与萨菲拉。常常有人问，为何要给鸟儿取这么个名字呀？麦克菲尔森就解释道，鸟儿如此有个性，就要取一个有个性的名字才配得上它嘛。其实，就连麦克菲尔森也弄不清楚，这只有个性的鸟儿的小脑袋里都装着什么。

　　还有那只小花猪，我们在小桥上看到过它，还记得吗？它叫艾比尼泽，还不能算是家庭的正式成员。不过，它已经表现出了不凡的"猪格"——聪明、自爱。麦克菲尔森曾发誓，绝不会把它杀了吃掉。就算以后它长大了不方便住在小屋里了，麦克菲尔森也绝不会将它赶走。

　　还有两只特殊的小动物我们没有提到，那就是小驼鹿苏珊和骄傲的小狐狸胡萝卜。麦克菲尔森想过，等苏珊长大后，小岛对它而言太小了，到那时，他就要去跟弗雷德里顿的狩猎委员会说说，将它送到动物园去，它会得到动物园饲养员很好的照顾的。

　　至于小狐狸胡萝卜嘛，它倒是没做过什么坏事儿，也没调皮捣蛋，但麦克菲尔森仍不喜欢它，因为它太野性难驯啦。这个小东西又狡猾、又聪颖，它明白麦克菲尔森的家训——和平共处。它知道，自己一旦违背家训，就会在眨眼间失去生命。不过，即使再聪明，小狐狸也有露出马脚的时候，麦克菲尔森曾多次看到它对着其他小动物流口水。它的小鼻子向前探着，小黑爪张开，静静地用那细长而神秘的眼睛看着詹姆斯·爱德华（那只公鹅），或者巴特斯（那只肥肥的土拨鼠），眼睛里直冒绿光。所以，尽管胡萝卜并没做过什么坏事，但它这么野，就连麦克菲尔森这么宽容、这么温和的人也无法爱上它。

　　于是，有关胡萝卜的去留就有了这样一项决议：只要犯错，就赶出去！这项决议将由麦克菲尔森本人宣布，而且已经得到了矮胖墩和艾比尼泽这两个小卫士的坚决拥护。

　　男孩穿过小门，从桥上走下来，飞快地和麦克菲尔森打了个招呼。蛮荒森林里的每个人都知道，他俩是最沉默寡言的。矮胖墩和艾比尼泽迎了上去，抽动着小鼻子，在男孩的裤脚边嗅着。这么可爱的小动物在脚边蹲着，男孩没说话，只是伸手摸了摸它们的小脑袋。安娜尼娅斯与萨菲拉着急忙慌地飞上男孩的肩头，用它那长长的鸟喙轻轻地啄着男孩的耳朵。还记得吗？这是鹦鹉表示友好的方式。男孩高兴地接受了，他心里明白，尽管小鸟儿脾气古怪，但它非常喜欢自己，所以呀，它才舍不得使劲儿咬呢。

　　从桥头就开始了的小小的欢迎仪式到小屋前时仍未结束。虽然谁也没说话（有几只小动物倒是想说，可它们不会），但大家的耳朵也没闲着，忙碌的锯子正在沙沙地与木头战斗，顽皮的小瀑布轰隆隆地冲到了湖面上，淘气的小河咚咚地敲打河岸。这时，驼鹿宝宝苏珊也晃动着大大的耳朵一颠一颠地跑了过来。到了男孩身旁，它就伸出那又长又丑的、灵活的小鼻子用力闻男孩的外套。它是家族的新成员，对一切人一切事都充满好奇。

你说，驼鹿宝宝是不是非常好学呀？只是它学习的方法和我们不同，它是用闻的，而我们人类是用看的。

两人走到门前的时候，那只大野鹅詹姆斯·爱德华迈着优雅的步伐走了过来。它的黑色长脖子很漂亮，精明的小脑袋随着它的步子向前一点一点的。假如来的是陌生人，我们勇敢的大野鹅可就要发威了。大野鹅先生勇敢无畏，一旦觉得你是坏人，就会冲着你尖声喊叫，还会扇动双翅拍打你的腿。不过，男孩可是个极好的孩子，他是大野鹅先生很要好的朋友，所以詹姆斯·爱德华友好地向他点了点头，眨了眨黑亮的小眼睛，跟男孩打了个招呼——这对它而言其实是很失身份的，可见，它是确实非常喜欢男孩。

胖胖的土拨鼠巴特斯正神气十足地在门口的台阶上坐着，想让它笑脸相迎？休想！这只土拨鼠总是鼓着脸，一副气呼呼的模样，好像全世界都得罪了它一样。然而，只有淘气的安娜尼娅斯与萨菲拉真正得罪过它。怕它俩会打起来的人可以放心了，因为麦克菲尔森监督着它俩签订了友好协议，它们承诺要做一辈子的好朋友。

小男孩和麦克菲尔森一走到门口，巴特斯就蹦下台阶，一扭身子，用它那肥肥的褐色屁股对着客人，一心一意地咬起了白菜梗。它知道，倘若自己表现出一丝一毫的友好，就会被麦克菲尔森喊去表演他耐心教导的杂技——翻筋斗啦，后滚翻啦，模仿跳舞的小熊啦——它是一只有尊严的土拨鼠，才不要给别人表演呢！

麦克菲尔森和男孩都没责怪它，巴特斯的这种小把戏他俩早就习惯了。不过，这会儿他们有更重要的事要做，也无暇逗巴特斯玩儿。男孩带来的那只布袋子你还记得吗？这个小布袋里有东西在扭来扭去的，引起了麦克菲尔森一家人的注意。附近的伐木工、工厂工人还有村子里的农夫们常常拿着这种小布袋来拜访麦克菲尔森，小布袋里装着的往往是各种各样的小动物，而这些小动物最终都成为了"快乐的麦克菲尔森一家"的一分子。因此，只要看到小布袋，麦克菲尔森就会非常开心，就好像小孩子们看见圣诞礼物似的。

两人走进小屋，坐下来。矮胖墩、艾比尼泽和两只白猫满含期待地蹲坐在地板上，围成了个半圆。它们抽动着小小的鼻子，既激动又好奇地盯着小布袋。就连傲慢的詹姆斯·爱德华也往门里凑近了几步。快看它那亮闪闪的小眼睛，看到了吗，它的毫不在意全都是装出来的。只有屋角的伯恩斯才是真正的不在意，这只猫头鹰正在打盹儿，白天可并非它活动的时间。

男孩将小布袋放到膝盖上，屋里每一个生物（包括麦克菲尔森）都伸长了脖子，期待地看着。袋子一被打开，一只尖尖的、小小的黑鼻子就急火火地拱了出来。看来，这神秘的小东西早就迫不及待想出来了。鼻子后面的一双大眼睛滴溜溜地转着，透着一股机灵劲儿，也闪着淘气的光。等它那毛茸茸的身子整个都露出来后，大家才看清，原来这是只长尾巴的小浣熊。它爬出来后就扭着小身子爬到了男孩的肩膀上，像个小皇帝一样巡视着大家。年幼的小浣熊以前从未见过这样奇怪的家族——当然，我们也不能就此归咎于它，毕竟这样的家族太罕有了。

大家对小浣熊还是非常友好的。两只白猫摇了摇尾巴走了出去，在阳光下蜷缩起身子开始打瞌睡，这说明它们已经接受了小浣熊。詹姆斯·爱德华的好奇心得到满足后，也昂首阔步地出门去了。矮胖墩却并未走开，它可是家族公认的"二当家"，它摇摇尾巴，伸长粉红色的舌头，欢迎新成员。聪明的小浣熊马上就明白了它的意思，它高兴地转了个圈。艾比尼泽并没有做这么多动作，不过它友好的眼神已经说明了一切。安娜尼娅斯与萨菲拉欣喜若狂，它沿着麦克菲尔森的胳膊跳到了他的腿上，又沿着他的腿跳到地板上，然后一路跳到了男孩的肩膀上。

"哎，它不会咬它吧？"男孩有点儿紧张，两只小手举了起来，做好了随时保护小浣熊的准备。

"不会的。"麦克菲尔森非常肯定，因为，鸟儿的毛紧紧贴在了身上（鸟儿如果不喜欢你，是会炸毛的），"它没有欺负小浣熊的意思，不过，我要告诉你，它对小浣熊可是非常感兴趣哦！"小浣熊乖巧地在男孩的右肩上蹲着，安娜尼娅斯与萨菲拉动作敏捷地跳向它那边。它绕过小男孩的脑袋后，目不转睛地盯着小浣熊看了一会儿，然后突然尖声笑了起来。小浣熊正绷紧神经，听到这声笑，吓得骨碌一下滚到了地板上，然后一溜烟跑向艾比尼泽，委屈地躲到了它背后。艾比尼泽既惊讶又感到荣幸，它连忙把背挺直，将小浣熊护在了身后。

看见这一幕，麦克菲尔森和男孩都哈哈大笑起来。"不用担心了！"麦克菲尔森笑着说，"安娜尼娅斯与萨菲拉就是捉弄它一下，瞧，它多么喜欢这小家伙呀！再说了，还有艾比尼泽和矮胖墩呢，它俩会把新伙伴照顾得很好的。"

二

小浣熊来到新家已经一个星期了，这天，麦克菲尔森却受了伤。他在沿着那又长又陡的台阶往下走时，拐杖突然断裂了，这使得他一头撞到了粗壮的蛇形锁链上，一下子就昏了过去。人们把他送进了最近的医院，可是，都过去好几天了，他仍没清醒过来，医生判断他极有可能撑不过去。可几天后他却出人意料地醒了过来，只是他再也不是从前的麦克菲尔森了，因为他的脑子有点不好使了——他像个小孩子一样，需要别人照顾，喂他吃东西。

医生认为，老伐木工的头部有根骨头造成了过大的压力，所以他才会变成这样，而这个医生水平有限，做不了这种手术。于是，工厂里的工人和村子里的农夫们听从医生的建议，凑了些钱，将只会傻笑的麦克菲尔森抬上小汽轮，沿着小河送到城里的医院去了。

锯木厂和村子离得很近，所以，麦克菲尔森需要休养很长一段时间的消息很快就在厂里传开了。人们都思考着一个问题："那一大家子可怎么办呢？"

那次意外是在早上发生的，下午的时候男孩就赶到麦克菲尔森的小屋去照顾小动物们了。到了太阳落山的时候，工厂的工人们结束了一天的工作，在寂静的车间里开起了会。

吉米·怀特第一个问道："我们该拿那些'孩子们'怎么办呢？"

锯木厂的老板被人们称为黑安格斯·麦克阿里斯特——人们这么叫他，为的是将他和运木头的红安格斯区分开来。对于这个问题，他早就想好了，并且觉得问题就该按照自己的想法来解决。实际上，除了男孩的意见，他根本不在意别人怎么想。因为他觉得，除了麦克菲尔森，真正关心那群可怜的动物的人只有男孩。

高个子的黑安格斯身材壮硕，像头牛一样，一双大手就像蒲扇一样，还有一把浓密的黑胡子，他下达命令的时候嗓门很大，即便在锯子刺耳的吱呀声中也能听得清清楚楚。只要他厌烦地盯着谁，那人马上就会将不同的意见咽回去，所以，不管他说什么，人们都会照做。别看他很蛮横，但他其实有非常温柔的一面，特别是在面对小动物的时候，他很容易心软。所以，工厂里的牛啊马啊都得到了很好的照顾，它们工作起来也是分外的卖力。如果有谁胆敢虐待动物，老板二话不说就会把那人打个半死。

他总是这么跟人解释："人会照顾自己，可那些小家伙们可照顾不好自己，因此只好由我们来照顾它们了呀。"

"孩子们，"他大声说道，丝毫没有因为四周一片安静而降低自己的嗓门，"我说，咱们工人再加上男孩，一人领养一只动物好了。咱们先好好照顾它们，等麦克菲尔森好了，咱们再将它们送回去！"

说完，他看着男孩，想听听他怎么说。看到人们如此看重自己，男孩感到很自豪，他谦虚地说："麦克阿里斯特先生，我也是这么想的。您也知道，它们单独待在一起是万万不行的。用不了多久它们就会打起来，没准儿有一半都会死掉，那样快乐的一家子就再也无法快乐起来了。"

会议现场一片安静。工厂里不让抽烟，所以很多工人都嚼着烟叶，吉米·怀特将一口烟沫子吐在八英尺外一块新磨光的木板的正中心，然后清了清嗓子，开口说道："就让老板和男孩来决定吧，他们知道的比较多。"

"吉米说的对！咱们就这么定了吧！"黑安格斯说道，"嗯，我倒是很喜欢那只鹦鹉和那头猪。那个安娜尼娅斯与萨菲拉可是一只讨人喜欢的鸟儿啊。还有那头猪——麦克菲尔森叫它艾比尼泽，是吧——那小家伙可聪明了，有时候你真的怀疑自己还没有它聪明呢。而且它还那样干净——哈哈，就像个小姑娘似的。嗯，我将它俩带回家好了，如果有必要，我也不介意再多带一只回去。"

男孩说道："麦克阿里斯特先生，那你将那只小浣熊也一起带回去吧，它和艾比尼泽玩得特别好，它俩如果分开了，肯定都会非常不开心的。"

"可以呀，那只浣熊我也留下了！"老板答应了，又问道，"那你想带哪只动物回去呢？"

"让工人们先挑吧，"小男孩回答道，"每只小动物我都喜欢，而且我和它们的关系都挺好的，我把最后剩下的那只带回去好了。"

吉米·怀特说道："那我先挑。将苏珊交给我吧，估计能和我相处好的也只有这只小驼鹿了。它还挺笨的，这点和我倒是挺像的，哈哈！"说完，他又将一口烟沫子吐在了那块光洁的木板上。

"假如可以将那两只白猫给我和我老婆养就好了！"年迈的比利·史密斯说道，"我老婆说了，它们可以说是附近两个县里最漂亮的猫了。跟着我们它们不会孤单的。我们家和麦克菲尔森的那座小桥离得很近。它们也能亲眼看看——小岛上真的已经一个人也没有了！"

小男孩提醒道："还有矮胖墩呢，没有人想要带走它吗？其实这条狗还是很受人们欢迎的。"听他这么一说，马上有好几个人争着要领养矮胖墩。

"就让迈克带那条狗回去吧！"最后还是老板发话，才将这场争抢结束了。

"那我就带那只大野鹅回去吧！"光头帕伦没抢到矮胖墩，不过，他觉得大野鹅也挺好，"我觉得和普通的狗相比，那只鹅会的可不少啊！"

老板很赞同他的观点："哈哈，我也这么觉得，它一定能教给你不少东西啊，帕伦！"听了老板的话，大家哈哈大笑起来。接下来是几秒钟的安静，没有人要带动物回家了。

"看来可怜的巴特斯和伯恩斯是没人要了！"男孩笑着说，"这两个小东西的确不太友好，但是伯恩斯也有优点啊，它能在黑夜里看得清清楚楚呢，并且它基本不需要别人的照顾。还有巴特斯，它可是个杂技小能手，只是它不喜欢给除麦克菲尔森之外的人表演罢了。好吧，它俩还是我带回去吧，反正它们的好也只有我知道。"

老板突然问道："不是还有一只小狐狸吗？"

"哦，胡萝卜呀，就让它在岛上待着吧，"男孩回答道，"你们每天路过那儿的时候扔点吃的给它就可以啦。它不会捣蛋，也不会逃走。不过这只小狐狸非常高傲，所以，养它是没有什么乐趣的。"既然一切都已得到了妥善的安排，会议自然就结束了。大家带着绳子、笼头，还有几个装燕麦的袋子，一起向麦克菲尔森的小岛走去。

主人这么长时间没回来，大家族的成员正难过呢，突然看到这么多人走过来，除了骄傲的小狐狸，其他的小动物都好奇地跑到桥边来看。那只小狐狸呢，早就从屋后悄悄溜走了。

随后，巴特斯躲进窝里不再出来，伯恩斯则待在自己的角落里，一动不动。这么大一群人贸然闯进来，小动物们都有些紧张，不过，它们发现了人群里的男孩，因此并不惊慌，而是把他团团围了起来。矮胖墩没像大家那样凑过去，而是去和其他熟人打招呼去了。詹姆斯·爱德华也并未凑过去，它可不希望被这么多陌生人围着，所以它向后退了几步，振动翅膀尖声叫了起来。

吉米·怀特首先行动起来，他可是蓄谋已久，荷包里已经事先准备好了盐。他抓了一把盐，一边低声"呜呜"叫着，一边靠近苏珊，将手摊开，放在懵懵懂懂的小驼鹿面前。驼鹿宝宝傻傻地打了个响鼻，大半的盐都被吹跑了。不过，当盐的味道钻进鼻孔后，它突然就改变了主意，张大嘴将剩下的几粒盐舔得一干二净。苏珊觉得，咸咸的盐实在是太好吃了，所以，它认定吉米是个好人，乖乖地让他给自己套上了笼头，跟着他从桥上离开了。

随后行动的是黑安格斯，他也想用吉米·怀特的办法去诱惑艾比尼泽和它背上的小浣熊。艾比尼泽却不是很配合，它充满疑惑地昂着头，不肯从男孩身边离开。黑安格斯为难地挠着脑袋。

他抱怨道："我怎么觉得这个办法对它没什么用啊！"

"麦克阿里斯特先生，您这样自然不行啦，您得把它抓起来，抱紧！"男孩笑着说道，"还好，它现在还小，抱起来不沉。不过，我建议您还是先把安娜尼娅斯与萨菲拉带上吧，假如它愿意和您待在一起，那艾比尼泽也会跟着您走的。"男孩说完，动作轻巧地将站在他肩上的鹦鹉往老板的肩膀上送。

聪明的鸟儿有些忐忑不安，它的羽毛紧紧贴着身体，看上去纤细而瘦小。只见它拼命向外探着身子，像是企图飞回它的栖木上去。只是它的一只翅膀被剪掉了，所以根本飞不起来。它从前也做过这样的尝试，因为只有一只翅膀是完好的，所以一飞就会旋转着掉在地上，弄得自己晕头转向的。它转过身来，那双调皮的小眼睛一动不动地盯着麦克阿里斯特的鼻子，像是想扑上去咬一口似的。就在这时，麦克阿里斯特伸出大手，无所畏惧地摸了摸它的小脑袋，<u>丝毫不怕它那尖利的嘴</u>。要知道，它的嘴都能穿透最坚硬的皮靴呢！果然，这只鸟儿被麦克阿里斯特的勇敢深深打动了，它轻柔地"咕咕"叫着，低下小脑袋，轻轻地啄了下他的大拇指，那动作实在是太温柔了，就连玫瑰花瓣都戳不破。啊，它马上得出了结论，这个男人很合它的心意，就连他手上的味道都和老主人的完全相同。它满意地轻轻鸣叫了一声，放开了嘴里叼着的大拇指，在麦克阿里斯特肩膀上慢慢调整了一下位置，惬意地贴着他的脸站好了。

"哎呀，麦克阿里斯特先生，看，这只鸟儿很喜欢您呀！"男孩大声惊叹道，"我还是第一次看到它这样兴奋呢！"

听到男孩这么说，老板很骄傲地咧嘴笑了。

光头帕伦突然坏坏地笑着说道："安娜尼娅斯与萨菲拉是只雌鸟，对吧？"

"当然啦，它可是个美丽的姑娘！"男孩回答道，"反正麦克菲尔森是这样说的！"

"怪不得呢！"帕伦笑道，"咱们老板就是招姑娘家喜欢，快看，它多娇媚啊！"

"好了，现在该艾比尼泽了！"老板连忙打断了帕伦的话，转换了话题，"你最好先将它抱起来，再递给我，这样它或许能更容易接受我。"

听到这话，男孩郑重地弯下腰，将小浣熊抱到一边，然后又把小猪抱到怀里。突如其来的幸福让艾比尼泽头脑发昏，要知道，还从未有人这样抱过它呢，毕竟，人们只会抱狗，怎会抱小猪呢？它没有挣扎，而是呆呆地将四条腿伸直，这让人无法下手把它接过来。于是男孩把它轻轻地放到老板宽大的臂弯里，它紧张地噘起嘴，向着天空尖叫一声。不过，当它看见安娜尼娅斯与萨菲拉在老板肩膀上时，马上就安心了，不再尖叫，也不再挣扎。不过，它可没鹦鹉那么镇定，因为眼前的情况已经将它弄糊涂了，而且，它觉得被这样抱着很丢脸。于是，它只得扬起鼻子将它那双小眼睛紧紧闭上，不看也不想。

截至目前，黑安格斯还是非常满意的，安娜尼娅斯与萨菲拉和他如此亲近，艾比尼泽也不再反抗，这些都让他觉得很有面子。

他高兴地说："现在该小浣熊喽！"话音刚落，他就惊讶地将嘴巴闭上了。因为那只小浣熊正用四只锋利的小爪子顺着他的腿往上爬呢。它急急火火地爬到了老板的肩膀上，伸长小鼻子，碰了碰艾比尼泽那四条僵硬的腿，看到艾比尼泽还活得好好的，它才安了心。

"我的天呀！吓死姐姐了！"小浣熊突然出现在鹦鹉身边，把鹦鹉吓了一跳，它尖声叫了起来，并轻轻地伸出爪子推了推小浣熊。小浣熊不高兴地叫了一声，慢慢地挪到了老板另一侧的肩上。

男孩笑着问道："好啦，麦克阿里斯特先生，您要领养的动物都已经到手了吧？"

"是的，那我就带着它们回家去了！"黑安格斯洋洋自得地说道。他动作轻柔地转了个身，没有惊扰到肩膀上的小乘客们。然后，他迈开大长腿，走过桥，沿着满是木屑的小街，回了他那间木板房。艾比尼泽紧闭双眼，高高昂起自己的小鼻子，像是英雄人物一样退了场。安娜尼娅斯与萨菲拉对这次远足满心兴奋，一想到自己可以离开小岛，它就开心地唱起了那首奇特的歌："艾比尼泽，艾比尼泽，艾比尼泽！我的天呀！

我要找我爸爸！"

　　黑安格斯就像演电影一样，华丽地从小屋离开了。他的背影一消失，光头帕伦就信心满满地去捉詹姆斯·爱德华——那只大野鹅。他好像觉得只要将詹姆斯·爱德华往胳膊下一夹，就可以轻而易举地把它带回家。男孩看到他想要这么做，调皮地冲着围观的人们眨了眨眼睛，老比利·史密斯，还有别的看热闹的人都露出了会心的微笑，一个个只等着看好戏。

　　只见帕伦双手前伸，一步步往前挪动，嘴里还发出"咕咕"的叫声，力争让詹姆斯·爱德华把他当成同类。

　　詹姆斯·爱德华的小黑脑袋往后一缩，惊讶地看着眼前这个男人，这是什么意思？他居然将自己当成了老母鸡，大野鹅怎么会"咕咕"叫呢？大野鹅伸直脖子，警告地尖叫了一声。难道这个看起来笨头笨脑的人竟想碰它？看上去是这样。天哪，他居然真想碰它！

　　猜到帕伦的意图之后，詹姆斯·爱德华马上把它那长长的脖子低下，然后展开那双大大的翅膀，尖声叫了起来，声音就像壶里烧开的水在唱歌似的。紧接着，它像只飞镖似的撞向帕伦。帕伦惊呆了，他彻底糊涂了，自己到底是什么地方得罪了这只大野鹅呢？詹姆斯·爱德华用坚硬的嘴用力地啄帕伦的腿，还用那双巨大的翅膀呼呼地扇他。帕伦痛不可当，他哇哇地叫着，想方设法躲避。最后，他被迫躲到了比利·史密斯和男孩的身后。

　　詹姆斯·爱德华看到自己将敌人赶走了，骄傲地昂着脑袋，高兴地笑了，然后趾高气扬地迈着步子向屋里走去。

　　围观的人们纷纷给帕伦提建议："光头帕伦，快抓住它呀！""快拿点什么，哄哄它试试！""光头帕伦，别凶它呀！""给它吹口哨试试，或许它就跟着你走了！"

帕伦并未听从它们的建议，而是揉了揉腿，看着男孩。

"你现在还想把它带回去吗？"男孩问道。

"当然了！"帕伦羞涩地笑了笑，"如果能把它带回家，我会用吃的好好哄它，然后同它做好朋友。不过，我怎么才能把它带回去啊？我怕弄疼它，它看上去那么漂亮，而且多机警啊！"

"只要把它的退路堵住就可以啦，你们等着！"男孩说完，就超过詹姆斯·爱德华跑进了小屋，等他出来的时候手里拿着一床厚被子。

大野鹅看着男孩靠近自己，却什么也没做，因为，它觉得男孩必然打不过自己。所以，那床被子从头上罩下来时，大野鹅已经无法逃脱了。它在黑暗中被人卷起，然后小心地绑住，最后被人抱了起来，用胳膊夹住。骄傲的大野鹅霎时觉得脸都丢尽了。

"好了，总算把它抓住了，你可千万不要松手啊！"听男孩说完后，帕伦就得意地带着詹姆斯·爱德华走了出去。遗憾的是，他刚走到桥上，小岛上的人们就看见，从包裹的一端探出一个黑色的脑袋。只见大野鹅的脑袋从帕伦的左臂绕过，狠狠地咬住了他的耳朵。帕伦大叫一声，用他的大手把大野鹅的脑袋牢牢地抓住了。男孩赶忙跑过去帮忙，詹姆斯·爱德华这才把嘴松开，而帕伦的耳朵已被咬出了血。

男孩将大野鹅愤怒的小脑袋重新塞回被子里，这才说道：

"帕伦，这回的错可在你啊，都怪你，不将包裹夹紧。瞧，被詹姆斯·爱德华咬了吧，你可怪不得它啊！"

"当然不是它的错了！"帕伦高兴地说道，"我丝毫没有责怪它的意思。我就喜欢它这股蛮劲儿，我会和它成为好朋友的。"

詹姆斯·爱德华被带走了，小岛又平静下来。男孩抱起那两只白猫，将它们放进了比利·史密斯的怀中。猫咪非常喜欢自己的新居所，它们眯着眼睛，环顾四周。它俩早就习惯了土布衬衫的味道，这种味道对它们而言就代表着家和温暖，因此，它们非常喜欢比利·史密斯的怀抱。看到家人一个个离开，老巴特斯异常愤怒，它往门口的小桶里钻去。

聪明的男孩将一个装燕麦的口袋套在桶的另一头，不费吹灰之力就把正在向后退的巴特斯装了进去，然后他把口袋系了起来。紧接着，男孩走进小屋，看到了伯恩斯，这只小毛球正咔嗒咔嗒地咂着嘴。他拿出另一个袋子，也把这只单纯的猫头鹰给套了进去。还没到两分钟，他就把袋子系好了，这样他就不会被咬到，也不会被挠到了。

"你的动作倒是挺麻利的！"红安格斯称赞道。尽管他并不带小动物回家，但是，他还是跟着其他人过来了，人嘛，当然都乐意看热闹了。

"好了，安格斯，你可以同我一起回去吗？麻烦你帮我拿下那个小桶，然后在路上帮忙照看着点巴特斯，我担心它咬破袋子跑出去。"

红安格斯把小桶捡起来，小心地举在身前，然后他瞪大眼睛，目不转睛地盯着装巴特斯的袋子，那只老土拨鼠再怎么狡猾也别想从他的眼皮子底下溜走。看到他这个样子，男孩放心地将装着伯恩斯的袋子拿起来，然后关上了小屋的门。

终于，所有的人都通过小桥离开了小岛，步伐沉重得像打雷一样，轰隆隆直响。等四周都安静下来后，年幼的小狐狸偷偷地从屋后闪出来，那双狡猾的细长眼睛眯着，目送他们离开。这下好了，小岛是它的了，它立刻挖了个地道，一直通向门口的台阶，要知道，那个眼尖的麦克菲尔森什么都管，以前要做这样的事情是根本不可能的。

三

麦克菲尔森走的时候是六月，那时山顶仍是一片绿油油的。十月悄然来到时，他拄着小拐杖颤颤巍巍地回来了，此时蛮荒森林的山顶已被染成了一片金红色。他基本上已经痊愈了，经过一番调养，他现在整个人精神很好，然而他走在回家的路上时，心里却异常难过。

他知道，小屋一定还是原来的样子，在被河水环绕的小岛上高高耸立着。他也知道，男孩必定会带着钥匙等在那儿，为他将小桥上的门打开，欢迎他回家。只是，小动物们肯定都跑没影儿了，没有了快乐的一家子，住在小岛上该有多寂寞啊。尽管可爱的男孩会尽全力帮忙，但他最多也只能将矮胖墩照顾好，或许还能收留安娜尼娅斯与萨菲拉，但大家族的其他成员肯定都不在了。一想到以后小岛上只剩下自己、矮胖墩还有安娜尼娅斯与萨菲拉三个，每天听着河水的呜咽声，他就不禁想要流眼泪。

尽管此时还是初秋，天气还非常暖和，他的心还是不禁打了个寒战。

来到小桥边，他的心稍稍温暖了一些，看，向他挥手的那个人不就是男孩吗？男孩急急忙忙地跑到门边，给他开门，紧跟在他后面的是矮胖墩。麦克菲尔森急忙喊了声："矮胖墩！"一听到这熟悉的大嗓门，小狗马上激动地冲到门边，想要扑进老人怀里，好好撒一撒娇。

看到门打开了，老人赶忙靠在桥柱上，因为矮胖墩已经扑向他。男孩急忙跟过来把他扶住，老人家腿脚不好，如果被扑倒了可怎么办啊！

矮胖墩在老人的手上和脸上舔来舔去，那淋淋漓漓的口水可全是爱啊！麦克菲尔森笑呵呵地任由它舔，毕竟，矮胖墩是家里成员中最出色的，也是和他最亲近的。麦克菲尔森将自己的拐杖交给了矮胖墩，让它叼回屋里去，以便安抚它。接受了这样大一个任务，矮胖墩骄傲极了，它仰着头，叼着拐杖，洋洋自得地给老主人开路。麦克菲尔森非常激动，声音都有些颤抖，他甚至"呜呜"哼了两声，明显是快要哭了。

"我真是太感动了！"平静下来后，老人家就有些不好意思，连忙解释道，"矮胖墩始终是我的最爱！你确实是个好孩子！可是，我的天呀，孩子，我也很想念其他的家庭成员啊！"

"替你照顾矮胖墩的可不是我！"男孩调皮地眨着眼睛，扶着麦克菲尔森在通往小屋的小路上走着，"是麦克·斯文尼收留了矮胖墩，今天，他要去林子里巡逻，所以一大早就将矮胖墩送过来了。我负责照顾伯恩斯，现在它正在屋里的盒子里待着呢。还有巴特斯，我的天哪，麦克菲尔森，巴特斯可是非常想你的！为了回到你身边，它可是咬了我好几回呢！看，它在那儿，看到它的小脑袋了吗？"

机灵的老土拨鼠似乎听到了麦克菲尔森的声音，但它又有些无法确定，所以干脆跑了出来。它一屁股坐在台阶上，满含期待地抽动着小小的鼻子。然后，它果真看到了那个跛着脚的熟悉身影。它开心地发出一声尖叫，蹦蹦跳跳地来到老主人的腿边一通抓挠，麦克菲尔森赶紧把它抱了起来。它高兴死了，将小鼻子埋进了麦克菲尔森的脖子里，向老主人示爱。这时，小狐狸从屋后的藏身之处跑了出来，它坐直身子，竖起耳朵，歪着脑袋，算是对老主人表示了欢迎。

"快看啊，我们的胡萝卜都长得这么大了！"麦克菲尔森激动地大声喊着。他慈爱地冲小狐狸招了招手，想让它过来。可小狐狸只是冲着他打了个哈欠，就懒懒地站起身，沿着小岛一溜烟跑了。麦克菲尔森的脸立刻垮了下来。

"这家伙对谁都这样。"男孩见他这样失望，急忙开口安慰。

麦克菲尔森说："小狐狸就是不爱我，我们最好还是随它去吧。"说完，他就进屋和伯恩斯打招呼去了。他一走近，猫头鹰立刻紧张得变成了个小毛球，不过，当认出他来后，伯恩斯就听话地在他手上蹭了蹭。

麦克菲尔森拄着拐杖将身体直立，然后转过身，看着男孩，嗓子里涩涩的。

他说道："这个家终于又热闹了。我、矮胖墩、巴特斯，还有伯恩斯都在，如果安娜尼娅斯与萨菲拉也在就更好了。我好想那只鸟儿呀。我真的很爱它，尽管它脾气很臭，有时还很吵。你知道它现在跟谁在一起吗？"

"我肯定知道呀，它现在的主人可好了！"男孩想给老人一个惊喜，笑着说道，"你猜猜，它现在在哪儿呢？"

他的话刚说完，门铃就叮咚一声响了起来，还伴随着一声尖叫："我的天呀！姐姐太高兴了！噢，男孩！我想要爸爸！"老麦克菲尔森那张皱纹纵横的脸立刻舒展了开来。他一瘸一拐地来到门边，而小男孩已经跑上了桥，打开了门。老人家惊讶地发现，来的居然是老板黑安格斯，而安娜尼娅斯与萨菲拉正站在他肩上，歪着小脑袋开心地唱歌呢。艾比尼泽和那只小浣熊在老板脚边跟着。

老伐木工激动得手里的拐杖都掉在了地上，这下，他不能迎上去了，只好在门口的板凳上坐下，等着客人向他走来。很快，黑安格斯就迈着大长腿来到了他面前，用力地和他握了握手。艾比尼泽长大了许多，它急不可耐地凑到老主人的膝盖旁，高兴得直哼哼，而安娜尼娅斯与萨菲拉此时已经轻车熟路地攀上了老主人的衣服前襟。

他对小猪说："好了，好了，老伙计，冷静。"说完，他伸出一只手挠了挠它的耳根，又伸出另一只手拍了拍鸟儿。鸟儿低头亲昵地轻轻啄了他一下。小浣熊和他在一起的时间不长，好像已经不认识他了，只是用那双亮晶晶的眼睛看着他。

"安格斯，"老伐木工不断地道谢，"你将这些小笨蛋照顾得太好啦，当然，咱们家安娜尼娅斯与萨菲拉丝毫不笨。真的，这是夏天啊，它们既没有脏兮兮的，也没有生病，我真得说……"

不过，他感谢的话并未说完，因为门口涌进了一大群人。最先走进来的是吉米·怀特，一只小驼鹿紧跟在他身后。老人家一眼就认出，那正是他的苏珊宝宝。随后走进来的是比利·史密斯，他怀里抱着那两只白猫——梅林蒂和吉姆。再后来是帕伦，他的胳膊下夹着一个长长的、被子做成的包裹。最后是伐木场的其他工人，他们的脸上都带着热情的笑容。

麦克菲尔森眼中闪着泪花，颤抖着将地上的拐杖捡起来，站了起来。客人们都走了过来，关切地同他打招呼，老伐木工备受感动，更说不出话来了。帕伦将胳膊下夹着的那个包裹放在地上，小心地打开。詹姆斯·爱德华昂着头，嘴里嘎嘎叫着，张开翅膀，像国王一样走了出来。然后，它一扭头看见了麦克菲尔森，连忙紧贴在他身边，它实在是太想念老主人了。两只猫早就跑了过来，喵喵叫着在老主人的腿边蹭来蹭去。而苏珊则凑过来嗅了嗅他，欢喜地发出一声长嘶。

　　麦克菲尔森感动地清了清嗓子，这和他所想象的完全不同，他亲爱的家人竟然全都回来了！这真是个奇迹！工厂的朋友们实在是太棒了！他一定要好好谢谢大家！他拄着拐杖，努力想跟大家道谢，想告诉大家，自己有多高兴。

　　可惜，老人家感动得说不出话来了！他做了好几秒钟的努力，才勉强说出一句："谢谢你们，小伙子们！"然后，他一屁股坐下，抱着矮胖墩毛茸茸的脖子，流下了两行热泪。

大孤湖上的冒险

曼迪·安真是太开心了，因为她终于成功地避开了奶奶，抱着个篮子——那篮子都快和她一样大了——蹦跳着从山上一直跑到了河边。

要知道，这可是非常困难的，因为奶奶总是看着她，不让她出门。虽然她还很小，但这一路上她并没摔跤，也没停下来休息，因此她觉得非常有成就感。那个篮子的确太大了，有什么东西一直在里面动来动去，弄得大篮子左摇右晃，害得曼迪·安好几次都险些摔倒。不过我们的小姑娘可是非常坚强的，她对这些毫不在意，也并不在意岸边的尖石头，光着小脚丫一直向前跑着。

终于，她来到了一片沐浴在阳光中的小河湾。一群闪着亮光的小鱼正在琥珀色的浅水里欢快地游动。这儿就是她的目的地。河边的小木桩上系着一艘船舷很高的小船。这个地方曼迪·安早就看中了，今天，她要将这里变成自己最完美的小城堡。小船的船头在岸边搭着，船尾则漂在河面上，在暖风吹拂下轻轻漂荡。四岁的曼迪·安穿着红色的棉布裙子，裙摆恰好到她的膝盖窝那儿。她可是个喜欢干净的小姑娘，是绝对不能将小裙子弄脏的。只见她小心翼翼地将裙子掀起来，用大篮子稳稳地夹在胸前，这才踩着小水花，晃晃悠悠地将破旧的小船推进水中，然后爬了上去。

小船尽管破旧，里面却非常干燥，焦油被阳光暴晒后，散发着一种辣乎乎的气味。曼迪·安将自己的小红裙整理了一下，又顺了顺那头漂亮的金色卷发，然后将大篮子放在小船的甲板上，大篮子里的东西仍在不停地拱来拱去。

"噢，小淘气呀真淘气！"她大声说道，冲着篮子摇了摇胖胖的手指头，"再等一会儿，我这就放你出来啦！"

曼迪·安爬到船头环顾四周，只见小船被河水环绕着，船底搭在卵石滩上，不仅安全还很好玩，这点让她非常满意。她安心地在靠近船尾的地方坐了下来，又调整了一下位置，这样，高高的船舷就将她整个儿遮住了，岸上的人根本发现不了船里有人。她非常确定，即便是她那耳聪目明的奶奶也是不可能从小青山的灰屋子里发现她的。

她心满意足地吐了口气，然后起身将那个大篮子拖到了船尾。她重又坐下，伸直双腿，小心翼翼地将篮子抱到腿上，把篮盖揭开，低声安慰着篮子里的小东西。盖子一打开，马上有一只棕色小鼻子探了出来，好奇地抽动着，嗅着周围的空气，鼻子上的小胡子一颤一颤的，可爱无比。紧接着，冒出一个棕色的圆脑袋。在那个胖胖的脑袋上长着一双圆圆的小耳朵，还有一双亮晶晶、滴溜乱转的黑色小眼睛——原来篮子里装的是只胖胖的土拨鼠宝宝。它高兴得吱吱叫着，一溜烟爬到了曼迪·安的肩膀上。

船尾变重了，小船晃动了一下，甩掉卡住船底的碎石，漂到了水面上，在木桩上系着的绳子轻轻荡了起来。

曼迪·安发现小船漂了起来，高兴极了。小土拨鼠在她的肩上站着，兴奋地用小鼻子拨弄着她的卷发。曼迪·安从包里掏出一根新鲜的胡萝卜，胡萝卜嫩嫩的根上还带着泥巴呢，一看就是刚从地里拔出来不久。小土拨鼠马上不动了，它非常喜欢泥巴的味道，泥巴对它而言要比小主人可爱得多，就连多汁的胡萝卜也无法和它相比。

它渴望自由，想从小主人身边溜走，去畅享那冰凉的、遍布草根的褐色土地。它没管那根胡萝卜，一低头，轻巧地从曼迪·安的肩膀上爬下，跑去了船头。可是，它往船头外一看，便失望地抱住了小脑袋。如果想到达岸边，它就必须游过去。可它极为怕水，怎么办呢？它郁闷地叫了一声，然后伸直脖子，想看看离河岸有多远，或许自己能一下跳过去呢。

曼迪·安顿时明白过来，急忙严厉地冲它喊道："小淘气！听话，马上回来。你别想回去跟奶奶告状！赶紧回到我身边来，快！"听到主人的喊声，小土拨鼠突然有些犹豫。水波荡漾的水面真可怕啊，简直就跟刀山火海一样，它很快就放弃了，飞快地跑回曼迪·安身边，接过她递过来的胡萝卜，像个忧郁的哲人一般啃了起来。

将这个小危机解决掉后，曼迪·安从篮子里拿出一个用蓝白色的手帕做成的、形状有些奇怪的小包裹。她小心翼翼地将包裹上打的结解开，好像里面装的是了不起的宝贝一样。将包裹打开后，她从中取出一把五颜六色的玻璃块、陶瓷块。在阳光的照耀下，这些宝贝像珠宝一样闪闪发光，这令曼迪·安异常高兴。她把这些宝贝放在离自己最近的横木上，然后一个一个摆开——这是村里的孩子们最喜欢玩的游戏——"钱尼小屋"。要想在游戏中获胜，你就要给小屋选个好地方，再摆上最漂亮的装饰品。曼迪·安是个想象力丰富的孩子，她一下就想到了这艘小船，这可是建造小屋的最佳地点。

在接下来整整一个小时的时间里，她都在一心一意地装饰自己的小屋。黄色的小鸟儿或者抓苍蝇的其他小鸟儿不时飞到船沿上，发现里面有人，它们都会发出一声惊叫，像是被骗了一样，气愤地拍着翅膀飞走。土拨鼠宝宝早就将胡萝卜啃完了，在阳光下缩成一个小毛球，甜甜地进入了梦乡。

曼迪·安珍藏的玻璃块和陶瓷块颜色多种多样，对她而言，这每一件都是珍宝。当然，她非常喜欢陶瓷块，不过她最爱的还是那些玻璃块。她的玻璃块有红色的、黄色的、绿色的、蓝色的，还有琥珀色的、紫色的，以及蛋白色的。她不光要将玻璃块摆到横木上，还要一个个地把它们拿起来，眯着眼睛透过玻璃看世界。尽管她能看到的只有树顶、蓝天和白云，但她还是玩得乐此不疲。这些玻璃块就好似通往新世界的大门，能让她看到迥然不同的奇观。

她专心致志地玩着，甚至没发现小船晃动得越来越厉害了。她也没发现岸边的那些树木早就消失不见了。终于，小船猛然倾斜了一下，"钱尼小屋"里大部分的饰品都滑了下来，掉在了曼迪·安的腿上。小土拨鼠被惊醒了，飞快地钻进了主人的怀里。

曼迪·安吓得坐直身子，她趴在船沿上往外看。此时小船早就悄悄远离河湾，来到了小河中间。河岸呢？早就看不到了。她发现，自己根本就不认识这个地方。她仍抱着一丝希望，想要看到村子里的房子。可眼前的河岸上都是参天大树，像一堵墙似的，她根本什么都看不见。

原来，就在她玩得不亦乐乎的时候，一阵调皮的风偷偷推了推小船，让小船远离了岸边。小船原是系在岸边的，但或许是哪个调皮的小男孩将绳子解开了，风一吹，小船就顺顺利利地一直漂到了河里，顺着水流来到了这个陌生的地方。就在前方不远处，小河沿着长满树木的河岸转了个弯。小船前行得这样快，岸边的人是无法发现河里的船上还坐着个人的。

此时，曼迪•安却没有丝毫的害怕，她眨着亮晶晶的眼睛，打量着这个全新的世界。她向后甩了甩乱糟糟的卷发，这样就能观察得更清楚一些了。河水虽然湍急，小船却漂得非常平稳。在午后阳光的照耀下小河是如此美丽，她高兴地看着河岸快速后退，心想："这根本就不危险嘛，我早就想来这条小河了，奶奶却一直拦着不让，或许小河会悄悄把我送回奶奶身边，就像它悄悄把我送到这里一样。"

所以，此时此刻，她心中只有激动和兴奋。当小船顺利从旋涡漂过时，她还骄傲地咯咯笑了起来，小船行驶得如此平稳，好似都是她的功劳一样。至于土拨鼠宝宝，起初小家伙还非常紧张，现在看见主人没有丝毫的担心，就安下心来，又在甲板上缩成一个球，打起了瞌睡。

没一会儿，小船沿着河又拐了个弯，又回了原来的方向。这时，村里教堂闪光的塔尖，还有那些熟悉的房子又出现曼迪•安的视线中。但是，她的小脸猛地沉了下来，因为她发现，小船离村子已经很远了。环顾四周陌生的景致，她的心咯噔了一下。现在，她觉得这次冒险一点也不好玩，她想回家。然后，她又看到了山坡上那座灰色的小房子，它看起来太遥远了，而且还越来越远。

小姑娘太害怕了，大声哭喊着："奶奶！奶奶！快来接我回家啊！"她站起来，跑到船尾，这里还能稍稍离家近一点。然而，她的重量整个压在船尾，使得小船掉了个个儿。曼迪•安急忙又跑到了靠近家的那一头，可是小船马上又转了过来。来来回回几次后，曼迪·安终于弄明白了眼前的情况。她走丢了，离家已经很远了，再也回不去了，而她现在孤身一人身处荒野的河流之中。想起奶奶给她讲过的和荒野有关的可怕故事，她就忍不住膝盖发软。最后，她索性蹲下，扯开嗓门，难过地大哭起来。小土拨鼠被她吓了一跳，赶紧躲到她的裙子下面。

村子下游的小河弯弯曲曲，绵延几英里，流向那没有人的野地深处。小河的岸边长满了高大的树木，却没有一座房子。这条小河的终点是个人迹罕至的大湖——大孤湖。这片水域长达十英里，岸边或是沼泽，或是被大火烧得焦黑的土地。有一条高高的瀑布从大孤湖对面倾泻而下，弯弯曲曲地流进一个峡谷。林子里的樵夫将其称为"魔鬼隘口"。湍急的河水拍打着在峡谷两岸的黑色崖壁，小河一路奔腾流进大海。河水在村子下游几英里的地方开始变得异常湍急，水流拍打在石头上，喷溅着白色的泡沫。

小船被河水带到这片水域的时候，曼迪·安突然不哭了。她听着河水发出的轰然巨响，看着河水猛烈地拍打在小船上，吓得小脸儿煞白。她坐在小船中间的横木上，挺直身子，瞪大眼睛，向船外看去。河水溅起高高的水花，各色浪花——白色的、黑色的，还有琥珀色的——一起狠狠砸向小船。幸好小船够坚固，船舷也够高，到现在为止还没什么危险——人们在造这艘小船时就考虑到了这一点——小船要造得高一些，水就不能灌进去，还要造得坚固些，风浪就不能把它拍翻了。

小船一路劈波斩浪，一会儿升上浪尖，一会儿落入谷底，但无论如何航行得还算稳当。每当小船起伏颠簸的时候，曼迪·安就会吓得坐在船里一动不动，瞪大双眼。而当小船行驶得平稳一些后，她就像被打开了开关一样，搂着胖胖的土拨鼠宝宝，将小脸蛋埋在它软软的皮毛里呜呜哭泣。小姑娘的眼泪落到土拨鼠宝宝身上，将它的毛都弄湿了。这引起了土拨鼠的不满，它噘起嘴，一扭身子，爬进了它最讨厌的篮子。

小船一直顺着水流向前，曼迪·安恐惧得都有些麻木了，她开始想，怎么才能让自己开心点儿呢？她坐回甲板上，想再集中精神装饰装饰"钱尼小屋"。于是她一边拿起彩色的陶瓷块一块块地挑选着，一边自言自语："这块很好看！这块也好看！"然后，她挑了一块紫红色的玻璃块，举到自己挂着泪水的小脸蛋前面，想让自己多看看彩色的岸边。可是这些一点用也没有，以往琥珀色玻璃块是她的最爱，此时她也觉得不好看了——她就是高兴不起来。最后，她又累又怕，躺在甲板上睡着了。

曼迪·安是在下午睡着的，她早就累了，所以，这一觉睡得非常沉，湍急的水流将小船摇得直晃荡，就算这样也没让她醒过来。在大孤湖之前的一段河水又深又静，人们将这里称作"死水"。不巧的是，傍晚时，刮了一阵西北风，将小船猛地推进了湖里。夜幕徐徐降临，最后一缕阳光也消失在了西岸的枯树枝头。而那阵魔鬼一样的风仍在吹，使小船一路前行，到了湖中心，又继续向"魔鬼隘口"驶去，咆哮的瀑布和尖叫的旋涡可正在那儿等着它呢。

北风呼呼地刮着，在宽阔的湖中央吹起了一层层巨浪，将小船打得左摇右晃的。土拨鼠宝宝惊恐万状，但小姑娘太累了，丝毫没有受到影响。她在睡梦中仍在嘤嘤地抽泣。

远处，划过来一只独木舟，两名伐木工正顶着狂风，拼命划着船，沿着岸边驶来。这些人在春末夏初的时候离开村子，来到这附近，运送冬天被伐下来的木头。现在，他们是要赶回家，只是他们的速度被这狂风恶浪减慢了。大孤湖的岸边到处是沼泽，根本没有可供他们搭帐篷的地方。所以，他们必须要在天黑前赶到小河与大孤湖相交的三角洲，在那儿扎营，安心休息一晚。第二天一早，他们就可以驶入河道，晚上就能回到村子里吃晚饭了！

船里的汉子长着浓密的黑色大胡子，健壮的躯体被紧紧包裹在一件红色衬衣里。只见他弯着腰，把那只枫木船桨深深插进水里，有节奏地挥着，让小船向前推进。不管狂风巨浪怎样拍打脆弱的小独木舟，他都坚定不移地向前划着。

大胡子的任务是将小船往前划，让它平稳地迎风行驶。另一个人则要负责应对旋涡和巨浪，他站在船尾指挥着桨手，以免船驶进危险的区域。这个人年轻些，长得高高瘦瘦的，就像根竹竿，手臂也长长的。他有一头浓密的棕色卷发，因为没戴帽子，风一吹，在他那晒得通红的脸上垂着的头发就都跑到了脑后。他有一双灰色的灵活的眼睛，密切注意着打向独木舟的波浪，而他手中的那只桨则控制着船的朝向，使船头无时无刻不正对大浪来的方向。在他的指挥下，独木舟肯定不会侧翻，也不会沉没。

但只是这样也不行，那个大胡子非常担心独木舟会进水，因为里面有一些要带回蛮荒森林的宝贝，那是他们从海边城镇的小店里买来的，如果小船进了水，宝贝就被打湿了。他专注地盯着波浪，脑海里不禁想象着自家那间坐落在山顶上的小屋子，肯定在阳光沐浴下。他的母亲正安详地坐在屋里，而他那可爱的金发小女儿看到他回来，则会连蹦带跳地跑向他，大声喊着爸爸。

太阳已经从枯树顶上落下去了，顽强的水手们距湖口还有两英里。水波荡漾，残阳的余晖给水面上抹上了紫色、粉色与琥珀色交织的色彩，大孤湖显得愈发美丽。瘦高的男人往四周看了看，发现了那艘在水面上漂浮着的小船。小船离他们很近，不过在湖中心。

他仔细观察着小船，看清了小船的造法和雕工，惊诧地问道："克里斯，你快看，那不是乔老头的船吗？"

那个叫克里斯的大胡子男人也盯着小船看了一会儿，答道："好像是呢！他怎么舍得让小船漂出来，肯定是突然涨潮了！"

"看它行驶的方向，用不了一小时就得摔烂，变成一堆木片。"克里斯满不在乎说道。船尾的年轻男人却不这样想，他不希望乔老头儿就这样失去他的船。

"这老傻瓜，怎么不把船系好呢！"他低声报怨道，"如果风小一些，我们还可以划过去将它带回岸边。可现在这风实在是太大了，我们根本办不到啊。"

"除非船里有金子，否则我是不会去的！"克里斯一边回答，一边接着划起桨来。他发现，他们的独木舟和理想的宿营地还相距甚远，而他现在又累又饿，特别想抽点烟放松一下。只可惜风大浪急，害得他根本没时间腾出手来装烟斗。

说话间，小船已经从距他们不到一百码^①的地方漂过去了。看着擦肩而过的小船，克里斯心里突然有些后悔。前面不远处就是魔鬼隘口，小船掉下去必定会粉身碎骨。小船漂过去以后，他又回头看了它一眼。就是这一眼，让他发现有些地方不对劲。他看到一只毛茸茸的棕色小动物正趴在船舷上，可怜兮兮地看着他们的独木舟。小船的船舷向他这边

---

① 1 码 ≈ 0.9 米。

倾斜了一下，这次他看清楚了，那是只土拨鼠宝宝。

他知道，自己肯定没看错。顷刻间，他不禁想当个英雄，将独木舟划过去，救出可怜的小东西。可他又有些犹豫，不禁转头看着同伴弓着的背，他看起来是那么疲惫。克里斯感到有些羞愧，自己在面对女人、孩子和小动物时容易心软，但他现在不能逞能呀。尽管没人当着他的面说，但他知道，很多人觉得他心软得就像个小姑娘。现在，他的同伴已经疲惫不堪了，他如果去救土拨鼠宝宝，一定会遭到指责的，但他就是没办法眼睁睁看着那个小东西掉下魔鬼隘口，葬身水中。那只可怜的土拨鼠宝宝显然是在向他求救呢！想到这儿，他突然就下定了决心。

"马特，"他开口说，"我要掉头了，那艘小船上有我想要的东西。"他说完，随即将独木舟划进了巨浪之中。

"真见鬼！"马特大吼一声，把手里的船桨握紧了。他生气地看了看四周，说："船上到底是什么鬼东西呀？"

"快划呀！一，二，三，划！"克里斯喊着号子，接着说道，"等到了船边你就知道了。"

他都这样说了，而且少了他，独木舟根本无法划远，马特也只能一边咒骂，一边跟着他的节奏划了起来。让小独木舟在湖面上掉头并不简单，所以，他们根本没有多余的时间说话。小独木舟掉过头来，顺着水流向漂远的小船追去，马特看到了船上的小乘客，醒悟过来。

"克里斯·麦克金，你这个混球！船里只有那只该死的土拨鼠，除此之外，什么都没有嘛！"他大吼完，往后划了两下，想把船划回去。

克里斯那双灰色的眼睛冒着怒火，他大声吼道："马特·巴布科克，你听好了，别想把船转回去。你怎么骂我都可以，但是，你要不就照我说的做，要不就闭上嘴别划，我自己划过去。"马特将自己的船桨收回来，喋喋不休地埋怨着克里斯。

"就为了它！为了一只该死的土拨鼠！"他不禁愤怒地咆哮，每个词都是恨恨地从牙缝里迸出来的，"我知道你蠢，克里斯·麦克金，可你怎么就蠢成这样了呢？"

克里斯一边用力划着桨，一边大喊："土拨鼠怎么了？就这么眼睁睁地看着它摔下魔鬼隘口，你忍心吗？为了早一个小时吃到熏肉喝到茶，你就能见死不救？你忍心吗？反正我非常喜欢土拨鼠，我不忍心！"

听克里斯这么说，马特更生气了，"等上了岸，我一定要好好揍你一顿，等着瞧吧！"其实，马特也就是顺嘴一说，等真的到了岸边，他一定早就忘了自己说过什么了。

"马特，随便你！"克里斯一脸满不在乎地说道，"我等着你！不过，现在你要听我的，等我们一靠近小船，你就要稳住独木舟。湖面浪这么大，要想一把将那只土拨鼠抓住，可不是一件容易的事，我要将它带回去，送给曼迪·安。"

独木舟和颠簸的小船间的距离越来越小，马特举起船桨，准备一听到克里斯的指令就马上行动。过了没一会儿，克里斯就将独木舟划到了小船边，他敏捷地把独木舟停下，靠近小船高高的船舷。马特利用船桨一下就将小船固定住了，克里斯赶紧抓住了那只土拨鼠。马特心不在焉地往船里瞟了一眼，大黑脸顿时变得煞白。他大喊着："天啊，克里斯！原谅我吧！我之前不知道啊！"

"是曼迪·安啊！"克里斯大惊失色，急忙爬到船里，一把将女儿抱进怀里。

熊和鹿

　　一座舒适的灰色小屋伫立在小山顶上，来自森林里的一阵阵风，不分昼夜温柔地抚摸着它的头顶。小屋里阳光灿烂，冬暖夏凉。小屋前是杂乱的小院，被矮矮的灰色谷仓围了半圈，明亮的阳光淘气地洒了进来。

　　小院前的田地里种满了燕麦、荞麦，还有土豆。山坡上还有一个大园子，就在森林边上，里边种满了卷心菜等蔬菜。大园子里有一块儿土地和别处的不同，黑黝黝的，非常肥沃——这是园艺家最新引进的用来做实验的土壤。

　　在蛮荒森林生活的山姆•科克森是个典型的农夫，他对这些园艺不屑一顾，觉得只有女人才会喜欢。但是，山下小村庄里马上要举办的一场园艺大赛让他改变了主意。现在，培育卷心菜便成了他的头等大事。他踌躇满志，要在三个星期后举行的比赛中拿个第一名。

　　在此后的每一天，他在套好马、准备驾车前往小村庄前都会回头好好看看卷心菜地。地里的卷心菜绿油油的，而其它的蔬菜都是黄褐色的，两相对比，卷心菜真是长得无比好看。每天的这个时候，他心里都无比满足，而每天驾车前的回头一瞥都已成了他的习惯。这天早上，他却无意中忘了这个习惯，直到上了车把缰绳握在手里，他才想到要回头看看。这一回头，这个淳朴和善的农夫顿时气得脸都绿了。

原来，他的宝贝卷心菜地里来了个不速之客——一头高大的野鹿——正在菜园里觅食，那大板牙如刀片般锋利，正肆意啃嚼这颗卷心菜，再咬咬那颗卷心菜，就像个挑剔的美食家。看到这一幕，山姆恨不能马上冲过去，一把将它的脑壳捏碎。

山姆·科克森气呼呼地扔下缰绳，跳下马车沿着小院门口的篱笆向卷心菜地跑去。他那两匹马（他是个非常仁慈的主人，每次驾车去村庄，都要套上两匹马，以免一匹马跑得太累）则安然地低下头，啃起了井后的嫩草。

尽管山姆是在蛮荒森林长大的，不过那些必备的知识他并没有学会。他不会打猎，也无法分辨森林里的野生动物，对了解这些野生动物的习性更是一点儿兴趣也没有。所以他根本不知道，这是一头雄鹿，更不清楚，这个季节的雄鹿的战斗力有多强。

山姆爬过篱笆，冲那个放肆的"强盗"大喊大叫，想将它给吓跑。可惜雄鹿只是将那漂亮的脑袋抬起，满不在乎地看了看，它真不明白这奇怪的生物在叫嚷什么。然后，它低下头，帅气地又撕开一颗漂亮的卷心菜，嚼着鲜嫩的菜心。

山姆简直要被气炸了。他竭尽全力吼了一嗓子。这次，他将双手举起，用力摇摆。不知怎的，雄鹿根本没有认识到，这个高等生物是为了把它吓走才大声叫喊的。它看到了山姆摆动的双臂，觉得这是对它的挑衅。于是，它摇了摇那对漂亮的鹿角，趾高气扬地用前蹄刨了刨地——这下好了，另一颗珍贵的卷心菜被踩得稀烂。

山姆气愤不已，他骨子里是很彪悍的，雄鹿的举动让他又惊又怒。这下，他可不只是想把雄鹿赶走就完了，他还想杀了这头雄鹿，弄些鲜美的鹿肉吃吃，就算补偿他的损失。说做就做，他马上转身冲进屋子，一把将那把老前膛枪从厨房墙壁的挂钩上取了下来——根据蛮荒森林的传统，他们的枪里时刻装有子弹，为的就是对付雄鹿和野猪。这种子弹极为霸道，即便碰到偷吃小猪的熊也管用。山姆平时并不喜欢打猎，枪上的雷管也已有半年时间没取下来了，不过他仍顺利地将雷管换了下来。手拿装满子弹的枪，他顿时觉得自己稳操胜券。

山姆飞快地跑到小山的另一侧，跑向茂密的森林，躲在那儿，雄鹿就看不到他了。他沿着田地不停地跑，直到看见了卷心菜地，看见那个可恶的强盗仍在菜地中央不慌不忙地享用着美味。

此时此刻，在山姆血管里流淌的猎人之血沸腾了。他以前听说过很多经典的狩猎故事，此时那些故事都浮现他的脑海中，他急切地想要试试。他特意关注了一下风向，满意地发现——自己正处于下风处。

他悄悄地向前走，穿着如此厚重的靴子，他的脚步竟然还能这样轻巧，这是他没想到的。他已经恢复了冷静，脑子里只有一个想法，那就是怎样猎到这头雄鹿——看呀，猎人的天性这时已经完全觉醒了。距最佳射击点还有一百码的时候，山姆更加小心了。他蹲下身子，将自己藏得严严实实的。眼看离得越来越近，他伏低身子，爬了起来。

真不巧，并不是只有山姆发现了这头雄鹿，一只在森林里游荡的大黑熊也发现了它，并对它非常感兴趣。于是，大黑熊一屁股坐在了灌木丛里，静静地看着雄鹿啃卷心菜。其实大黑熊并没想抓那头雄鹿，一是抓它太费劲，二是就算抓到了也不好处理。不过，在这个季节里，这只大黑熊啥都想看，啥都想管。此时，它那颗好斗的心正不停地怦怦跳动着！

看见山姆探头探脑地爬过来，一直来到距他不到两步远的地方，大黑熊跳起来就想逃之夭夭，像黑影一样，马上消失在寂静的森林里。它的屁股确实动了，可心却没动，它原想扑向那个男人，一爪子把它拍倒在地。

不过，它马上发现，这个动作诡异的男人并未发现它，菜地里的雄鹿才是他的目标。于是，它又稳稳当当地坐了下来，准备看好戏。山姆一点没注意，在他经过的地方，一双血红的眼睛正死死盯着他看。山姆不停地往前爬，来到离卷心菜地最近的灌木丛里。可是，他发现仍无法打中。于是，他把枪举起，又往前走了大约二十步，才又停下，慢慢地瞄准雄鹿。

山姆的头刚从灌木丛里冒出来，就被机敏的雄鹿发现了，它目不转睛地盯着这个突然出现的人类，歪着脑袋想——这个人究竟是路过呢，还是想跟我抢卷心菜呢？雄鹿认真看了看这个人的双眼，突然眼睛一亮，这是那个在篱笆边大吵大嚷、挥舞双臂的家伙。意识到这一点后，雄鹿双眼闪烁着红光，掉头对准山姆，用蹄子狠狠刨了刨地，挑衅地冲着山姆晃动着鹿角。

这时，山姆也已经瞄准了，他猛地扣动了扳机，可是什么也没发生。他气急败坏地放下枪，将雷管拆下，认真检查。雷管什么问题也没有，火药也满着。检查完，他重新将雷管装上，又一次举枪瞄准。

山姆这一连串的动作在雄鹿眼中成了决斗的前奏。正好，它巴不得和这个家伙干一架呢。雄鹿跳了两下，将脚边的卷心菜踩了个稀巴烂，然后气势汹汹地冲向了战场。

这下，新手猎人惊慌失措，他连枪都没举起来，就着急忙慌地开了两枪。结果一枪都没打中，这令山姆深受打击，把枪朝敌人身上一扔，撒腿就跑。

山姆连滚带爬地越过篱笆，向着离他最近、看上去最好爬的树冲了过去。可惜，今天他的运气实在是不怎么好，因为他选中的这棵树旁有一丛灌木，那恰恰是大黑熊的藏身之处！

人逃跑时，野生动物是能看出来的——它们很爱趁机欺负人类。山姆刚跳上最低的那根树枝，刚想往上爬，大黑熊就从灌木丛中冲了出来。只见它往后退了一步，狠狠地撞向树干。

雄鹿刚跳过篱笆就看到这一幕，来了个急刹车——这下，该轮到它来看好戏了。

山姆低头看了看自己的新对手，觉得自己真是倒霉透顶。怎么回事？这林子里的动物是商量好了联合起来对付自己吗？虽然他胆子很大，但这样的情况他还是头一次碰到，他绝望地想自己要是死在这儿，谁去把马的辔头给卸了呢？好在他只郁闷了一会儿，回过神后，山姆边往高处爬边观察四周，想找一条路逃命。

爬了一半后，山姆发现了一根长长的、一直垂到一棵郁郁葱葱的小云杉上的树枝。他小心翼翼地沿着树枝向外爬，终于爬到了头儿，大黑熊已经爬到了这根树枝靠近树干的地方。山姆停了下来，生怕自己一动就会从树上摔下去。

大黑熊也小心地沿着树枝往前爬，树枝都被他压弯了。山姆抱着树枝尖儿，在双脚和云杉相距只有几英尺的时候万分紧张地松开了手。他在掉落的过程中手忙脚乱地想要抓住云杉的树枝，幸好他真的抓住了。

山姆松手后，长长的树枝不再平衡，猛地向上弹起，险些将大黑熊摔下去。它气恼地大吼一声，爬回树干，头朝上屁股朝下，开始噌噌地往下爬。

看着大黑熊距地面越来越近，山姆欲哭无泪。要想从大黑熊的魔爪下逃脱，他就必须趁着大黑熊还没落地前赶快爬下去。爬下去倒简单，可那头雄鹿还在树下用蹄子刨地呢。山姆可不想被鹿角顶，被鹿蹄子踩。他只想撅着屁股，抱着云杉树枝，静待奇迹的发生。

真不愧是在林子里长期生活的人，他居然还有种奇特的幽默感——即便在这种情况下，他竟然还觉得这件事情非常好笑。

山姆苦苦思索，到底该怎么摆脱这两难的困境呢？就在这时，发生了一件让他意想不到的事。雄鹿觉得这个人太无聊了，一扭头看到了那只大黑熊。大黑熊还有七八英尺才能到地面，它正小心翼翼地抱着树干向下挪动，像个害怕裤子被扯破的小男孩。

看来，这头雄鹿从前吃过大黑熊的亏，现在想要趁机报复。此时大黑熊的姿势有些尴尬，肥大的屁股彻底暴露在外，对雄鹿很有利。于是，雄鹿慢慢走上前来，调皮地向后仰了仰头，然后一扬角尖猛地戳向大黑熊的屁股。戳完之后，雄鹿轻巧地向后退了几步，静静地等着。

大黑熊一下掉到了地上，它愤怒地吼叫着。看到这一幕，山姆喜不自胜，险些从树上掉下来。

此刻大黑熊已将山姆忘到了脑后，面对雄鹿的挑衅，它无比激动，吼叫着向雄鹿扑了过去——就像狂飙的龙卷风似的。大黑熊这一撞，连地都要颤两下，雄鹿可不想硬扛。只见它轻巧地往旁边一跳，就将自己与大黑熊的距离拉开了整整三十英尺。它不断地躲闪，敏捷地沿着林间小路跳跃，避开了一次又一次的攻击。气昏头的大黑熊束手无策，只能一直追在它身后。

眼看着它们跑远了，山姆急忙从树上滑落下来，拼尽全力越过篱笆向前跑去——到了空地上就安全了，在这里，大黑熊必定是追不上他的。跑的过程中，他停了一下，将那把被他扔掉的枪捡了起来。

他扫了一眼一片狼籍的卷心菜地，快步走回了山上，一路上不时地回头。好在那两个好斗的大家伙再也没追过来。

雪地深处

一

　　小木屋的房顶上覆盖着厚厚的积雪，旁边空地上的雪几乎堆到了木头牲畜棚的屋檐下。牲畜棚和小木屋之间的院子里堆满了碎木屑和碎稻草，如今也已被积雪盖住了。在小院中的树桩上，积雪调皮地堆成了各种各样的形状，有圆锥形、球形，还有圆柱形。枞树、云杉和铁杉的树枝被积雪压弯了腰。积雪覆盖的大地银装素裹，寂静得让人感到万分孤独。

　　大卫·帕顿掀开毯子，把那条碎布拼成的棉被推开，用一只胳膊将身子撑起，看看妻子苍白的脸。见她还在熟睡，他悄悄地下床，重新给她盖好被子，然后迅速穿上一双自制的厚羊毛袜。昏暗的晨光点点洒落进小屋，屋里冷极了，他粗糙的手指被冻得莫名地疼痛。他踮着脚尖从木地板上走过，将一些桦树皮、引火木和干燥的柴火填进灶台，又划着一根火柴扔进去。桦树皮遇到火就咔咔直响，皱缩起来。他又往灶台里鼓了鼓风，柴火马上熊熊燃烧起来。

大卫直起身来，灰色的双眼看向小屋另一头，那儿有张低矮的小床。

一张圆圆的小脸从高高的床沿上冒了出来，那双大大的蓝眼睛好奇地向外看着。在炉灶里的火光的映照下，那张小脸红扑扑的。顶着一头乱糟糟的黄头发的小姑娘看见爸爸朝自己望过来，马上想从小床里爬出来。大卫赶紧走到她的床边，亲了亲她，然后将她抱回了床里，给她盖好小被子。

"小宝贝，你得乖乖待在床上。"他轻声哄着女儿，"一会儿屋子暖和了你再出来，现在听话，别把妈妈吵醒了哦！"

小姑娘异常兴奋，眼睛闪着亮光，但她还是老老实实地不动了，小声地说道："爸爸，我还以为今天是圣诞节呢！刚刚看见你时，我还以为是圣诞老爷爷从烟囱里爬出来了呢！哦，我多希望圣诞节快点来呀！"

大卫的心里一阵抽痛。

"小宝贝，还有一个星期才到圣诞节呢！"他的嗓门压得很低，生怕把熟睡的妻子吵醒，"而且，咱们所在的林子这么偏僻，周围的雪又堆得这样厚，圣诞老人根本就不可能找到我们。"

"哦，爸爸！"小姑娘激动地叫了起来。不过她马上意识到会把妈妈吵醒，连忙压低了声音，轻声说道："你不知道圣诞老人什么地方都能去吗？他能从雪地中、从最冷的地方穿过，还可以穿越辽阔的、黑糊糊的森林。这些对圣诞老人来说根本不算什么。他找得到村子，就一定能找到我。你信吗，爸爸？"

小姑娘的嗓门尖细，妈妈被她吵醒了，翻了个身坐了起来。天气实在太冷了，她冻得直打哆嗦，只好拿起一条红围巾披到了肩上。她看着大卫的眼睛，脸上现出难过的表情。

"你最好别总是顺着她说，我不想她到时失望。"说完，她转而对小姑娘说，"你也知道，圣诞老人是要去村子里的，你总不能让他不管村子里的孩子，为了你专程跑过来吧，那样，小哥哥小姐姐们该有多难过呀。再说了，即使圣诞老人不来，还有爸爸妈妈陪着你呀！"

小姑娘直直地从床上坐起来，大睁的双眼里含着眼泪，双唇不住地抖动。妈妈的话对她而言是个巨大的打击，这太残忍了。但是，小姑娘始终坚信——圣诞节的时候，圣诞老人肯定会来看望她。所以，她没将妈妈的话听进去，反而执拗地摇了摇头。

"他不用丢下村里的孩子们，对不对，爸爸？"她大声问道。不过还没等大卫回答，她就接着说："圣诞老人能在同一时刻去好多地方呢！他能到村子里去看望那儿的每一个孩子，也会到森林里来看望我。哦，妈妈！我多希望今晚就是平安夜啊！"小姑娘满怀期待，高兴地在床上蹦跳着，蓝色法兰绒睡衣上的仙女好像活了一般，也随着她的动作跳上跳下。

大卫的心情非常沉重，他转过身去，又往炉灶里添了把柴火。火烧旺后，他把那双厚厚的牛皮长筒靴穿上，又披上大衣，戴上手套，准备到牲畜棚里去喂牲口。屋里已经暖和了，大卫打开门走出去，又连忙把门关上，以免寒风灌进去。外面真冷，耳朵都快被冻掉了，寒风呼呼地刮在人身上，像刀割似的。不过大卫非常强壮，这样的天气对他来说只不过是一种挑战，就像药酒一样于身体健康有益。虽然心里有很多事，天气也非常冷，但他还是在门口停下了脚步，深吸一口气，欣赏起眼前美丽的日出景象来。

小屋位于小山的最高处，北面和东北面是一片茂密的云杉林。从小院穿过，小屋的西边是一排牲畜棚和披屋，埋在了厚厚的雪下，只剩下房顶还露在外面。小屋的正前方是一片空地，顺着山坡，一直延伸到森林边。空地上的树桩上积满了雪，整片雪地被弄得凹凸不平。小屋后面有条小路，直通村子，这会儿，在灿烂的阳光照射下，小路闪闪发光，从空地东边的角落穿过，一直延伸到朝阳的霞光之中。

小屋的东边是无边的荒野，这条细细的小路是出去的唯一道路。大卫呆呆地看着，天空是漂亮的玫粉色，天地间充满梦幻般的雾气，太阳在小路尽头的地平线上升起，颜色与众不同，好似燃烧的火焰，美得让人窒息。阳光穿透云层，一道道浅浅的光柱照射在森林顶上，为树木染上了鲜艳的红色，空地上的积雪也被染得绚丽多彩，像贝母一样。大卫扭过头，看到自己的家沐浴在霞光中，美丽得有些不真实。太美了，他长出一口气，心头的沉重稍稍减轻了一些。

看到这种童话般的美景，他有些伤感，因为这让他想到了从前，他也曾见过闪闪发光的、仿佛童话一般的圣诞树，以及在树下堆着的圣诞礼物，还有孩子亮亮的眼睛。此前的三个圣诞节，莉迪亚在村子里和家人、朋友们一起过得非常开心。现在，她却只能和爸爸妈妈一起孤单地在森林深处生活，就连圣诞节都无法好好过。哎，都怪他这个做父亲的简直太没用了。现在，孩子满心期待，可太阳一升上天空她的梦想就要被打破了，到那时，那颗小小的心该有多失望、多难过啊。现在，他非常自责，因为没买礼物，还因为大雪已经将通往村庄的小路封上了，他没法子去村里买日用品，他该怎么办呢？

大卫拖着沉重的脚步，穿过小院，来到牲畜棚门口。他的脚步声早就传到了牲口的耳朵里，棚里的牲口全都兴奋得直叫唤，期待着马上就要吃到的美味。他刚把那根大门闩举起，将门打开，一匹马就冲他嘶鸣起来，然后踩着蹄子、喷着鼻息向他表示欢迎。暖暖的鼻息喷到他脸上，让他觉得很舒服。马厩里的马、牛栏里的牛，这会儿都将头转向他，一双双大眼睛温柔地看着他。

他将一捆捆香甜的干草倒进石槽里，牲口马上把脑袋伸进去，大口地咀嚼，偶尔满意地打个响鼻。是啊，它们应该很开心吧，能在暖和的地方待着，还有人为他们准备美味的食物。其实，他也非常开心，他和妻子分居了整整三年，如今终于团聚了。他的妻子特别年轻，不过身体一向不好，如今，她终于在寒冷的森林里渐渐恢复了健康。所以，这个圣诞节对于他们而言，已经很美好了。然而，对于小姑娘而言，梦想马上就要破灭，这该是多么残酷啊。

作为父亲，他深爱着自己的女儿，一想到这一点，他就觉得心如刀绞。他自己也曾是个天真烂漫的孩子，所以他清楚孩子梦想破灭时该有多痛苦、多难过。所以，他当即做了个决定，他不要让自己的孩子再体验那种感觉。随即他使劲儿把叉子扔回干草堆里，坚定地走出了牲畜棚。

三年前，他们仍在村里住的时候，大卫遭遇了一些事情变成了穷光蛋。于是，他只能把妻子和当时才三岁的女儿托付给了妻子的亲戚，自己一个人离开村子，来到了森林里。这片位于偏远地方的野林子是他仅有的财产，因此，他只能尽力在这儿给母女俩重建一个家。

幸好，这片土地很肥沃，他依靠林中优质的木材发了家。可是，妻子身体始终不好，不能适应林子里艰苦的生活。而且，从这里到最近的村子需要两天时间，万一有什么事都来不及去医院。所以，一直到去年春天，他才下了决心将妻子和女儿接到了事先准备好的小屋里。幸运的是，他的决定是正确的。这里清新的空气让妻子苍白的脸上慢慢有了血色。至于女儿，在大雪封山以前，她在林子里玩得还是非常开心的。

大卫回到小屋，看到窗前的桌子上餐具已经摆好了，妻子正在打蛋奶糊，等会儿，她要煎荞麦薄饼给家人做早餐。莉迪亚仍穿着她那身蓝色法兰绒睡裙，不过脚上已经穿上了缀有小珠子的鹿皮软靴，金色的长发上绑着根蓝色的皮筋，脑后垂着条规规矩矩的小辫子。

莉迪亚在桌子的一端坐着，头埋得低低的。她又在给圣诞老人写信，已经写了二十封了吧，不过她仍认真地、一笔一画地写着自己的愿望。

看到这一幕，大卫更加坚定了，他将目光从专心致志的女儿身上移到妻子身上，而妻子则向他投来询问的眼神。

"玛丽，我得出趟门！"他低声对妻子说，"你和孩子在这儿待个四五天没事吧？这个月可能不会再下雪了。"

玛丽轻轻叹了口气，但她仍点了点头。

"亲爱的，我支持你的决定！你放心去吧，尽管这里只有我和女儿，四五天时间也有些长，不过我认真想过了，"她斟酌着选择了另一种表达方式，生怕莉迪亚会听出来，"我真的不忍心，大卫！"

"我也是一样啊！"大卫说道，"我会给你们准备好足够的柴火，你要做的就是给牛挤挤奶，时不时照顾一下动物们。亲爱的，你这样勇敢，和女儿待在这儿肯定没问题，我相信你！"

"你什么时候走？"妻子一边问，一边将打好的蛋奶糊倒进放了油的、烧热了的煎锅里，灰白色的蛋奶饼在锅里滋滋作响。

"明天一大早！"大卫说着在桌子旁坐了下来。煎饼熟了，诱人的香味在小屋里弥漫，"积雪不厚，穿着雪地靴走路应该会很轻松，平安夜之前我一定可以赶回来。""爸爸，你确定能赶回来吗？"小姑娘问道，她仰着小脑袋看着他，眼神中充满担忧，"你如果回不来，即使圣诞老人来了，我也不会开心的！"

大卫开心地笑了，"或许我能碰到圣诞老人，让他用小雪橇载我一程呢！放心吧，爸爸答应你，肯定会按时赶回来的！"

二

第二天天一亮，大卫就穿着他那双鹿皮雪地靴走出了小屋。靴子踩在硬实的雪地上，发出咯吱咯吱的响声，听上去就像音乐一般动听。大卫在这片小山坡上并没遇到任何困难。

其实，有很多奇怪的小住户生活在这片山坡上。中午时分，阳光照在身上暖暖的，简直可以和温暖的背风小院相媲美。每当这时，两头母牛——一头白色一头红色，还有一头长着大尖角的公牛就会出现在牲畜棚门前的井边，一边晒太阳，一边心满意足地嚼着嘴里的食物。那群黄黑色的、长有斑点的母鸡也会跑出来在垃圾堆里东找找西看看，然后失望地发现，能找到的就只有雪。红色、黑色、白色的漂亮的交喙鸟，也会成群地落在院子里。另一边，黑糊糊的雪鸡也来了。还有，像孩子似的、爱和人亲近的脖子和脑袋上长着玫瑰紫色斑点的大个儿松雀，也会飞过来凑热闹。

这些在莉迪亚看来，都好玩极了。现在，她满心期待着平安夜，所以，每一天都好像要比以往更长一些，她只好看着小动物，以免总是盯着时钟看。她每天都会给圣诞老人写信，每次都要写十几封，在每一封里她都会写上一些新点子、新建议。而炉灶里的火焰则负责将这些信件送到圣诞老人手里，每次莉迪亚都十分满意地看着信纸被烧得卷起边儿，因为她觉得这是圣诞老人在对她说："你的信我已经收到了！"

现在，小姑娘做这些事做得更起劲了，爸爸走了以后，妈妈就不再打击她了。本来一切都好好的，但平安夜的前一天，情况突然糟糕起来，妈妈突然觉得自己要病了。妈妈急得不行，这会儿要是犯病了，谁来照顾女儿，谁来喂牲畜们呢？结果，她越是着急情况就越糟糕。很快，她感到身上越来越疼，身体也越来越虚弱。

一想到自己发病时的悲惨情状，她就更没信心了。当天晚上，她拖着病弱的身体，艰难地挪到牲畜棚里，哄着牛和马喝饱了水，又给食槽里添上了足够吃两天的干草，给母鸡撒好了燕麦。

第二天早上，她已经病得起不来了，就连去炉灶边点个火也不能了。没办法，莉迪亚只好乖乖地给妈妈做了早餐，有面包、黄油，还有很多的糖浆——她对自己做的早餐倒是非常满意。

这一天，很多活儿都是莉迪亚干的，可把她给累坏了。她把自己严严实实地裹好，又戴上小手套，在妈妈的指挥下，出来进去跑了好多趟。她用一把小小的锡制水壶喂家畜喝饱了水，还时不时地给炉灶添把柴，好让火不熄灭。可是时间好像过得很慢，她开始有些不耐烦了，连那些日常的游戏也变得无聊至极。见她非常不开心，妈妈破例准许她将旧画报上的图片剪下来。可小姑娘仍噘着嘴巴，现在，她只希望夜晚快些到来，不过她更希望，爸爸能在天黑之前赶回来。

一过中午，她就一趟趟地往门边跑，期盼地看着小路的方向。她非常确定,爸爸最晚也会在晚饭前回来,爸爸答应过她一定会回来的,而且,爸爸还得帮她给妈妈喂饭呢!莉迪亚丝毫没觉得饿,她今天一整天吃的都是面,所以,她很想找点其他的东西吃,换换口味。

到了吃晚饭的时间了,爸爸还是没回来。莉迪亚觉得非常委屈,双眼满含泪水,吃什么都觉得没味儿。妈妈一整天都病着,已经陷入了沉睡,总算暂时摆脱了病痛的折磨。小屋里没点灯,炉灶里的火烧得很旺,发出昏暗的红光。银色的月光从前窗照射进来,银色的月光洒了一地。小姑娘已经等得不耐烦了,急得直跺脚。

她第一百次把门打开,期盼地看着雪地里的那条小路。今夜,天空中没有一丝云朵,小路在明亮的月光照耀下被染成了梦幻般的蓝色。在莉迪亚眼中,这简直就是一条闪耀着淡蓝色光芒的梦幻之路,看起来就跟童话世界似的,无比美丽。对她而言,这条小路就是一座玲珑剔透的水晶桥,让她不禁想去看看小路的尽头有什么。

说做就做,她轻轻把门关上,将灯点亮,开始轻手轻脚地穿衣服,生怕动作太大把妈妈吵醒。她坚信,爸爸已经离家很近了,她的脑海里已经在想象,只要沿着那条月光小路走几步,拐过一个弯就可以看到爸爸了。要是动作快些,或许还能同他一起走回院子呢。这个想法让她开心得跳了起来,但她还是小心地瞅了一眼妈妈,发现妈妈仍睡着,她才悄悄出了门。没一会儿,小家伙就戴着兜帽,穿得严严实实,戴着小手套,蹦蹦跳跳地来到了雪地上。

出了小院后,莉迪亚不禁有些害怕。小路尽管非常亮,看起来就如同童话中的仙境一般,但是,小路两旁的树高高的、黑糊糊的,就跟妖魔鬼怪似的,可怕极了。

  莉迪亚有些犹豫，想要回家，但她不仅乐观，而且坚强，所以，她不想就此放弃。而且，和爸爸团聚的画面一直在她的小脑袋里鼓舞着她。没准，爸爸已经从那个弯转过来，走上了这条小路，很快就会来到她面前了呢。四周一片安静，她甚至觉得自己已经听到爸爸的脚步声了。虽然，她仍非常害怕，但她太想念爸爸了。于是，她努力不去看小树林，撒腿跑了起来。为了鼓舞自己，她开始想象自己跑去迎接爸爸的情况，爸爸该多开心啊！只要转过那个弯就好了！

  虽然到小路的转弯处还有段距离，但她仍坚持跑了过去。她坚信，只要拐过这个弯，就一定能见到爸爸，所以她高兴地欢呼了一声，一溜小跑着前行。小路略微转了个方向，可还是跟之前一样空无一人——她失望地一屁股坐在雪地上大哭起来。

  她哭了一会儿，强忍住眼泪，用戴着手套的小手把脸擦了擦。泪水很快就结成了霜，手套冻得硬邦邦的。她缓过神来，就想马上回家去。她转过身，面向通往小屋的小路，却发现，这条路不再是原来的样子。回去的路上少了月光的照射，小路蓝幽幽的，树林黑糊糊的，太吓人了。她伤心地吸着鼻子，又转了个身，还是前行的路好看。她深吸一口气，心想：爸爸一定就在前面的路上，正急急忙忙往回赶，他很快就到了，圣诞老人也肯定准备好了礼物，就在前来的路上。这么想着，她就又充满了勇气，沿着小路快步走了起来。

  她不停地迈着小短腿，忽然听到身后传来一声可怕的号叫声，她的心一下提到了嗓子眼。随即，她害怕地跑了起来。

  那号叫声很快又响了起来，小姑娘的心都要停止跳动了，她多希望爸爸就在身边啊！这样可怕的声音她还是第一次听到。这声音虽然并不大，但是调子千回百转，让她觉得极为恐怖。这种号叫声和以前村里养的那些大狗的叫声有些像，大狗倒是很乖的，但现在，在这里的树林里，怎么可能有狗呢？

莉迪亚的小步子拖拖沓沓，小嘴大张着，努力喘着气。可是，那可怕的号叫声跟着她，离她越来越近了，声音也越来越大。恐惧之下人会拼命跑，莉迪亚从没跑得这么快过。她大张着嘴，气喘吁吁，瞪大了眼睛，力求看清眼前的路。

小路又稍稍拐了个弯，月亮又一次在正前方出现了，小路直直的一直通向天边，仿佛没有尽头。爸爸的身影还是没有出现。莉迪亚的小脑袋里只有一个念头——一定要在那可怕的声音追上来之前扑进爸爸怀里。她知道，身后的东西跑得非常快，因为那声音就在她身后不远处。她一直往前跑了两百多码，到了小路最后一个拐弯处。

在离她只有几步远的地方，有一片小小的空地。在空地靠近树林的那一侧，有一个小木屋，已经几乎被雪埋没了。她认得这个地方，夏天时，爸爸在空地上清理杂草，她就在旁边玩儿。猎人和伐木工曾在这个小木屋里住过，后来他们搬走了。终于来到有人住过的地方，小姑娘松了口气。是继续往前跑呢，还是躲进小屋里呢？她不知道该怎么选择。

这时，周围静悄悄的，她听到身后传来了脚步声。她非常害怕，本能地回头去看，只见小路上来了一群灰色的大野兽。尽管它们长得很像狗，但莉迪亚知道，那一定不是狗。她看过的童话书里面有这种动物可怕的图片，还有关于它们的可怕的故事，当时她吓得浑身冰凉。现在，童话书里的动物真的出现了，她吓得腿都软了。看着这一大群狼，她终于受不了了，大声喊："爸爸！爸爸！"可是爸爸仍未出现，她只好拔腿跑向小木屋。

她跑到小木屋门口的时候，狼群已经离她很近了，只有几步远。小木屋的门是打开的，但露在雪地上的只有几英尺。小姑娘赶紧低下头，像只小兔子似地从低矮的门缝里挤了进去。她一下子摔在雪地里，只顾着用力喘息，吓得连哭都哭不出来了。

狼群猛地在小木屋门口停下。无论是半埋在雪里的小木屋，还是漆黑的门缝，对它们来说都很陌生。不过，它们知道，已经到了人类的地盘了，每个靠近人类的地方都是非常危险的。现在，它们也提心吊胆，害怕门里有陷阱，而那个小姑娘则是个负责将它们引进陷阱里的诱饵。头狼走上前去，小心翼翼地将鼻子凑近门缝闻了闻，然后猛然向后退了几步，就像是被人迎面打了一拳。它的鼻翼剧烈地抽动着，屋里有男人的气味——它觉得这极有可能是一个陷阱。

莉迪亚趴在门后仰起头，透过门缝向小木屋外看。皎洁的月光将空地照得亮堂堂的，她能清楚地看见狼群小心地前后走动。四周一片寂静，她能听见它们正小心地围着小屋跑动，想要找到其他的入口。起初，它们担心屋里埋伏着一群强壮的男人，等着它们自投罗网。绕着小屋跑了几圈以后，它们齐齐地在小屋前坐了下来，看上去似乎是在商量着什么。它们用凶狠的目光扫视着她，小姑娘吓得直哆嗦，她知道自己已经被发现了，它们早晚会进来吃了她。

突然，所有的狼都转过头来看向她。头狼轻快地走上前，直接将嘴从门缝里伸了进来。小姑娘吓得无法思考了，直接用那双戴着手套的小手，狠狠给了头狼一拳。头狼正在苦苦思考屋里的味道是怎么回事，顾不上躲闪，正好被她的小拳头打中了。它马上警惕地跳了回去，而其他的狼则一起向前逼近了两英尺。这群狼已经要饿得发疯了，它们慢慢地靠上前，即便它们无法确定屋里是安全的。过了会儿，那只狡猾的头狼已习惯了屋里强烈的人类气味，开始往屋内爬。很快，它的半个身子就都塞了进来，仔细观察着屋里的情况。

莉迪亚看见门口那血盆大口，以及尖锐锋利的大白牙，吓得失声尖叫，尖锐的声音划破了夜的宁静。她害怕得紧闭双睛，因此根本没有发现，头狼已经退了出去。

三

大卫刚离开家时，觉得雪地靴非常舒服，寒冷的空气也很振奋精神，心情很好。一切都特别顺利，他觉得最多只需一天半就能到村里。他将时间安排得非常充裕，还在回来的路上给自己留出了四个小时的休息时间，准备在废弃的伐木营地好好睡一觉。村子里的商店多种多样，出售所有你能想到的东西。无论是婴儿玩的拨浪鼓，还是袋装肥料，亦或是放置在卧室里的家具，只有你想不到的，没有你买不到的。

在这里，他不费吹灰之力就买到了满意的礼物，有色彩鲜艳的松糕，还有些小东西，它们都非常可爱，莉迪亚肯定会喜欢的。然后，他又去拜访了妻子的挚友亲朋。走完一圈，他身后多了个装满礼物的圣诞老人包，既有给玛丽的，也有给莉迪亚的。他非常高兴，幸好自己来了，否则一家三口在孤单的小屋里，过一个没有礼物的圣诞节，该有多心酸啊！他又给玛丽买了几件小礼物，然后将包裹高高从肩头甩过，紧了紧，以免包裹在路上滑下来。这时，他才发现包裹还挺沉的，然而他的心情却异常轻松。

虽然给自己留了四个小时的休息时间，但他想赶快回到家，所以只睡了两个小时。可是天亮后，麻烦事来了。他在路上走着时，装满礼物的包像发了疯似的总是拧成麻花，害得他不时地停下，将包裹顺好，再重新背上。反复几次之后，他受不了了，只好将包裹拆开，重新将每样东西摆好，再打上结，这才把这个烦人的问题解决了。

又走了半个小时，他渴得嗓子都冒烟了，想要去林子里喝口泉水。这眼泉水非常神奇，就算是在冬天最冷的时候泉水也不会结冰。然而，人倒霉的时候，喝口凉水都会塞牙，我们的大卫在路上被树枝绊倒了，靴子被摔坏了。他气得七窍生烟，不耐烦地简单处理了一下，以为这样至少可以撑到家。可是，走了还没一英里，靴子就又坏掉了。大卫没办法，只好停下来开始仔细地修靴子。他先将裂口的灰尘清理干净，又削了根坚硬的细木条，然后用随身带着的钓鱼线将裂口缝了起来。他发现，即便如此他也得非常小心，否则裂口再崩开就麻烦了。这下子，他在晚饭之前肯定赶不回去了，等他到家的时候，或许莉迪亚已经哭着睡着了。

月亮升上了夜空，四下里一个人都没有，只有他的影子在他身前的雪地上跳着舞。月亮越升越高，影子也越来越短，动作也变得越来越奇怪。大卫一步一步往前走着，他累极了，已经无法思考了，只能看着自己的影子傻笑。

大卫正在发呆，突然，从树林里传来一声号叫。尽管他不清楚这是什么声音，但他感觉那不像是人类的声音。他一下就听出来了，这声音来自通往他家的小路。一想到温暖舒适的小屋，还有小屋里等着他回去的妻子和女儿，他心里就无比满足，不由得加快了脚步。

没一会儿，那长长的号叫声又响了起来。这次，声音离他更近了。他听得一清二楚，浑身汗毛都竖了起来。大卫在拉布拉多和西部听见过狼号，这声音真的太像狼号了。不过，不可能啊，这里应该没有狼啊！他正这样想着，号叫声又传了过来，他一下就转变了想法，这里真的有狼啊！一想到这些贪婪的家伙跑来了这儿，他就觉得无比恶心。

大卫的耳朵极其灵敏，很快就听出来，狼群竟然是向着他的方向来的。不过，他也听出来，狼群的目标并不是他。大卫在东边树林里住的时间长了，一般情况下他是不怕狼群的，除非是特别大的狼群。大卫能听出来，这个狼群非常小，通常它们是不敢和他对着干的，但假如狼已经饿疯了，可就不怕人了。不过，只要它们敢来，他手里的斧头可不是吃素的，准能让它们有来无回。只是现在他正着急回家，可不想停下来，要知道，和狼群来场战斗，会浪费很多时间的，所以，他想不再走小路，而是从树林里穿过去，把路让给狼群。

突然，他想起了自己脚上脆弱的雪地靴。林子里的雪肯定软绵绵的，走在上面，鞋子可能又会坏。再说了，他一个大男人，为何要给这些畜生让路啊？于是，大卫下了决心。他牙关咬紧，举起斧头，慢慢走上前去。狼群的号叫声近在耳边，以致大卫没听见那个尖锐的哭喊着爸爸的声音。他听着这种号叫声，猛地睁大了眼睛，看来狼群已经追上了猎物。四周突然安静了，只是偶尔传来一两声不耐烦的叫声。

大卫心想："看来，它们的猎物躲起来了。肯定是躲进了那间小木屋！"他一看到那片空地，顿时全都明白了。

这下他知道了，狼群根本没注意到他，他赶紧趴到地上，悄悄往前爬去，一直到树林边上才停下。一根铁杉树枝垂到了地上，正好让他藏身。他偷偷看向前方，只见小屋被积雪埋得只剩了个屋顶，房门半开着，差不多全在雪里。狼群一直在门前绕，就是不敢进去。

"原来是怕有陷阱啊！"想到这儿，他不禁哑然失笑。眼下的情况有点儿麻烦，因为他没带枪。

他看着狼群，心想："看它们那一身的黑皮毛，多么厚实，拿来给小丫头做件皮衣应该不错！"

空地上一共有六只狼，长得都很高大，大卫就一个人，而且只带了把斧头，倒真不见得能打得过它们。大卫暗自庆幸，还好，它们已经有猎物了，因此他短时间内是安全的。他观察了一会儿，决定绕到空地的另一边，不和狼群起正面冲突。

大卫像只山猫似的，悄悄往后退去，头顶上是茂密的树枝，脚下的雪也非常松软。人踩在雪地里，只发出些低闷的声音，轻轻的，并不像踩在小路上那样，咯吱咯吱直响。

大卫向后退了好几步，猛然间想到了一个问题——狼为什么不敢进屋呢？猎物很显然就在屋里啊！就算是害怕陷阱，它们也不至于始终不敢进去啊！

他突然有些不安，觉得自己一定要回去看看到底是怎么回事！不过他又有些迟疑，玛丽和莉迪亚还在家等着他回去呢，这一战斗，该浪费多少时间啊！想到这里，他又往后退了一两步。他猜测，被狼群堵在屋里的应该是只狐狸，但又有些不像，如果是只狐狸，或者是别的什么动物，六只狼早就一块儿冲进去，将猎物给撕成碎片了。看来，躲在屋里的是个人，或许是个印第安老人，他一直没捕到猎物，饥饿难耐之下只好钻进小木屋里避寒，结果却不幸地被狼堵住了。

　　无论小木屋里被堵住的那个人是谁，他一定没带枪，否则枪声早就响了。怀疑是人被堵在了小木屋里，大卫只好又回到了空地，他想将情况弄清楚后再做打算。他一边嘀嘀咕咕地骂着那群狼，一边报怨不把自己照顾好的印第安老人。大卫悄悄潜回原来的藏身处，又一次仔细往前看去。现在，事情麻烦了，他觉得非常恼火。

　　这时，群狼已经在小木屋门前围成个圆圈儿坐了下来。这举动太奇怪了，他更为确信，被堵在小木屋里绝对是个人。好吧，看来有一场硬仗要打了，希望屋里那个家伙有很好的身手，否则他就只能一个人战斗了。大卫轻轻将背上的包裹放下来，把厚外套脱掉，好让双臂可以活动开。

　　恰在此时，头狼嗷呜号了一声，一下把脑袋伸进了小屋。

　　大卫举起斧头，一把将铁杉树枝拨开，无声无息地冲到了空地上。他没有出声，因为，他想打狼群一个措手不及。他离狼群已经非常近了，其他的狼正紧张地看着头狼，根本没有发现近在咫尺的大卫，也没听见大卫跑过来的声音。等它们发现大卫的时候已经太迟了，有三只狼被这高大的身影吓到了，往后退了一步，另外两只则张大了嘴，向他的脖子咬了过来。先扑上来的那只狼运气不好，被他的斧头劈中了胸口，摔在了地上。另一只狼则比较聪明，躲开了他的攻击，向后退去。

　　这时，黑暗的小屋内突然传出一阵惊恐的尖叫声。这声音多么熟悉，大卫的心险些停止了跳动。

　　头狼把自己的大脑袋从门缝里退出来，转过身看到大卫向它扑来，赶紧像弹簧一样蹦了起来。可惜，它仍慢了一步。大卫的斧头迅速砍下，它只来得及扭了个腰，爪子就抽筋似的缩了起来。看见头狼的爪子上没有血，大卫总算是松了一口气，看来自己来得还算及时。小屋里的尖叫声变小了，渐渐变成了呜咽。

大卫既愤怒又心痛，他简直不敢想，从他听到第一声狼号到现在，可怜的莉迪亚受了多少罪。

大卫咬牙切齿，发誓一定要给女儿报仇，只听他发出一声怒吼，转过身来，面对整个狼群。一只狼按捺不住，首先扑了上来，暖暖的臭气喷到大卫的脖子上，白森森的牙齿险些咬破他的动脉。他挥动斧头，向狼劈去。可惜狼非常狡猾，及时退了回去，否则它准得一命呜呼。就在此时，另外三只狼也冲了上来。大卫一斧子劈中了其中一只狼的肋骨，它嗷呜一声落到了地上，此时另外两只狼紧随其后冲到了他面前——他没有时间再挥一次斧头了。

在这个紧要关头，他后退一步，高举斧头，狠狠砍中了一只狼的腹部。狼没想到他还能反击，疼得怪叫一声，夹着尾巴灰溜溜地逃走了。然后，大卫扔下斧头，徒手捏住了最后那只狼的喉咙。这种事狼从没遇到过，喉咙被大卫捏在手里，丝毫无法反抗。大卫大吼一声，将狼的咽喉勒紧，然后站起身来，一把将沉重的狼举过头顶，用力抡了两圈，最后手一松，把它给扔了出去。狼被抡晕了，像块破抹布似的飞了出去，四脚朝天地摔到了十英尺外的地上。等它爬起来的时候，已经晕头转向了，还没等大卫捡起斧头走过去，它就一夹尾巴躲到了最后两名同伴身后。

经过这场激烈的战斗，大卫仍气愤难平。他大口喘着气，转身面向小屋，喊道："莉迪亚！莉迪亚！你在里面吗？"

"爸爸！天呀，爸爸！我还以为看不到你了呢！"莉迪亚叫嚷着，颤抖着从门缝里爬了出来。

大卫一把将女儿搂入怀中，莉迪亚将小脸埋到爸爸脖子里，委屈地说："它们想吃掉我，你为什么来得这么晚啊！"

四

大卫身背包裹，手抱女儿，大步走在回家的路上。现在，他一身轻松，本来他有些担心妻子，但莉迪亚说，她溜出来的时候妈妈睡着了，他的心也就稍稍放下了些。既然能睡着，那这场病痛也就过去了。他只希望父女俩到家时妻子还在睡着，因为她的身体太虚弱了——莉迪亚偷跑出去这种惊吓她肯定是经受不住的。

很快，他们就来到了家门前的那片空地上。看着平静的家，大卫说："宝贝，今晚遇上狼的事，咱们就不要跟妈妈说了，好吗？如果她知道了一定会担惊受怕的。她还生着病，一定会受不了的。等到明天她感觉好点儿了，我们再告诉她，好吗？"

莉迪亚低声答应道："好的！她听了一定会非常害怕的！"父女俩刚爬上山坡，就听见一阵惊恐的尖叫声从屋里传来。

"莉迪亚！莉迪亚！"玛丽大喊着猛地将门推开。灯光从屋里照出来，和月光一同照着门前的雪地。玛丽惊慌失措地跑了出来，吓得脸色惨白。当她看见大卫和莉迪亚一起向她跑过来，高悬在嗓子眼儿的心终于落了下来，疲惫地坐倒在门前的一把椅子里。

大卫踢掉脚上的雪地靴，走进屋里关上门，笑着把女儿抱到了妻子的腿上，然后吻了她一下。

"她就在门口，跑去接我了罢了！"大卫解释着——他并没说谎，只是隐瞒了一些事实而已。

"哦，小丫头，你可把我吓死了！"玛丽的眼里还含着泪，不过嘴角已经挂上了微笑，"我睁开眼就发现她不见了，可把我给急死了，我都不知道她跑到哪儿去了！"

她紧紧地抓着大卫的手，而大卫则温柔地看着她的脸。

"可怜的老婆！"他低声问，"莉迪亚说你又病了，怎么样，现在感觉好点儿了吗？"

"现在你回来了，我就感觉好多了。"她刚说完，突然用力握紧了大卫的手，问，"大卫，我的天啊，你裤子上的血是怎么回事？"

大卫回答道："哦，那个啊。一点小状况罢了，我以后再和你细说。现在咱们快吃晚饭吧，我都要饿死了。吃完饭，我们早些睡觉，这样圣诞老人才能爬烟囱啊。明天，咱们三个一块儿过一个最棒的圣诞节！"

软心肠的红脸麦克哈

一

　　欧塔诺西斯是个被分成了上下两部分的小村子，上欧塔诺西斯在高的地方，工作环境非常艰苦。两名伐木工离开村庄已经三天了，他们的目的地是伐木营地。

　　这三天，他们走得筋疲力尽，可是，第二天仍有很长很长的路要走。个子高高的，下巴宽宽的红脸麦克哈在前面负责开路。此时，他牙齿咬得咯咯响，灰色的小眼睛圆睁着，努力找着厚厚的雪地里的路。他饿得肚子咕咕叫，眼睛直冒火。他那张大脸红红的，这和家里其他人都不同——他们家族的人大都脸黑，因而被人们叫作"黑脸麦克哈一家"，但他却长了张红脸，因此人们都叫他"红脸麦克哈"。

　　他的脾气非常火爆，倒是和他的名字很配。不过，尽管脾气不好，但他却是个非常棒的伐木工，还是个非常棒的领队，马儿们在他身后听话地跟随着，就像一群乖乖的小狗。跟在后面的伐木工是个瘦高个儿，名叫吉姆·约翰逊，他只有一只眼睛能看见，因此大家都叫他"独眼龙"。

他的另一只眼睛是白色的，好似洁白的陶瓷，因此开始时人们叫他"瓷眼"，但他说自己不喜欢这个名字，而人们又都非常喜欢他，所以大家尊重他的意愿，就叫他"独眼龙"。

他俩有个艰巨的任务，给欧塔诺西斯湖边的康罗伊营地运送补给品。雪地里非常安静，只有马具磕碰的嗒嗒声，还有马蹄踩在雪地上的沙沙声。这儿的冬天，天向来黑得非常早，此时太阳早已西斜，橘粉色的阳光温柔地笼罩着光秃秃的桦树和枞树。

太阳从地平线上落下以后，天立刻就黑了，马队终于走过了小路的最高点，开始沿着陡峭的山坡一直往下。这条小路通往焦溪草原的边缘，有一座小屋孤零零地立在那儿，这座小屋的主人是乔·戈丁，这是个古怪的老头儿。这时，他们已经能远远看到小屋了，在雪地的映衬下，小屋黑色的轮廓显得异常清晰。

真奇怪，天已经黑了，小屋里竟然没有点灯，烟囱里也并未冒出迎接客人的炊烟，整座小屋看上去像是空的一样，真是诡异极了。

"天呀！"麦克哈一边大声感叹着，一边不安地看了一眼吉姆。主人们停下了脚步，马队也跟着停了下来，马脖子上的铃铛叮当作响。

然后，一阵微弱的哭声划破了寂静，那声音听起来非常无助。

麦克哈低声说道："一定出事儿了！"看来，想吃到热腾腾的晚饭是没指望了。

在他说话时，吉姆已经迈开两条长腿从他身后窜了出去，跑向山下，好似一只敏捷的驯鹿。麦克哈比较谨慎，做事很理智，看到吉姆如此鲁莽，他那张红脸变得更红了。

等他慢吞吞地来到屋子门口，哭声早就停止了。他看了看屋里，看见吉姆那家伙正跪在炉子前，急急忙忙地生火。一个小女孩穿着吉姆的大衣，紧拽着吉姆的胳膊，像是生怕吉姆会丢下她似的。这个女孩个头儿很小，看上去也就五岁左右，有一头亚麻色的漂亮头发。

屋子里特别冷，和雪地里没什么不同。有个人四肢摊开倒在地板的中央——这人正是乔·戈丁。他身上乱七八糟地盖着些床单被套，看来是小女孩从床上拖下来的——她努力想让爸爸暖和起来，然后让他醒过来。

麦克哈沉默地看了一会儿，然后弯下腰，先摸了摸乔·戈丁的脸，又按了按他的胸口。

"已经死了。"他把嗓门压得很低。

吉姆头也没抬，还在往炉灶里扔木头，说："是呀，这老家伙太可怜了！"

麦克哈问道："是心脏病犯了吗？"

吉姆并没着急回答，他将引火木点燃，扔进了炉灶，等火熊熊燃烧起来后，才站起身来回答道；"我也不清楚，不过，看来他已经死了一段时间了。火都熄灭了，这孩子都快要冻成冰了。这老家伙也真不长点心，明知自己有病，还将这孩子养在身边。"他低下头，抱怨着已经死去的老人。

麦克哈犀利地指出："乔一直不怎么靠谱！"

两个伐木工你一言我一语地讨论着，那个漂亮的小女孩正抬着头，蓝色的眼睛一眨一眨地打量着他们，先看看这个，然后又看看那个。吉姆先进了屋，是他抱住了女孩，给她穿上了暖和的衣服，还低声安慰她，让她不再那么害怕。他的脸又黄又瘦，看起来倒是非常和蔼，但是，她不是很喜欢他的长相。

　　人们常说，孩子的直觉是最准的，这话其实是有些道理的，因为在看人方面，孩子的角度跟大人是不一样的，他们都是依靠感觉来决定是否喜欢一个人。麦克哈虽然长得凶，但小女孩却好似一点也不怕他。

　　小女孩看了看吉姆那只白眼睛，然后转过身去，偷偷跑到麦克哈身边，将一只小手伸向他。麦克哈嘴角抽动了一下，装作没看见小女孩伸出的小手，冷硬地走开，弯腰将死去的乔搬到床上，把他的身体摆成个体面的姿势，然后给他盖上被子。

　　看见麦克哈这样做，吉姆觉得有些好笑，责怪道："她这是在向你示好呢，别这么残忍，不要拒绝她啊！"这时，小女孩转过身来看了看吉姆，一脸疑惑，眼里满含泪水。

　　"女人怎么都这个样子！无论是六岁，十六岁，还是六十岁！"麦克哈很烦躁，他边说边往门口走去，"我和女人不合拍！还是你来照顾她吧！我去照看马儿们了！"

　　小女孩突然说："你小声点，不然会把爸爸吵醒的，爸爸非常可怜，他不舒服！"

　　"可怜的孩子！"吉姆一边低声说着，一边怜惜地将小女孩搂进怀里，"放心，我们是不会把你爸爸吵醒的。现在告诉叔叔，你叫什么名字啊？"

　　"爸爸叫我萝丝莉莉！"小女孩的手指摆弄着吉姆衬衣上的纽扣，问道，"爸爸现在暖和过来了吧？他身上之前好凉好凉啊，而且他都不理我。"

　　"真是个可爱的名字！"吉姆哄着小女孩，"现在我们不要打扰你爸爸休息了，让他好好养病吧，我们一块儿去吃晚饭，好吗？"屋子里暖和起来了，吉姆和萝丝莉莉一起踮着脚，轻手轻脚地布置餐桌，烧水煮茶，煎炸熏肉。麦克哈在牲畜棚里喂完马，又回到了屋里，跺着脚，想将脚上沾的雪跺下来。萝丝莉莉赶紧将手指放在嘴唇上让他小声些，然后担心地看了看床上一动不动的爸爸。

"萝丝莉莉说了，我们要让他好好休息。"吉姆赶紧警告道，因为他发现麦克哈非常不自觉，正嘟囔着表达不满。

晚饭摆到桌上以后，萝丝莉莉在麦克哈身边转悠了一圈，这才将椅子搬到了桌边。她可怜兮兮地想讨好麦克哈，所以坐在了他旁边，还大方地允许他帮自己切熏肉。可是麦克哈看都没看她一眼，她只好深深叹了口气，将椅子挪到吉姆身边，重新坐下。吃完饭，洗完碗，她乖乖地任由吉姆将她抱上了小床。小床就在炉子后面，非常暖和。原本她还想去亲亲爸爸，跟他说声晚安，但吉姆告诉她，这样做可能会把爸爸吵醒，还会让爸爸更加不舒服，于是，她只好含着眼泪放弃了。过了没一会儿，她就哭着睡着了。

两个大男人相对无言，他们背对着床上可怜的乔那瘦长的、僵硬的尸体，一边抽烟，一边把湿透的鞋放在炉边烤。就这样过了一个小时，终于，吉姆站起来，抖了抖身子。

"好了，"他慢悠悠地说道，"乔也确实可怜，我们尽力给他把后事办好吧。"

"我们怎么给他操办后事啊？"麦克哈抱怨了一句。

吉姆想了一下，说："我们总不能就这样把他留在屋里吧。""不不不，"麦克哈赶紧摇头，"我不是这个意思，我们就遵照伐木工的规矩，将他埋好，然后让老板来将他带回村里，再让牧师好好安葬他。"

于是，他们用盖雪橇的塑料布把可怜的乔紧紧卷起来，然后在屋后那棵大榆树下挖了个大坑，将他给埋了进去。接着，他们用柴火在雪上堆了个坟包，这样一来，狐狸和野猫等动物就不会跑来打搅他了。

最后，他们做了个十字架立在坟包上，其实就是把两根树枝一绑，倒是和乔生前的性格非常配。做完这些，他们回到小屋，坐回到炉子前。屋里的尸体已被搬出去，两人这时心里轻松了许多，就连火似乎也烧得旺了一些。

"好了，咱俩商量一下吧，怎么安置萝丝莉莉呢？"吉姆先开了口。

麦克哈没说话，只是将烟斗从嘴里拿了下来，然后，吧唧一声，往壁炉栅栏的缝隙里吐了口唾沫。对于这个话题，他没有丝毫兴趣。

吉姆说道："村里人都说乔只有这么一个孩子，没有其他的家人。"

麦克哈漫不经心地点了点头。

看到麦克哈的样子，吉姆只好自己做了决定："好吧，我们只能带她到营地去了。或许老板会将她带回村里，让她参加乔的葬礼。不过，他也有可能会将她留在营地，让工人们照看她，这样营地里该有多欢乐啊。她长得如此可爱，那些家伙肯定会争先恐后照顾她的。"

麦克哈仍没说话，吧唧一声，又向栅栏缝里吐了口唾沫。

过了一会儿，麦克哈不甘心地开口说："我不喜欢营地里有小丫头，跑来跑去的特别烦人。不过，吉姆，随你吧。我只希望你记住，我是不会照顾她的，现在不会，以后也不会。所有穿裙子的生物我都不喜欢！不过，我倒是非常愿意带走那头老母牛，还有乔的那群母鸡！"

"那都属于萝丝莉莉，明天会跟她一起去营地。"吉姆态度坚决，"我们就告诉她，她爸爸病得非常严重，所以我们连夜把他送走了。这件事要保密，而且还要跟孩子说，乔拜托我们，在他回来之前将她照顾好！当然了，最后一句可是真话。"说到最后，他的语气变得特别温柔。

察觉到吉姆态度的变化，麦克哈觉得十分好笑，呵呵地笑了起来，然后将烟斗里的烟渣敲出来。他给炉子里添了些柴火，足够烧一夜的，在炉边的地板上铺好铺盖，躺了下来。

"既然你已经决定要将营地变成托儿所，"麦克哈低声说，"那还问我干什么？"

<h1 style="text-align:center">二</h1>

到了康罗伊营地，萝丝莉莉受到了大家的热烈欢迎。看着小姑娘那泫然欲泣的蓝色眼睛还有微微噘起的红色小嘴，大家都非常心疼她。

丹•罗根是营地的老板，知道小女孩失去了仅有的亲人后，他提议将小女孩留在营地。是的，这一切早被吉姆猜中了——工人们都非常疼爱萝丝莉莉。第一个跳出来的是营地里的厨子吉米•布莱克特，他举双手赞成老板的提议，他很愿意照顾大家庭的新成员。

"我们会将她当成亲生女儿一样好好照顾！"吉米大声说，他坚决地拥护老板这个决定，就像是拥护国王似的。大家纷纷点头称是，只有麦克哈没说话，他还跟从前一样，安闲地坐着，脸上挂着满不在乎的笑容。

萝丝莉莉在一开始就将营地当成了自己的家。起初那几天，只要独自一个人待着，她就特别难过，不停地想念爸爸。但是，吉米•布莱克特往往会及时出现，陪伴她，在别的人出门砍树拉木头的时候给她讲些动听的童话故事，哄她开心。后来，她就慢慢地不再难过了，只是在夜深人静的时候仍会躲在被子里哭，因为她特别想念爸爸的晚安吻。不过，孩子的悲伤常常是能过去的，萝丝莉莉不久就学会了这样安慰自己："可怜的爸爸去了很远的地方。"

终于，她的小脸儿上不再阴暗，漂亮的蓝眼睛也明亮了起来，朴实的伐木工们终于松了口气。康罗伊营地是个椭圆形屋子，里面非常宽阔，堆满了砍下来的木头，一个大大的炉子就位于屋子中间。在一面墙边摆着一排双层床，另一面墙边则摆了一张木头桌子，虽然做工粗糙，但是非常大。营地还有个露天厨房，靠近门口，虽然摆满了东西，但既干净又整洁。里面摆着很多锡制容器，都被擦得一尘不染，在阳光下熠熠生辉。

在屋子的最里面，有一个角落用木板隔开了，大小和橱柜差不多，这是老板的私人房间。这间房里摆着两张床，一张是老板的（老板本人看上去比这张床大多了）；另一张则属于最受欢迎的客人——一位尽职尽责的传教士。每年冬天，他都会穿着雪地靴往来于各个分散的营地传教，每个营地他都会去一到两次。老板毫不犹豫地就将这张客床留给了萝丝莉莉，当然，是有条件的——吉姆必须继续做萝丝莉莉的保姆，还要负责照顾萝丝莉莉晚上上厕所。

萝丝莉莉在营地待了还没一个星期，老板就发现了麦克哈对她的冷漠，热心的老板对此非常不满意。当然，没有任何法律规定麦克哈必须要喜欢萝丝莉莉。实际上，麦克哈不但不喜欢萝丝莉莉，还总说营地其他人对她"太过宠爱了"。终于有一天，麦克哈埋头吃着盘子里的豆子时，吉米看着他那漠然的红脑袋，说出了所有人的心声："真没见过这么冷血的家伙，真想将他的血抽出来，放到火上烤热了，再给他灌回去！"

当然，最终伐木工们什么也没做，因为麦克哈有权这样做，他想怎么样就怎么样。

就像我们之前所说的一样，萝丝莉莉还不到五岁，但任何年龄段的女性都是非常敏感的，她也一样。她能感觉到，营地其他人都非常爱她，她并不觉得这是理所应当的，相反，她特别感激他们，觉得这是她最大的幸运。不过，她也非常希望那个高高的，长着丑丑的红脑袋、恐怖的灰眼睛，大嗓门的男人能对她好一点儿。她想让他把自己抱起来，放在膝盖上，搂在怀里，用他那把小刀在木头上给她雕漂亮的小狗、娃娃、小船，还有小盒子，营地里的其他工人就是这样对她的。

吉姆对萝丝莉莉特别好，她轻而易举就能让他答应自己的所有要求，无论那些要求有多难办到，吉姆都会一一满足，她甚至觉得太没挑战性了。尽管每次她看见吉姆那只白眼睛都心存愧疚，觉得自己不是一个好孩子，但她始终觉得吉姆就像是个非常好说话的"老奶奶"，虽然很宠爱她，但真的是太无聊了。对于营地里的所有工人，她都一视同仁。对于老板，她很是尊敬。只有对麦克哈，她很想让他喜欢上自己。

吃过晚饭，人们坐在屋里，填满烟斗，将烟草点燃。有人哼起了古老的船歌。这种船歌调子简单，在昏暗的灯光下听起来非常有情调。

这些船歌，无论歌词是什么，无论讲述的是怎样的故事，曲调都非常哀伤，特别适合工人们低沉的歌喉。有几首歌是营地的工人最喜欢的，有的讲述的是悲伤的故事，有的描述了狂热的信仰，还有的歌词很猥琐，让人听了羞得耳朵尖都会发红。令人惊讶的是，这些工人头脑简单，并且他们并不认为这些歌有什么不对劲，也不觉得唱这些歌有什么不好。不过，在萝丝莉莉来到营地的那天晚上，他们事先并没有经过任何商量，就不约而同地再也不唱那些内容不堪的船歌了——这些曲目被大家有默契地永久封禁了。

工人们坐在一块儿抽烟、吹牛、唱歌的时候，萝丝莉莉就会在他们之间跑来跑去。屋里有两盏油灯，灯光昏暗，再加上满屋腾腾的烟雾，宛如仙境一般，工人们偶尔会放下烟斗，一把把她抱住，放在膝盖上，用那满是老茧的手挠她的痒痒，还对着她粉红色的小耳朵吹气，给她讲树林里的故事。她通常会耐着性子听一会儿，然后就扭着身子跳下来，跑到另一个欣赏她的人身边。

每次用不了多久，她就会来到麦克哈所坐的板凳旁边。他常常背靠双层床，高高地跷着二郎腿。小丫头会一直在他身边站着，待上好几分钟，充满自信地等待，想引起麦克哈的注意。他如果不理她，她就会不声不响地凑上前去，靠在他的膝盖上，满心期待地抬头看着他。如果此时麦克哈恰好在唱歌的话——他是个很好的"歌手"——他会完全沉浸在自己的歌声里，萝丝莉莉就只好伤心地溜走，到其他的工人那儿去找安慰。实际上，每次她都非常吃惊，自己这么可爱，怎么还有人会这样冷漠地对待她呢？

如果麦克哈没唱歌，用不了多会儿他就会难以忍受小女孩炽热的目光，低下头来，瞪着他那双犀利的眼睛，皱起眉头，冷冷地问她："好了，小黄毛，你想干什么？"

每次看到他不耐烦的眼神，听到他这样的问话，萝丝莉莉都会马上跑开，躲到在房间的另一边的吉米·布莱克特身边，有时候还会掉眼泪。因为吉米会拿出甜甜的蜜饯哄她，还会瞪麦克哈一眼表示不满。而每次，麦克哈都会咧嘴一笑，像是非常得意，自己这么简单就把小女孩吓跑了，实在是太厉害了。他发现，"小黄毛"这个绰号真的是非常好用，每次他这样喊萝丝莉莉，她都会赶紧跑开，因为她觉得这个绰号难听极了。每次用萝丝莉莉最讨厌的绰号来喊她，麦克哈都感到非常开心，他觉得其他人都太宠她了，而这小丫头需要受点刺激。

每一次，麦克哈都能成功将萝丝莉莉气走，然而在下次看到他的时候，萝丝莉莉就将这些不愉快的事忘得一干二净。每晚萝丝莉莉都会跑到他身边，希望他喜欢上自己，然而，每晚她都会一脸沮丧地被气走。不过这天晚上却非常不一样，因为麦克哈变成了灰溜溜的那个。当时他还像以前似的调侃道："好了，小黄毛，你又想干什么？"

但这一次萝丝莉莉并未跑开，尽管声音有点颤抖，但她仍坚定地说道："我不叫小黄毛！"她是个有礼貌的孩子，因此她耐心地解释着，"我叫萝丝莉莉，我想在你的膝盖上坐一会儿，就一会儿，可以吗？"

麦克哈始料未及，尴尬地张大了嘴。四周突然间安静下来，大家都看着他们。看到房间里的其他人都在看着自己，他有些气急败坏，脸唰地一下涨红了。

他低头看了看萝丝莉莉，小女孩正充满期待地抬头看着他。他皱了皱眉头，低声吼道："我才不管你叫什么，反正我不认识你！"吼完，他就站起身，粗鲁地将她推到了一边。

博德愤愤地将一口唾沫吐到炉脚上，低声对吉姆说："这家伙怎么这个样子？你瞧他看萝丝莉莉的眼神，我还以为他要动手打她呢！"

"有胆子他就试试！"吉姆牙关紧咬，独眼里闪着凶狠的光芒。

结果，他俩真的差点打起来。连着两个晚上萝丝莉莉都没理麦克哈，麦克哈像往常一样坐在他的老位置，还是一副漠然的样子。但是到了第

三天，萝丝莉莉收起了脾气，向他跑来。麦克哈一看见她朝着自己跑
过来，就猜到她又想坐在他身上，他赶紧扯起大嗓门，大声地唱起歌来。

这首歌在伐木工中间很是流行，不过歌词真的不适合小孩听，只是
这些工人都很会骂人，说起这些，就和咱们日常说话一样。假如是别人
唱这首歌，大家还不会觉得有什么，但现在唱歌的是麦克哈，吉姆的耳
朵一下就竖了起来。他以自己那超乎寻常的直觉知道，麦克哈是为了吓
跑萝丝莉莉才唱这首歌的。事实上，麦克哈也确实是这么想的。不过他
俩都忘了，萝丝莉莉年纪还小，这首歌的歌词她根本听不懂。吉姆猛地
从炉子后面的座位上跳了起来，隔着烟雾对麦克哈大吼："马上给我闭嘴，
麦克哈！"

歌声立刻停了，大家都疑惑地看着吉姆。屋子里一片寂静，有人不
安地挪了挪脚。然后，麦克哈慢慢站起身，眉毛拧成一个疙瘩，眼睛里
燃烧着怒火，问吉姆："我唱我的歌，你瞎嚷什么？"他边说边把指关节
捏得嘎嘣响。"不服气就来打一架啊！"吉姆冷冷地说。就在这时，丹·
罗根站了起来。虽然他话不多，但在营地里很有威信。他非常讲公平，
这次是吉姆先挑起的事端，所以他责备道："独眼龙，别闹了！"老板的
话简明扼要，"你们都给我记住，这儿我说了算，谁对谁错，我说了算！"

听到这儿，麦克哈一下转过身来，跟老板告状："是的，丹·罗根，
你是老板，我知道情况你看见了，那你来评评理，这里是营地吧，现在
也不是在开会吧？吉姆是个什么东西？我不就唱了首歌吗？我就喜欢唱
这首歌怎么了！是男子汉就该唱这种歌，现在这些人怎么了，一个个都
跟娘们儿似的！"

"够了，麦克哈！"老板打断了他的话，"你非常生气，这我可以理解，

独眼龙打断你唱歌是非常无礼。现在并不是在开会，你们想怎么骂人都行。一群大老爷们儿聚在一起说说荤话，也是非常正常的事情，以前我们也一直是这样的。尽管营地里多了个小丫头，咱们都非常高兴，但是，也不能让我们这一群大老爷们儿变娘们儿吧，从此做事畏首畏尾，讲话细声细气，这像什么话！不过，我们一定要注意，别说些小孩听得懂的荤话！就这样吧，大家伙儿，今天这事儿就算过去了！"

老板说话太有水平了，他说的大家都没有意见，吉姆仍有些不服气，不过他也不好再说什么了。屋子里的气氛有些凝重，大家都没有说话。可是，目睹了整个事件的萝丝莉莉开口了。她像个小大人似的，把小手背在身后，将头抬起来看着老板的脸，问道："丹，你在说什么呢？""我们说的是不能把你给教坏了，萝丝莉莉！"吉姆说完，将她抱了起来，准备把她送上床睡觉。他的身后响起一阵哄笑声，这倒是给了丹·罗根一个台阶下。

在之后的一段时间里，萝丝莉莉没再去找过麦克哈，或许是吉姆或者吉米·布莱克特劝说过她了。不过她还是会远远地，用祈求的眼神看着他。这对于麦克哈来说，就像是从光滑鼠皮上流过的水一样，没有丝毫影响。用他的话来说就是，只要萝丝莉莉不去烦他，他对她就没什么意见。尽管萝丝莉莉年纪还小，但她和大多数女孩子一样，所以他的这种态度打消不了她的念头，反而鼓舞了她。她这段时间不去找麦克哈，只是在等待合适的时机。营地里最了解女人的要数鸽子博德了，他一眼就看出了其中的端倪，并告诉了忠厚的吉姆。果然，吉姆开始暴跳如雷。

鸽子博德赶紧说："麦克哈其实没什么好的，萝丝莉莉会这样，也只是因为始终得不到他的关注罢了！她那天晚上就已经长大了，尽管她现在才五岁，不过她心里已经是个成熟的女人了！"

吉姆用他那只独眼瞅了眼鸽子博德，尴尬地说："鸽子博德，别以为你非常了解女人，萝丝莉莉绝对不可能这么想的！"

整整一个星期，萝丝莉莉都没找到接近麦克哈的机会，他像只刺猬似的，拒她于千里之外。她单纯地觉得，自己这么乖，坏脾气的麦克哈一定会对她有好感的。在这期间，她发现了老板和吉姆那个从她来到营地的第一天，就一直在满怀愧疚地隐瞒着她的秘密。

那天晚上，老板和吉姆刚好都不在营地里，他们要到第二天早上才回来。于是，照看萝丝莉莉睡觉这个任务就落到了吉米·布莱克特的身上。萝丝莉莉虽然特别听他的话，但她还是犹豫了一会儿，因为她不经意地看到麦克哈那张宽大的红脸一闪而过——他正在屋子里抽烟。

吉米·布莱克特向来认为自己是个很好的保姆，可是，到了该上床睡觉的时候，萝丝莉莉却没有动，而是抬起头盯着他看。

吉米紧张地问道："怎么了，亲爱的小丫头？"

萝丝莉莉严肃地说道："你还没听我祷告呢！"

"什……什么？"吉米张口结舌，显然没料到她会这么说。

"你难道不知道，小女孩睡觉之前都必须要祷告吗？"她反问道。

"不知道。"吉米大大方方地承认，同时，脑子里飞快地思考着解决这个问题的办法。

"吉姆每次都会听我祷告！"她严肃地又强调了一句，眼睛圆睁着，像是在考察吉米到底是不是个合格的保姆。

听到这儿，吉米觉得自己能取代老板和独眼龙在萝丝莉莉心中地位的机会来了，他开心地咧嘴笑了起来。

"可是,吉米,我猜你不会听祷告!"她冷酷地说完,提起蓝色的裙摆,露出了红色的羊毛袜和白色的鹿皮小靴子,和吉米说了声晚安,就走进了那间喧闹的大屋子。

今天,为了避免头发打结,她将金色的头发绑成了个发髻,看上去格外漂亮。她一走进来,房间里就马上安静了下来,大家都看着她。受到这样多人的关注,她并没害羞,而是镇定地穿过房间,走到了麦克哈的身旁。大家都在看着,麦克哈不好直接无视她,只得脸色阴沉地瞪着她。不过萝丝莉莉并没退缩,而是充满信心地向他伸出了手。

"我想让你听我念祷词。"小女孩的声音清脆,就算坐在最角落的人也能听清。

麦克哈怒不可遏地跳起来,一把将她推到了一边。

他大吼道:"这种娘们儿干的活儿让吉米·布莱克特干去!是那个混蛋让你来找我的吗?"

看到他气得直跳脚,屋里的其他人爆发出一阵大笑。他将帽子从木钉上一把取下,走出房间,狠狠地把门摔上了。

大家看到麦克哈生气都特别开心,不过他们却忽视了萝丝莉莉的感受。开始时,她愣愣地站在那儿,小嘴大张着,显然是惊呆了。然后,麦克哈的拒绝和人们的笑声深深地打击了她,她把小脸严严实实地埋在手里放声大哭,小小的身影显得无比可怜。

人们突然发觉,她以为大家是在嘲笑她,于是连忙闭上嘴,一起围了上去。他们轮流抱着她,努力给她安慰,一再保证,自己并没嘲笑她。但这些都没用,她一直在嘤嘤哭泣,不肯把小脸抬起来。最后,还是吉米骂骂咧咧地挤到她面前,将她带回了房间,哭声才渐渐停止了。过了二十分钟，他从萝丝莉莉的房间里走出来，大家很知趣地什么也没问。至于萝丝莉莉，这一次的事实在是太伤她的心了，她决定再也不理麦克哈了。

三

蛮荒森林的冬天马上就要过去了，一到中午，空地上的积雪就会变得软软的，人一踩上去，就会扑通一下陷到里面，这样一来大家的进度都变慢了。工人们加倍努力，想要赶紧将木头运到码头上去——再晚一些的话，这些木头就会裂开。

晚上，伐木工们累得筋疲力尽，吃完晚饭就全都上床睡觉了，也不唱歌讲故事了。除了吉米·布莱克特和吉姆·约翰逊，大家都不怎么关注萝丝莉莉了，这让她觉得很委屈。而且，她慢慢原谅了麦克哈，又开始扭扭捏捏地往他身边凑了。不过，麦克哈的心很硬，就跟块石头似的，根本不为所动。

终于有一天，幸运女神眷顾了萝丝莉莉。一根从大树上掉下来的枯枝，砸中了麦克哈红红的脑袋，在他脑袋上划了道长长的口子。伤口血流不止，被人抬回营地时，他已经昏过去了。老板不愧是老板，简直可以说是超人——他就像是半个医生——给麦克哈清理了伤口，又做了缝合，还将自己的床让给了麦克哈。老板对大家说，麦克哈会好起来的，他这人，就是只杀不死的蟑螂。

麦克哈几个小时后才清醒过来，恰好，床前只有萝丝莉莉一个人。小女孩看起来很伤心，她站在床边，轻轻拍着麦克哈放在被子外面的大手，小声嘟哝着："真可怜，别怕啊，萝丝莉莉陪着你呢！"

麦克哈眯着眼睛，模模糊糊地看到萝丝莉莉低下头，将小脸贴在他的手上。他惊奇地发现，自己竟然感到非常高兴，这下他的大脸更红了，就跟猴子屁股似的。就在这时，吉米·布莱克特进来了，看到这一幕，赶紧将小女孩带走了。"我又不会吃了她！"麦克哈不满地嘟囔着，这时候，他已经有一点儿喜欢萝丝莉莉了。

他躺在床上，想了很长时间，然后睁大眼睛，摸了摸头上的绷带，艰难地喊了一声，想让人给他送点水进来。有人走了进来，竟然是萝丝莉莉，麦克哈惊讶得大张着嘴。她的反应极快，难道是一直在外面守着等着他醒过来吗？她双手捧着一罐水，小心地递到他嘴边，想要喂给他喝。可惜，对于喂水这事儿，他俩都没什么经验，而且笨手笨脚的，试了很多次麦克哈都没喝到。这时，吉米·布莱克特和老板走了进来，赶紧过来帮忙。老板扶着麦克哈坐起来，吉米则负责给他喂水。他咕咚咕咚喝了很多水后，满足地叹了口气，又躺了下来，然后虚弱地对老板说："我已经没事了。"

"麦克哈，你真是太幸运了！"老板高兴地说，"砸到你的树枝那么粗，你竟然没什么大事儿！你们麦克哈家族的人生命力就是顽强。"

麦克哈的手就在床边垂着，他发现，小女孩温柔地一下下地抚摸着他的手，她的小手十分柔软，然后，她又将小嘴贴了上去，她的唇瓣就像花瓣一样柔软。这种感觉太奇妙了，他陶醉其中，连要对大家说感谢关心的话这事儿都忘在了脑后。

到了晚上，麦克哈觉得好多了，他坚持要回自己的床上休息，因为他感觉"待在这个小橱子里很不自在"，老板答应了他的要求。但第二天，当他提出要去工作的要求的时候，被老板断然拒绝了。麦克哈只好继续在屋里待着，整整两天，他都快闷死了。

在麦克哈养伤的这段时间里，吉米·布莱克特彻底将萝丝莉莉看管起来了，不让她去打搅受伤的麦克哈，于是无聊的麦克哈每天只能抽抽烟，或者削削木头。他很谨慎，没让其他人发现他在削木头，所以，没人知道他到底在捣鼓什么。削完后，他向厨子借了一个小锡杯，蹲在炉子前，手忙脚乱地将烟草汁和墨水混合在一块儿，熬了杯臭臭的黑色浓汁。萝丝莉莉非常好奇，她看见他将自己平常随身携带的印度烟袋上的小珠子取了下来。不过她没有机会靠近他，所以，并不知道他神神秘秘地在做些什么。

第二天，吃完早饭，其他人都出去工作以后，麦克哈才出门，今天，他要去搬木头了。萝丝莉莉站在门廊上，用手绞着小围裙，等着他出来。看到麦克哈出来，她抬起头，向他露出了最甜美的笑容。可是，麦克哈的脸紧绷着，看都没看她。但是，在经过她身边的时候，麦克哈却偷偷在她手里塞了样东西。萝丝莉莉高兴地笑了，那是个木头娃娃，深褐色，雕得很漂亮，两颗白色的珠子上点着两个黑点儿，嵌在了娃娃的脸上，当成娃娃的眼睛。

新礼物一拿到手，萝丝莉莉就紧紧抱在怀中，她很想拿去给吉米·布莱克特看，向他显摆显摆。不过，她却没那么做，因为这是麦克哈偷偷送给她的，所以，这是属于他们俩的一个小秘密。她抱着娃娃，跑到自己的小床边，将它藏了起来。这一整天，她隔一段时间就跑回去看娃娃一眼。到了晚上，她将娃娃和别的玩具都拿到了大屋里，这样，大家就发现不了她手里多了个新玩具。她什么话也没跟麦克哈说，不过她总是在麦克哈看得见的时候摆弄那个娃娃。从那以后，她就一直带着这个"黑宝宝"。

不过，她这么费力讨好麦克哈，麦克哈却好像一点都没注意到，因为，他又开始对她视而不见了。不过，萝丝莉莉也没有再费尽心思想要吸引他的注意力了。可能她觉得自己已经赢了，或者她认为自己和麦克哈之间有了一种秘密的默契。这之后，营地里一直非常和谐。因为大家忙得四脚朝天，所以没人有闲心去闹事。

这年的春天特别暖和，天空中不是下着暖暖的小雨，就是挂着火热的太阳，因此雪化得很早，雪水流动的速度很快。欧塔诺西斯的房屋没过多长时间就重新露出了地面，融化了的雪水哗啦啦地流进小河里，黑糊糊的。工人们在各个码头将原木扔进水里，利用水流把原木运到很远的地方。这条河道有一个拐弯非常窄，就在营地的下游，河水里遍布石头和暗礁。这里的水虽不深，但是水流非常急，一般的水手根本过不去。就算一次只往水里扔一根木头，河道都有被堵住的可能。而河道一旦被堵住，木头就会在上游的沼泽中搁浅。所以，这里必须要有人看管。

很不幸，虽然丹·罗根和工人们尽了最大的努力，但河道仍被堵住了。河水如同一台打桩机一般把木头砸进石头缝里，而上游冲下来的木头又成了锤子，将倾斜的木头牢牢钉了进去。开始时，堵住的是河道中间的两块石头，河水的流速太快，大家都无法游过去将卡住的木头挪开。过了没一会儿，整个河道就都被堵住了。

河水拍打着木头，溅起大片的白色泡沫。大家将靠近岸边的木头砍掉，但情况仍没有好转。而这时，越来越多的木头顺着水流漂了过来，就好像大聚会似的，将整个河道堵得严严实实，这简直就是个异常结实的天然大坝！

一开始，河水还能像老虎一样，逞着威风，嗷嗷叫着扑向大坝，后来，河水在结实的大坝面前变成了柔顺的小猫咪，不再有任何威胁性。过了没一会儿，大坝上游的河道就涨满了水，按这个速度，用不了几个小时，河水就会漫出河道，淹没营地及远处的山庄！

事情到了这个地步，如同"超人"一样的老板只好身先士卒，他拿着斧头，小心翼翼地越过湍急的河水，沿着大坝来到了河中间。他目不转睛地仔细观察着大坝，不时拿起斧头这儿敲敲，那儿砍砍。自然，这样做是很危险的，因为大坝随时有可能坍塌——一旦调皮的水流向下一冲，他眨眼间就会被冲走。老板小心地在一根木头上做了记号，这根木头就跟皇帝似的，将其他木头聚在了一块儿，然后，他回到岸边，准备找两个勇敢的志愿者，他们三个勇士要一块儿去河里，将那根"木头皇帝"给砍掉。

砍木头并不危险，但到河里去砍木头可就极度危险啦，所以老板并没直接点名，而是想看看谁愿意去。丹·罗根应对这种情况很有一套，在还没当上老板之前，他就积累了丰富的经验，因此工人们非常信任他。他问："谁愿意和我一起去啊？"没结婚的工人，包括吉姆都站了出来。不过，吉姆只有一只眼睛好用，所以这活儿对他而言要更加危险。老板不想带他去。选来选去，他挑了鸽子博德和安迪·怀特两个人，他们斧头用得好，游泳的技术也不错。

两个年轻人非常得意，他们朝手上吐了口唾沫，握紧斧头，一下就跳到了大坝上。在场的每个人都屏住呼吸，目不转睛地盯着他们挥斧头。此刻，他们两个人简直就是拯救世界的超级英雄。他俩非常冷静，并没被可怕的河水吓倒，而是像最勇敢的英雄一样冲在最前方，根本无惧死神的威胁。他们要先将大坝推倒，然后，要在紧要关头逃生，如果够幸运，他们还要能一下跳到岸边，逃过被大水冲走的命运。

　　他们还没砍断那根木头皇帝，老板犀利的眼神就发现，大坝顶端有了松动的迹象。他大喊出声，声音之大都超过了隆隆水声。就在这时，传来一阵巨大的响声，好像是地底突然打雷了，声音震得人心慌。河里的两个人赶紧跳上了岸边——恰在此时，大坝猛地垮了下来。

　　这时，突然响起一声尖叫，大家吓得心都差点停止跳动。在他们的上游，距离河岸十多码远的地方，萝丝莉莉正在一根木头上站着。原来，她趁大家不注意偷偷跑到了沼泽里的硬泥地里，爬到树上，想要折下些云杉树枝。可是，下游突然通了，木头也跟着水流动了起来。她吓了一大跳，根本早就忘了要往岸边跑。她被木头绊了一跤，然后发出一声尖叫，紧紧把木头抱住。

　　大家吓得倒吸了一口气。河水被大坝拦了很长时间，这时像疯了一样哗啦啦向前流去，只要有点常识的人都能看出来，在这种情况下，连靠近她都是不可能的，更别说救她了。跳进这样急的水流里简直就是疯了——这和跳进磨坊的风车里没什么区别。上游的木头被水流裹挟着朝工人们撞了过来，大家赶紧往岸边跑。吉姆却没跑开，他好似不要命似的，还想跳到河中间，结果脑袋朝地摔了下来。大家赶紧拽住他，他还拼命挣扎着，想要挣脱他们。

　　就在吉姆摔倒的时候，麦克哈大喊一声，从工人们身边飞奔出去，落在远处河中的一根木头上。水流这样急，他却可以灵活地蹦来跳去，借助木头来到了萝丝莉莉趴着的木头前，像是被幸运女神眷顾了一样。他一把抓住萝丝莉莉的裙子，像拎小鸡似地把她拎到了自己怀里，然后将她夹在胳膊下，转过身来，稳了稳身子，开始跳往岸边。

　　岸边响起了一片欢呼声，不过欢呼声很快就停止了，因为一根竖着的木头挡住了麦克哈的去路，迫使他不得不往后退了一步。这一退，他一脚踩空，朝可怕的旋涡里倒去。不过，麦克哈可不是普通人，他一挺身就站住了，湿淋淋地向前爬去，然后又开始跳，这次，他没再踩空。现在，大家都紧张地屏气敛声。他们还是第一次看到麦克哈那张红脸变得惨白。

在距岸边只有两英尺远的时候，水流将麦克哈选好的那根木头冲走了，他一下踩空了。在摔下去的时候，为了不压到孩子，他硬生生转了个身，重重地摔倒在地。老板、吉米还有另两名工人已经跑了上去，木头撞击着他们，砸得他们身上青一块紫一块的，但他们就像根本没有感觉到疼痛一样，一直跑到岸边，将麦克哈一把抱住。

终于，他们将麦克哈从地狱一般可怕的河水里拽了出来，拖到了岸边安全的地方。麦克哈一到岸上就昏了过去，但他仍紧紧抱着萝丝莉莉，工人们费了好大的力气，才把萝丝莉莉从他怀里抱了出来。

萝丝莉莉吓得发抖，不过她全身上下没受一点伤。她看见麦克哈直直地躺在岸边，四肢平放，双目紧闭，苍白的嘴唇微微张开，吓得拼命挣扎起来。工人们一个没抓住，她就跑了过去，跪在她的救命恩人面前，用那双小手捧住了他苍白的大脸，低下头去亲吻他。

麦克哈睁开双眼，费力地用胳膊将半边身子支起来，看到大家都围着他，他别提多尴尬了。然后，他低头看了看萝丝莉莉，露出不好意思的笑容，那笑容可真温柔，然后，他轻轻地把她搂在了怀里。

"我……没事……你没事……就好。"他费力地说出这几个字后，就翻了个白眼，喘着粗气晕了过去。一旁的萝丝莉莉见状哭得上气不接下气。吉米·布莱克特一把将她抓起来，不顾她的反抗，就和工人们一起带着她和麦克哈回营地去了。

梅林蒂大战山猫

二月中旬的雪纷纷扬扬，渐渐将草场上每一个树桩，还有空地上弯弯曲曲的篱笆都埋没了。村子里的小路比它们还可怜，已被大雪彻底覆盖了。空地上有座低矮的小木屋，屋顶上孤零零地立着个烟囱。小木屋的一半都被积雪遮盖住了，三个小小的窗户只有上半截仍露在地面上。

小木屋旁有一座木头牲畜棚和一座小披屋，主人分别将它们作为柴火间和仓库。这会儿，积雪已将两座小屋子掩盖住了，只留下白茫茫的屋顶，黑色的屋檐在微微发光的雪原的映衬下异常显眼。

有个小小的取水屋坐落在院子中间，外形和以前用的座钟非常像。古老的厚白顶上覆盖着大块冰雪，形状很奇特，马上要堆到水槽边上了。有条从小屋门口通往牲畜棚门口的路，占了院子的一大半，牲畜棚这边的路上和披屋门口向阳的空地上的积雪被人踩得乱七八糟的，上面零星散落着小木片和稻草。

四只白色的绵羊卧在暖暖的阳光下，一只红色大公鸡率领着五六只母鸡在它们身边的土地上扒拉着寻找食物。牲畜棚低矮的门紧闭着，抵挡着严寒，长毛的绵羊是不怕冷的，但是棚里的牛和马可无法忍受这么冷的天气。

小屋的厨房里有个老式的炉灶，灶膛砌得很高，里面的火烧得旺旺的，屋里暖烘烘的，像夏天一样，红色的火星不时飞溅出来，像发着光的蝴蝶。一个瘦弱的小姑娘正站在炉子旁边，她的皮肤苍白，毛茸茸的头发也是浅色的。她正在使劲搅拌着燕麦糊，这是用来做煎饼的。她纤细的胳膊上都是面粉，就连额头上也是白白的，因为调皮的头发总是挡住眼睛，她要不时地用手把它们拨开。

在炉子的另一边，一个满头白发的老奶奶在沉重的石椅上坐着，正在一针一针地织毛衣。石椅离火炉非常近，老奶奶满是皱纹的脸被烤得红红的。她并不喜欢织毛衣，因为她的手已经非常苍老了，做不了这种细活儿，所以，她像个脾气很坏的小孩，不耐烦地用毛衣针东戳一针，西戳一针。

她旁边有扇还没被积雪彻底掩埋住的小窗户，她时不时地往窗户外边瞅。屋里如此温暖，窗外的白霜似乎也不冷了，她急切地沿着那条去村子里的必经之路看去。

"又过去一个星期了，梅林蒂。"她气愤地嚷道，"快看，又过去了一支马队，再来一支的话，这条小路准得被轧坏！"

"不会的，奶奶。"女孩尽量让自己的语气显得欢快些，不过，你如果仔细听，还是可以听出来一些不耐烦，她小声咕哝着，"即使坏了又怎么样呢，这儿的吃的足够咱们吃一个月了！"

然而，女孩一边说话，一边也期待地望着窗外的小路。大雪已经将小路盖住了，但她每天都等着马铃响起，因为她渴望坐上马车到村里去玩儿。

正当祖孙俩看着小路的时候，从小屋另一边的树林里钻出两个鬼鬼崇崇的家伙，这是两只灰色的野兽，身形巨大，长得很像猫。这时，它们成功地躲过了小屋里两个人的视线，沿着牲畜棚的房顶和墙壁，肚皮贴着雪地，悄悄爬了过来。

它们宽大的爪子下有软绵绵的肉垫，就像雪地靴一般，即使积雪这样厚，走在上面仍稳稳当当的；它们毛茸茸的耳朵直直地立着，警惕地听着来自四周的声音；它们的尾巴长得很可笑，短短的，像是被谁咬掉了一截似的。这会儿，它们很激动，又短又粗的尾巴直打颤；而它们全身上下最让人无法忽视的，就是那双圆圆的大眼睛，漂亮极了，眼白是浅黄色的，中间的瞳孔缩成了一条线，黑漆漆的，仿佛闪光的宝石。这两双眼睛滴溜溜直转，看着周围的一切。

这两只山猫实在是不想在白天出来，更不想跑到这么开阔的空地上，可是它们已经无计可施了，因为数日未进食，它们饿得前胸贴后背，祖宗传下来的教训都被抛到了脑后，再不出来找点儿东西吃的话，它们会被活活饿死的。

山猫通常情况下是不成群结伴的，这两只山猫饿得没办法了才凑到了一起——只有这样，它们才有可能抓到大个儿的猎物。可惜，它们连大猎物的影子都没看到，肚子依然饿得难受。尽管它们非常厌恶人类，但也只好在大白天跑来人类的地盘，想偷只牲畜吃。现在，它们正趴在牲畜棚顶上，用力地嗅着暖呼呼的羊肉味儿，嘴里口水直流。

它们躲着观察了很长时间，发现绵羊晚上在安全的牲畜棚里待着，白天才会被放出来。牲畜棚的门看上去很结实，肯定挠不动，所以晚上是偷不到羊的。而且，它们实在太饿了，肚子咕噜噜地叫着，像打雷一样，根本无法等到晚上。它们只好沿着斜坡爬到平地上，向牲畜棚跑了过去。

没过多长时间，院子里的各种声音——惊恐的咯咯声、痛苦的咩咩声——就都传到了屋子里。老奶奶使劲儿将半边身子从椅子里抬起来，却又无力地坐了回去。老奶奶年纪大了，患上了风湿，腿脚一直不是很好，她疼得直哼哼，脸也缩成了一团。女孩像一阵风似地扔下手里的大木勺，冲到窗边往院子里看去。起初她被两只山猫吓了一跳，那张苍白的脸更白了。不过，她又生气又心疼，怒气上涌，小脸儿一下涨得通红，蓝眼睛里也燃烧着熊熊怒火。

"是山猫！"她大喊一声，将木勺捡起来就要冲出房门，"它们把羊抓住了！天呀！它们想把羊咬死！"

"梅林蒂！"老奶奶赶紧喊着，语气很严肃，暴走的梅林蒂立刻停下了脚步。老奶奶叹了口气，说："赶紧把那没用的勺子扔了！拿枪啊！"

听奶奶这样说，女孩赶紧松开了手，像是勺子突然咬了她一口一样。她迟疑地看着墙上挂着的用来打鸭子的大枪，大喊道："可是我不会开枪啊！这东西太吓人了！"

就在此时，院子里的情况愈加危急，绵羊疯狂地咩咩叫着。没办法，她只好一把拎起门边的那把小长柄斧，一脚将门踹开，一边大吼："放开！"一边冲过去解救她心爱的绵羊。

"这孩子还挺有意思！"老奶奶低声说着，脸上满是兴奋和骄傲，"明明怕枪怕得要死，却敢拎把斧头大战山猫！"她拼尽全力，想将自己和椅子一起挪到打开的门前。从那个位置她可以看见院子，也够得着那把枪。

那边，梅林蒂很心疼无辜的小羊，飞快地冲到了院子中间。一只绵羊早已倒下，四条腿乱蹬着，雪地上全是血，看上去很吓人。一只大山猫正在绵羊的身体上趴着，扭着头看向她。山猫的眼睛里红光闪烁，显然被气坏了——这个人太讨厌了，小羊都到嘴了，她还要来捣乱。

另一只绵羊吓得趴在井后的雪地里。第三只绵羊则跑得远远的，它跑得比敌人都快，躲在了水槽附近，距小屋只有五六步远。即便这样，它也没逃过可怕的命运。另一只个头儿更大的山猫正趴在它的背上，拼命抓挠着厚厚的羊毛，想抓住绵羊的脖子。可怜的绵羊被挠得疼痛难忍，一直在咩咩叫。

梅林蒂平时是个温柔的小姑娘，就和她的长相一样，有着温柔的小脸、温柔的蓝眼睛，但在这个时候，她怒火中烧，可顾不上什么温柔了。

奔跑中，她的裙子飞了起来，这让她看上去就像是只奇怪的大鸟。她向着一只大山猫俯冲过去，手里的斧头猛地砸在了山猫头顶上，好似一道闪电。可是，女孩的力气终究有限，斧头是歪着砸下去的，而并非直直劈下。

山猫被一下子拍懵了，放开了爪子下的猎物。那只绵羊流着血，不过并未受到致命的伤害，这会儿咩咩叫着逃到了同伴身边。而它的同伴也不知道逃跑，此时正愚蠢地站在三英尺深的松软积雪里。

山猫清醒过来，转身面对女孩，愤怒地叫了一声。女孩吓得不敢再次发动攻击，而是站在原地，将斧头举起，准备接招。

一人一山猫对峙了几秒钟，最终蓝眼睛女孩赢了，浅色双眸的山猫气恼地嘶叫一声，跳到旁边，消失在了井房后面。但过了几秒钟，那只山猫又出现在了羊群里——那群绵羊简直笨死了，只知道挤在一起，都不跑开。

女孩马上跟了过去，刚刚被山猫吓到了，她觉得很没有面子，所以这一次她既愤怒又勇敢，一往无前地冲向敌人。她在扑上去的时候，不由自主地大吼一声。那声音极其尖锐，山猫没有丝毫心理准备，瞬间被吓破了胆。尽管它又恼怒，肚子又饿，却也不敢再多做什么动作了。

女孩一扑到它面前，它就猛地向后一跳，恰好躲开了她奋力挥过来的斧头。然后它跑到棚屋门前，它的同伴正在那儿蹲着，贪婪地享用着战利品。

那只绵羊早就死了，成了山猫嘴里的美食，是救不回来了。但是，女孩显然气极了，脑子一热，就要不顾一切地杀死那两只山猫。要知道，她可是个斗士，怎么能让敌人从她手下逃脱呢！羊是救不回来了，那她就只能为它报仇了。

人类一旦忘了恐惧，就会变得无比英勇。梅林蒂现在浑身都是力气，只听她歇斯底里地怒吼一声，冲向那两只山猫，将它们从绵羊旁边赶了出来。

现在，情况对她很不利，这可并非一对一的公平决斗。两只山猫在一起，它俩配合起来比单打独斗战斗力不知强了多少倍。它们对眼前的这个小丫头恨得咬牙切齿，它们真的没想到，就算它们特意选了个家里没男人的地方下手，却还是被这家的女人坏了好事。

而且到嘴的猎物竟然要飞了，这让它们更加生气。它们是荒野里的打猎能手，怎么能容忍这样的事儿发生呢？看着小姑娘一步步靠近，两只山猫的耳朵平平地向后一缩，贴在脑袋上，背上的毛直直地竖了起来，尾巴上的毛也炸开了，像个破破烂烂的鸡毛掸子。它俩仗着占据数量优势，挑衅地叫着。突然，它们像商量好了似的，放弃猎物，半蹲着身子，一齐向女孩爬了过来。

女孩蓝色的眼睛亮晶晶的，看上去毫不畏惧，这让它们非常不高兴，因此它们决定吓一吓她。经验告诉它们，年轻的女人通常都经不住惊吓。果然，女孩没想到它们有胆量靠近自己，连忙停下脚步，不知道是该应战还是该转身逃跑。

看到女孩停下脚步，山猫们也停下不动了。它们的肚皮紧贴地面，警惕地观察着四周，尖锐的爪子深深嵌进结实的雪地里，时刻准备着扑出去。

这边战况胶着，屋里的老奶奶也没闲着。她虽然年纪大了，腿脚也不好，但她的意志力非常强大，身体也够结实。孙女儿正在屋外和山猫对峙，她已经将那把沉重的椅子挪到了小屋门口。她在这儿看到了发生的一切。老人非常勇敢，并为这个虚弱的孩子感到骄傲。要知道，这个小丫头身子弱，所以她之前非常心疼她，却也很瞧不起她。

格里菲斯家族住在纳克维克的小河边，家里无论男人还是女人都长得又高又壮，而这个蓝眼睛女孩梅林蒂却是个例外——又瘦又小，简直像是家族里的残次品。不过，此时的她已经向大家证明了——身体的强壮并不是最重要的，精神的强大才是。

看着梅林蒂和两只大野兽之间的对峙，老奶奶紧张得屏住了呼吸，她非常担心自己的宝贝孙女儿。对后辈强烈的爱竟然使她奇迹般地从椅子里站了起来，拿到了墙上的那把大枪——她的儿子杰克在去林子里伐木前在枪里装上了子弹，所以一拿下来就可以用。

只见她咔嚓一声把子弹顶上了膛，然后靠在椅背上，尖声喊道："梅林蒂，站着别动！我要开枪了！"

听到喊声，梅林蒂的脸色更加苍白了。她一动都不敢动，像尊雕像一样。两只山猫也听到了喊声，它们转过头，浅色的眼睛一转，死死盯着门里坐着的老太太。

下一秒钟，红色的火焰从枪管里喷射出来，冒出了一股青烟，那枪声震耳欲聋，玻璃好像全都要被震碎了一样。这把枪里装的是大号铅弹，大的那只山猫被打飞了出去，肚皮朝天地躺在地上，一动不动，已经死了。另一只山猫目睹了同伴的惨状，像是尾巴被踩到的家猫一样，惨叫着转过身，一溜烟地逃命去了。

老奶奶把还冒着烟儿的枪往墙边一放，骄傲地笑着，还郑重其事地扶了扶自己头顶的帽子。梅林蒂一动不动地站在原地，呆呆地盯着地上的山猫尸体。然后，她突然将手里的斧头丢下，跑回小屋，扑到奶奶怀里，将那苍白的小脸贴到奶奶腿上，放声大哭起来。

老奶奶吓了一跳，她温柔地看着趴在自己膝盖上的女孩，慈爱地摸着她顺滑的头发，低声安慰道："好了，好了！不怕了啊！你虽然个子小，但胆子倒是挺大的嘛，梅林蒂·格里菲斯，我真为你感到骄傲！如果你爸爸知道了，他肯定也会为你骄傲的！"

女孩仍呜呜哭个不停，瘦弱的肩膀一抖一抖的。老奶奶只好弯下腰，在女孩耳边继续安慰道："好了，好了！再哭就不乖了哦，赶快把眼泪擦一擦。面糊再不放进锅里，就要坏掉了。"

女孩和老奶奶都知道，面糊一时半会儿是不会坏掉的。但是，听到奶奶这么说，女孩还是乖乖站起来，用手背将眼泪擦干，轻轻笑了笑，把门关上。

她从抽屉里又拿出一把勺子，开始卖力地搅拌起了面糊。劫后余生的绵羊们慢腾腾地从井屋后的积雪里爬了出来，聚在一起低着头站在院子中间。看着棚屋前自己同伴那可怜的尸体，它们吓得浑身发抖。

梅林蒂和春天里的大黑熊

春天来了，大地解冻了，蛮荒森林里那片孤零零的空地变得湿软。嫩嫩的绿草冒了出来，绿色的枫叶上有了隐隐约约的玫红色，而黑色的椴木则被毛絮染成了灰蓝色。

小河的岸边有一片沼泽，里面长满了绿草。傍晚，青蛙聚集在河边呱呱叫着，嗓音圆润，像是在讲一个有意思的故事。在春天的北方，经常可以听到这种声音，现在，蛙叫声传进了小路那头的小屋里。这座小屋有一个小院，院里撒满了稻草，小院边上还有一座低矮的牲畜棚。

太阳落到了山毛榉的树尖下，过了没多久，就沉入了远方黑色的地平线下，将最后一抹余光也收走了。小屋的大门洞开，因为小屋的主人非常享受屋外甜美的空气和动听的声音。年迈的格里菲斯夫人坐在门边，身子前后晃动，原本在手中织着的厚羊毛袜早被遗忘在了膝盖上。

她高大、健壮，虽然一把年纪了，但精神矍铄。只可惜，她在几年前得了风湿，这才不再忙碌，歇了下来。她的眼睛明亮锐利，热切地注视着在院子里忙碌的小姑娘。

小姑娘长得很瘦弱，长着一头浅色长发，穿着一条灰色的粗布裙子，

我和我的野生动物朋友 ❷

戴着蓝色的棉围腰。这时，她正将一小群绵羊赶进围栏。如果放任它们夜里待在外面的话，野兽肯定会悄悄跑来将它们叼走的。

将羊赶进去后，小姑娘关好围栏的门，仔细落了锁。然后，她揉了揉毛茸茸的头发，快步穿过小院走到小屋门前。她那张朝气蓬勃的漂亮脸蛋上挂着甜美的笑容。

"奶奶，都做完了！"她大声地宣布，好像很得意自己可以顺利完成这样艰巨的任务，"无论是山猫还是其他的动物，都无法抓到绵羊了。老斑点儿今天不知道为什么跑出去了，它往常是不会离牲畜棚太远的。现在天还没完全黑，我得去找找它。"

年迈的妇人笑了，她知道，那头母牛是出于本能才去找了个藏身之处。那地方离这儿不会太远，但肯定够隐蔽，这样母牛才能保证初生小牛的安全。

"孩子，老斑点儿如果想回家，它自然就会回来了。"她说道，"它一个冬天都被关在牲畜棚里，现在雪化了，它肯定是想到处走走的。老天呀，真希望我也能起来到四处走走啊。一天天地，从早到晚，我就只能坐在这儿，织毛衣、围脖、袜子，都怪我这两条没用的老腿啊！"

"可怜的奶奶呀！"女孩眼里泛着泪光，轻声说道，"我多希望能和您一起出去走走啊！去看看春天充满芳香的树林，去看看刚刚盛开的五月花。奶奶，您不想再试着走一走吗？我相信，只要您想尝试，终有一天您会走得很好的，就像我们大家一样！您就试试吧！"

看着小女孩恳求的神情，老奶奶用力地抓住椅子的把手，咬紧牙关，勉强站了起来。但是，她马上痛得喊出了声，又重重地摔了回去，脸痛苦地皱成一团。她拼尽全力坐直身子，露出一个沧桑的笑容。

"如果老天保佑，或许我真有一天可以站起来！"她摇了摇头，接着说道，"不过今天看来不可能了，梅林蒂！孩子，不要催我，否则，我这把老骨头可要吃不消喽。你还是太着急想让我站起来了！"

女孩大声说道："别这么说，奶奶，您刚才做得很不错啊！"

"您刚刚做的已经很了不起了。要知道，自从我来到您身边，您就再也没站起来过了啊！可您刚才却跟一个正常人似地站了一分钟呢。好了，我得去找老斑点儿了。"说着，她转身走出了门，准备走上那条通往烧焦树林的小路。

格里菲斯夫人赶紧把她叫住。

"梅林蒂，为什么非要今晚去打扰老斑点儿呢？就让它在外头待着吧。今晚这青蛙的叫声让我心慌，孩子，你就在我身边陪着我吧。青蛙的叫声对我而言并不难听，而是像音乐一样动听。但在这空气湿润的傍晚听着这声音此起彼伏，我的心都要碎了，必须得有一个人陪在我身边才行。"

"奶奶，我也非常喜欢青蛙的叫声！"梅林蒂连忙附和着，"只要它们不打扰我做事就行。刚才我不禁在心里想，老斑点儿独自待在外面，万一碰到一只饿极了的山猫趁它躺下睡觉的时候攻击它，那可怎么办呢？奶奶，还有刚刚冬眠醒来的熊，它该有多饿啊！一想到老斑点儿整晚都待在空荡荡、黑漆漆的不毛之地，我就睡不着觉。夏天快点来吧，到那时那里就和家一样安全。"

"好吧！"奶奶明白了小姑娘的意愿，说道，"你只想到了老斑点儿待在不毛之地会非常危险，怎么就不想想自己呢？孩子，把那把枪带上吧。也许你能从一只花栗鼠嘴下将老斑点儿救出来呢！"

梅林蒂对奶奶的嘲笑毫不在意。她那个毛茸茸的小脑袋非常实际，所以她听奶奶说完后，马上拎起一把她平时拿来劈柴的小斧头。

"你知道我不会用枪，奶奶。"她埋怨了一句，接着说道，"有这把小斧头就足够了！"说完，她把斧头一甩，扛在肩上，轻快地走上了小路。只见她的头微微歪着，边走边噘起小嘴，尝试着学习吹口哨。

梅林蒂和她奶奶口中的"不毛之地"是一片空地。几年前，这里被一场大火烧平了。从那以后，树林里就多出来了一条天然小路，并且越来越宽。而路边，只有几棵光秃秃的枯木，冬天刮的风给它们染上了一层白霜。

从平原穿过后，梅林蒂很快就发现了母牛经过的痕迹——一些微微弯曲的蓝莓枝，还有些折断的月桂枝——这些痕迹非常不明显，眼神差一些的人根本发现不了。

依据这些线索，她终于找到了清晰的牛蹄印。这些蹄印显然是老斑点儿留下来的，她赶紧沿着蹄印追了过去。她专注地追着，并未发现天色已经越来越暗了。小燕子不再在空中飞舞，向巢穴飞去，而茂密的树枝也没有了白天的芬芳，就连水边青蛙的叫声也越来越响了。她一心一意地只想找到那头在外游荡的母牛，然后在天黑透之前将它安全地带回去。

蹄印直直向平原几百码外的一片石头空地延伸。那里离小屋大概有一百五十码远，格里菲斯夫人仍坐在门口，注视着梅林蒂的一举一动。空地上长满了幼小的云杉和白色的桦树，中间则孤零零地立着一棵高大的枯木。

小姑娘无比勇敢，大步走进了昏暗的空地，透过树枝看向空地深处的黑暗。她能模模糊糊地看到枯树的根，而一个黑影正躺在树根旁。她非常确定，那并不是她的老斑点儿，因为母牛那身红色和白色的斑点在黑夜里应该看起来非常显眼才对。

一个不知名的野兽在黑暗中躺着，而她以为能找到的母牛则杳无踪迹，这一切都让小姑娘觉得有些恐惧。她紧紧握着斧头，一动不动地站着，努力想要透过黑暗看清究竟是什么躺在那儿。她好像看见了，躺在枯树根附近苔藓上的是一只小小的褐色动物。过了一会儿，她发现那只动物将头抬起来，用温柔的大眼睛看着她，然后大耳朵扇动了一下。这下她明白老斑点儿为什么不回家了，原来，它在这儿生下了一头小牛。

牛宝宝在这儿，那老斑点儿去哪儿了呢？梅林蒂思考了一会儿，觉得它肯定是将小牛藏好以后，就跑到泉边喝水去了。她想过去看看牛宝宝的情况，看能否把它带到牲畜棚里去。她刚走到牛宝宝跟前，就发现黑暗深处有个黑影鬼鬼祟祟地靠了过来。

这肯定不是老斑点儿，因为，老斑点儿靠近自己时肯定不会偷偷摸摸的。那这个黑影究竟是什么呢？

梅林蒂突然感到有些害怕，不过她非常勇敢，所以，她并不想撤退。说不定那黑影是一只山猫，正打算趁着牛妈妈不在攻击小牛呢。一想到这儿，梅林蒂就咬紧了牙关，庆幸自己带着斧头。毕竟，她和山猫有过一段不愉快的经历，所以此刻她很生气。

神秘的黑影越靠越近，突然它停了下来。过了几秒钟，一只巨大的黑熊悄无声息地出现在了树枝中间，距离柔弱的小牛只有大概十英尺远。

梅林蒂的心猛地跳动了一下，她只有一把小斧头，怎么对付得了大黑熊啊！然后，她猛地想起流传在蛮荒树林的一句话——只要不是无路可逃，无论多大的黑熊都会躲开人类。她看了一眼在苔藓上躺着的小牛，又看了一眼悄悄走来想把它吃掉的大黑熊，心里鼓起了勇气。

大黑熊用凶恶的双眼观察着四周，此时，它已经到了距猎物五六英尺远的地方。梅林蒂尖叫一声以示警告，然后挥舞着斧头扑了上去。她嘴里大喊着："走开！"希望自己的声音可以吓住黑熊，并把它赶跑。

如果是在其他的季节，大黑熊或许真的会被吓跑。但是，春天里的大黑熊一个个都饿得饥肠辘辘。这只大黑熊的确被女孩吓到了，然而它只是犹豫地后退了一步，并没有转身逃走。看到它这样，梅林蒂也停了下来。大黑熊马上明白小丫头也害怕它。它站在那儿，看了她几秒钟，大脑袋低垂着，且在不停地晃动。然后，它得出了一个结论：自己面前这个人并非一个厉害的对手。只听它发出一声惊天动地的怒吼，不顾一切地向小牛扑去。

梅林蒂大叫一声，她惊怒交加，也向前方冲了过去，她坚信，大黑熊是不会冒险和人类起正面冲突的。小牛被叫声吓到了，哆哆嗦嗦地站起来，关节处发出一声脆响。

大黑熊来到小牛面前，高高举起大黑爪准备拍断小牛的脊梁骨，就在这个紧要关头，它看到了梅林蒂劈下的斧头。大黑熊就像一个久经战场的拳击手一样瞬间改变了爪子的落向，巧妙地挡开了梅林蒂的袭击，还险些将她手里的斧头击飞。不过，斧头锋利的斧刃还是砍到了熊爪上，割开了一条深深的口子。

剧烈的疼痛让大黑熊发狂，这时，它只想将这个小丫头撕碎。此时，它已经彻底把小牛忘了，身子一转，向那个胆敢砍伤它的人类冲去。小姑娘像一只猫一样灵巧地跳开了，恰好躲开了大黑熊的攻击。她躲到了

枯树根后面，因为她发现自己的对手实在太过强大了。此时，她默默地
祈祷着，希望大黑熊没自己跑得快，或者它把注意力再次放在小牛身上，
忘了她的存在。

大黑熊却并不打算放过小姑娘。它虽然个子很大，但却出人意料地
灵活，小姑娘怎么都无法甩掉它。在空地上她是跑得比大黑熊快，但是
在林子里大黑熊可就比她跑得快多了。就在这生死攸关的时刻，一声怒
吼从大黑熊身后传来，然后，一个身影跌跌撞撞地跑了过来——这正是
怒不可遏的老斑点儿，它听见了小牛的呼救声，赶紧跑了回来。

大黑熊想躲开已经来不及了，它只好站直身子迎接这一击。可惜母
牛的角太短，间隔也很大，所以并没有刺到大黑熊。母牛径直撞到了大
黑熊的前胸，本来这巨大的冲击力可以像锤子一样，将大黑熊打翻，但
大黑熊却及时抓住了母牛的肩膀。母牛将大黑熊撞得退到树前，而大黑
熊也趁机稳住了身体。

母牛想要向后退，再一次发动攻击，却无法挣脱大黑熊的爪子。不
得已，它只好拼尽全力疯狂地、一次次地将大黑熊往树上撞去。大黑熊
开始时还在怒吼，但很快它就痛得哀号起来。它用尖利的爪子紧紧抓住
母牛，想要将它撕扯开来。

梅林蒂站在一根倒地的树干前，屏息静气地看着眼前的打斗，激动
得都忘了要上前去帮忙了。当看到老斑点儿处于下风时，她终于鼓足了
勇气。只见她努力靠近战场，举起了斧头。她正要劈下去的时候，耳边
传来一个熟悉的声音，她连忙跳了回去。

一个洪亮的声音盖过了母牛和大黑熊的吼声，命令着："让开，孩子。
快点儿，我要开枪了！"

原来，腿脚不好的老奶奶听见了孙女的呼救声。当梅林蒂的尖叫声划破夜空时，格里菲斯夫人像是从未得过风湿一样，猛地从椅子里跳了起来。她根本没感觉到疼痛，一想到梅林蒂正身处险境，她年轻时的力量就顿时全都回到了体内。她一把将放在角落里的那把枪抓起，越过平原，穿过空地，像一头狼似的飞快地跑了过来。她一走进空地，就弄清了整个情况。老人家的意志非常坚强，她马上就冷静下来，准备着手处理眼前的危机。

梅林蒂跳开后，格里菲斯夫人靠近战场。大黑熊的注意力都在母牛身上，根本没有注意到拿枪的老奶奶。格里菲斯夫人冷静地举起枪对准大黑熊扣动了扳机。枪声震耳欲聋，回响在空地上空，就像是炮声一样。大黑熊应声倒地，胸口多了个巨大的血窟窿。

老斑点儿吃惊地向后退了几步，大声打了个响鼻，瞪大眼睛看向女主人。看样子它似乎还无法相信大黑熊已经死了，而它的孩子也得救了。只见它仍顶着地上巨大的黑熊尸体，好像要发泄什么一样。牛宝宝艰难地站了起来，它虽然被大黑熊撞翻了，但并未受伤——因为后来大黑熊的注意力都在梅林蒂和老斑点儿身上。梅林蒂赶紧把它往老斑点儿身边推了推，想要引起老斑点儿的注意。这办法挺有效，老斑点儿的怒火一下全平息了。它爱怜地舔着自己的孩子，检查它有没有受伤，而不再理会地上躺着的大黑熊。

然后，一老一小两个女人，连推带拉、连哄带骗地引导小牛走出空地，走上了那条回家的小路。母牛对身上流血的伤口毫不在意，在主人和孩子的身后亦步亦趋，满足地低声叫着。现在，它只想快点儿回家，因为它发现只有牲畜棚才是牛宝宝的安身之所。

终于，这支奇怪的队伍停在了院子里的井口前。小牛躺了下来，梅林蒂则开始清洗母牛的伤口。格里菲斯夫人舀来一些柏油当作药膏给母牛敷上了。看见老人家轻松地在院子中走来走去，梅林蒂高兴地大笑起来，几乎有些破音了。

"我的天呀，奶奶！"看见老人家疑惑地看着她，梅林蒂大声说道，"您的动作都快比我快了！我听说，治疗风湿最好的药就是熊油。奶奶，看你这样子，你是不是用了整头熊的油啊！"

"孩子，我能够站起来可并不是因为熊油。"老奶奶严肃地说，"治好我的风湿病的是你那声尖叫！连老斑点儿都拼死保护孩子，我难道会比它差？孩子，听到你的尖叫声后，我这风湿腿就全好了啊！"

加米特夫人的小猪

　　乔·巴伦正坐在谷仓门口补他的马具，加米特夫人走过来，大声对他说："我是来找你借枪的！"加米特夫人身材高大，穿着一件棉质短衬裙，腰上系着一条脏围裙，头戴一顶粉红色的棉布太阳帽，帽子下露出了她汗津津的额头，铁灰色的头发坚硬地竖着。

　　"加米特夫人，你要枪干什么啊？"男人问道。

　　一个女人来找他借枪，他却一点儿也不惊讶。他上次见加米特夫人还是三个月前，不过，他一直非常确定，这个住得离他最近的邻居一直就在山那边。尽管她家离自己家有七八英里远，但那里总有乌鸦盘旋，所以，他知道她活得非常好。

　　"打熊呀！"她解释道，"这些熊真是不要命了，竟然跑到我的地盘上来闹事。可能是它们住的地方没有吃的东西了，一个个地在晚上偷偷跑到我的院子里，把我那只白母鸡吃了，还吃了一窝蛋——本来那窝蛋下个星期一就能变成小鸡了。这还没完呢，就连鸭子都被它们吃了。昨天晚上，它们竟然想将猪也给吃掉，太过分了。"

　　乔·巴伦非常同情她，连忙问道："猪还没被吃掉，对吧？"

"当然没有！"加米特夫人咬牙切齿地说，"它们别想得逞！只是，我家小猪真的是被吓坏了。这群家伙倒是想吃小猪，不过它们根本翻不过栅栏，只能在猪圈外打转。我听到小猪的尖叫声，一下就清醒过来，隔着窗户冲它们大喊了两声。然后，我看到一只大黑熊从牲畜棚逃走了。如若不是我手边只有一把笤帚，它们别想从我手底下逃脱。只要你能把枪借给我，今晚，那群熊就休想活着回去！"

"当然可以！"乔•巴伦立刻答应了。他将手中正在缝补的马具放下，穿过小院，向放着枪的小屋走去。突然，他似乎想到了什么，问道："你以前开过枪吗？"

"没有呀。"对加米特夫人而言，这事儿根本微不足道，她轻松地说道，"连男人都能开枪，我想我也一定没问题。"

听到她的话，乔•巴伦笑着把枪取下来。他丝毫不担心加米特夫人，因为他知道，这个女人非常有本事，可以照管好自己，而那些熊也肯定会后悔的——居然敢惹这个女人，真是不要命了。他的枪是把前膛枪，枪管很粗。加米特夫人轻巧地接过枪，毫不在意地拎在手中，就跟拎了一把笤帚似的。不过，当他将火药筒和一小袋铅弹递到她手中的时候，她却露出了迷惑的表情。

她问道："这些是做什么用的？"

乔•巴伦的表情瞬间凝固了。

他想了一下，为难地说："加米特夫人，我知道你并不比男人差，甚至比大多数男人还要强一些！当然，你也用不着难为情，毕竟你不是在林子里摸爬滚打长大的，因此你不知道怎么用枪，这非常正常，用枪这种事儿嘛，也并非看看就会的。你从小在城里长大，那一定得有人手把手教才可以。这把枪并未填装子弹，这个火药筒和铅弹是给它填子弹的,而这个是雷管。"他边说边从裤子口袋里掏出了一个小小的棕色锡盒,雷管就在里面放着。

加米特夫人觉得非常不好意思，不过巴伦先生说她是城里人，这让她异常高兴。她小时候住的伯德村——那儿只有七座小屋和街角的一个小商店，说它是个城镇，这可真是高看它了。

她虚心地说:"还得劳烦你教教我怎么给枪装子弹，巴伦先生。"乔·巴伦将怎样压实火药，怎么把火药填进子弹里，怎么装好雷管，都给她演示了一遍，她那双灰眼睛一眨不眨地盯着乔·巴伦的每个动作。

"好了,"他终于演示完了，将枪放到肩窝上，歪着头瞄准了一只木桶,"接下来的步骤你已经知道了，闭上一只眼睛瞄准熊，然后扣动扳机。你或许会觉得枪在往后推你，不过这没有什么影响。完事之后，你就再也无须担心什么小猪啊、花园啊之类的了。对了，加米特夫人，要记得把熊的尸体拖回来啊。这个季节的熊吃了很多蓝莓，会长得特别胖，熊肉非常好吃，不老也不柴，吃起来很像上等的猪肉!"

加米特夫人就跟拎着笤帚一般拎着枪从闷热的树林中穿过，就算熊是荒野之王，她也非常确定自己一定能干掉它。对她有信心的人可多了，实际上，伯德村的所有人，甚至蛮荒森林的所有人都对她非常有信心。她整天忙忙碌碌的，无暇恋爱，也无暇结婚。只是，人们在很久以前就开始尊称她为夫人了。因为她是个非常自信的女人，而且向来很会照顾自己，所以再用小姐来称呼她就有些不够尊重她了。

在六十岁的时候，她从唯一的哥哥那儿（她哥哥也和她一样是个独身主义者）继承了一座小屋。这座小屋和村子相距有四十英里，正处于荒地的中间。大家都相信，就算是在那种地方，她也可以很好地照顾自己。因为她并不比任何一个男人差，甚至比有些男人还适合做一个垦荒者。当然，大家一致认为：如果有谁想在蛮荒森林中跟加米特夫人作对，那倒霉的肯定不会是加米特夫人。

事实也正如大家所想，加米特夫人在那儿生活了将近两年半了，一切都相安无事。住在偏远的地方对加米特夫人来说算不得什么，因为她非常喜欢独居。而她也深信，与其指望他人，不如依靠自己——世界上唯一靠得住的只有自己。

和她一同住在蛮荒森林中的还有两头小公牛，淘气得根本不服管；一头身上长满斑点的奶牛，两只角分别朝着天和地；一只黄灰相间的猫，一人一猫常常要相互将就；一只土耳其公鸡和两只土耳其母鸡。

另外，陪着她的还有一群小鸟，黑色、白色、灰色、褐色、黄色、斑点的都有；一只胖胖的鸭子，好吃懒做，让她无比失望；一只白色的小猪，这可是她的骄傲。怪不得她从不感觉孤单，因为还有这些小动物们可以陪着她，听她说话——她对这一家子可是寄托着厚望。

更难以想象的是，好像连大自然也臣服于她，从未为难过她，林区的早霜像小姑娘一样喜怒无常，却根本没有为难过她那满园子的菜，在她的地里从没菜虫和毛毛虫来搞破坏；她的鸡从来不生病；至于那些野猫、老鼠、狐狸和臭鼬，她在和它们的斗争中从来没失败过。她一直觉得，树林里的一切原本就是这么美好。实际上，她从未碰到过难事儿。直到现在，她发现该死的熊竟然敢和她一次次作对。

其实，只有一只熊在跟她作对。不过这只熊又勤奋，又贪吃，偏偏还非常聪明，因此它一次次跑来，害得加米特夫人以为是一群熊在跟她作对。当她对乔·巴伦说"这群熊"的时候，她一点儿也没意识到，跑到她园子里捣乱的自始至终都是那一只熊——一只既贪心又好吃的熊。

和其他的熊相比，这只熊有个很大的优势，它在长年累月的掠食中积累了丰富的经验。它在骚扰魁戴维克峡谷南面的村庄时被村民逮住关了好几个月，又被一个巡演的马戏团抓去当了好长时间的马戏演员。后来马戏团乘坐的火车翻了，它才逃了出来，却不幸失去了一只眼睛。

在同人类相处的日子里，它学会了敬畏男人，它觉得这个物种特别可怕，在它不听话时，他们会使劲儿打它的鼻子，让它感到疼痛，让它受罪。只要听到男人的声音，看到男人的眼神，它就会身不由己地服从，因为它知道，男人可以主宰它的命运。女人嘛，就不同了，它根本看不起女人，因为大多数女人一听到它吼叫，就开始尖叫，看到它一挥爪子，就会转身逃跑。它历尽艰辛重获自由，等回到林子里才发现自己早就忘记了怎么捕猎。它在猎人、樵夫和拓荒者的小屋外徘徊了很久，却一直没有胆量下手，直到它发现了加米特夫人的园子。

经过长时间的细心观察，它觉得加米特夫人应该和别的女人一样，见了它就会逃跑，所以它对这个园子满怀期待，认为这里简直是个免费的饭馆，在这里既可以享受自由，又能享用美食。

即使美食在前，这只老熊也没头脑发昏。它并不认为所有女人都手无缚鸡之力，所以它躲在篱笆外茂密的黑莓丛边做了一番仔细观察。当时，加米特夫人正在给马铃薯除草，她身上有种特别的气质，总让老熊觉得她虽然穿着裙子，但其实是个男人。但是，观察了很长时间之后，它终于放了心，因为她的确是个女人。

确认了这个情况后，它就开始在夜间进行一系列的试验，比如，将加米特夫人最珍爱的小南瓜踩烂。它还以为加米特夫人会冲出来阻止，但是加米特夫人睡得太死了，一点儿反应也没有。至于她第二天白天有什么反应，那它就不知道了。

经过这次试验，它的胆子大了些，但它仍没敢在大白天做坏事。这一次，它将园子里所有的菜都踩坏了，满地都是它的脚印，加米特夫人还以为树林里的所有熊都跑到她的园子里来了呢。第三次，它不再局限于菜园，开始进攻院子和牲畜棚。它跑到牲畜棚角落的破桶旁，成功地抓住了一只运气不太好的白冠母鸡。尽管母鸡的羽毛卡在了它的牙缝里，但总的来说鸡肉非常好吃，它还是挺满意的。

即便它偷吃了一只鸡，加米特夫人仍没有什么作为，每天夜里还是沉沉地睡着。不过，假如它白天造访的话，那它必定会意识到——这个"好好夫人"和它想象的完全不同，她的脾气可是非常"好"呢。如果它再这样作恶下去，用不了多长时间，这个女人就会给它好看。就像我们所知道的，它第四次出手了，这一次，被吃掉的是那只胖胖的鸭子。加米特夫人倒也不心疼，因为她觉得那只好吃懒做的鸭子可以说是活该。

一直到这只熊第五次夜间造访时，才发现了那只白白胖胖的小猪，而也是在这一次，它终于成功地把加米特夫人吵醒了。熊十分喜欢猪肉，因此它早就该发现牲畜棚里有只小猪了，不过之前在园子和牲畜棚里的收获让它兴奋不已，简直有些忘乎所以了，所以开始时它并未发现牲畜棚下的角落里有个猪圈。

发现猪圈以后，它并未直接进去，因为它怀疑那个开着的侧门很有可能是个陷阱，否则，为何宽大的正门关上了却独留这个窄小的侧门不关呢？所以，它沿着猪圈绕到了牲畜棚的角落，想去打探一下情况。然而，角落里有一棵茂密的桦树，那只高大的土耳其公鸡正在桦树下的栖木上站着。这只机警的公鸡怀疑地盯着熊看了会儿，然后尖叫起来，想叫醒加米特夫人。那只白色的小猪还没弄清楚状况，就让这尖叫声吓坏了，它直直地站在黑暗的角落里，透过木板的缝隙静静地盯着猪圈外的熊。终于，熊没了耐心，它伸出爪子抓住木板的一端，想将围栏扯开。

这个动作太野蛮了，木板嘎吱一响，就把小猪吓得魂飞魄散，它发出一串惊天动地的尖叫声，熊被惊得往后退了好几步。

熊还没恢复镇定，小屋的窗户就被猛地向上推开了——小猪的尖叫声终于惊动了加米特夫人，她一眼就看清了眼前的情况。只听她大吼一声："走开！畜生！"然后，她将脑袋和整个上半身都探出了窗外。只见她万分激动，同时挥舞起了两只手，险些从窗户上摔下来。

很明显，熊听不懂她的吼叫，它坐直了身子，伸着脑袋，一直盯着加米特夫人灰色的头发看。从它这个角度看上去，灯光照在加米特夫人的头上，像是给她的睡帽镀上了一层闪耀的光。加米特夫人意识到，这是个报仇的好机会。她赶忙冲下楼梯，来到了厨房里，一把抓住手边的东西——那把笤帚——当武器。然后，她推开厨房门冲进院子，一路愤怒地高声尖叫着。

在朦胧的月光下，她的样子看起来有些诡异，那两条粗壮的腿裸露在宽松的睡裙下，迅速地前后摆动，她将那把笤帚举到头顶上挥舞着，看起来非常可怕。熊注视了她一会儿，终于被她的勇猛气势给吓住了。它很确定，这冲出来的是个女人，不过这个女人好像和它印象中的女人迥然不同。它决定还是谨慎一些，所以它不甘心地吼了一声，然后转过身放下面子开始逃跑。它想跑远点儿，最好是跑到听不到吼叫声的地方去。可是这个女人的声音太尖锐了，在寂静的树林里传得很远。没办法，它只好一直不停地跑。

接下来发生的事情你们都知道了，小猪差点儿被吃掉，因此加米特夫人终于决定要采取些行动。天亮后她就长途跋涉跑去找乔·巴伦借枪。尽管那晚她在与熊的对峙中胜利了，不过她明白，要想彻底解决问题，一把笤帚必定是不够的。现在借到了枪，又向乔·巴伦学习了怎么用枪，她确定，无论有多少只熊自己都能搞定。当然，要是它们一起上，她或许就得多费些力气。

一想到家附近有一群熊，她就有点儿紧张，不禁想要把小猪放进屋里，然后隔着窗户将群熊打跑。不过，她猛地想到，还从来没有听说过熊会成群结队地集体捕猎的，于是她就不再害怕了。她甚至有些期待夜晚快点儿到来，因为她想快些抓住那只猎物。

加米特夫人明白一个道理，那就是"等待的时间往往是最漫长的"——她当晚的经历完美地证明了这句话。那天晚上，她将厨房的门打开，倚坐在挨近窗户的地方，在这个位置上，屋外的熊看不到她，但她却可以透过窗户看见外面的一切情况。

圆圆的月亮慢慢地爬上了苍白的天空，院子里的影子随着月亮的移动也在慢慢移动，熊却一直没来。加米特夫人甚至开始有些担心，自己前一天晚上是不是吓着它了呢？到了后半夜，她觉得有点儿困，她强迫自己坐直身子，用力眨着眼睛，以防自己睡过去。然而，就在她觉得自己清醒了一些的时候，她的头一歪，枕在了窗台上。这个姿势真舒服，她一下就陷入了沉睡，那把枪冰冷的枪托就压在她的脸下。

那只熊确实犹豫了很长时间，所以它来晚了。它走进院子的时候，月亮早已沉了下去，地上的影子也已偏了方向。休息了一天，它已经找回了自信，它确信加米特夫人不过是个女人罢了。它透过牲畜棚的裂缝嗅了嗅，确定小猪仍在猪圈里，然后绕到猪圈门口，开始小心谨慎地往里面爬。

它的身躯太过庞大，所以它一出现在月光明亮的小院里，小猪就发现了它。看到熊开始往里爬，小猪终于忍不住了，惊恐地尖叫了一声。这声音在猪圈里回荡，简直震耳欲聋，吓得熊不禁往后退了一步。当然，它并不准备撤回去，而是停下来开始思考。在它的身后，有个干草耙正靠在墙上，可它那只独眼并未看到，所以它在后退的时候，恰好踩在了干草耙上。干草耙一歪，重重地砸在了它身上。耙齿跟活了一般，狠狠抓住了它的皮毛，吓得它转身就跑——它得回去认真思考一下今天晚上到底是怎么回事。

就在这时，厨房门被猛地推开了，加米特夫人拎着枪冲了出来。

熊原本打算撤出牲畜棚，好好思考一下和人类打一架到底划不划算。但是，当它看到加米特夫人飞扬的裙摆时，却生起自己的气来。它觉得自己有些少见多怪了，不过是个女人罢了，为何要逃跑呢！于是，它停在了牲畜棚角落的那棵桦树下，然后猛然转过身蹲下，大吼了一声。土耳其公鸡就站在它头顶的桦树上，它伸长了细细的脖子，居高临下地看了熊两眼，不满地叫了起来。

看到熊并未逃跑，而是停了下来，用挑衅的眼神看着自己，加米特夫人一怔，也停下了脚步。尽管四下无人，但她还是解释道："我才没害怕呢，我只是想试试乔·巴伦的枪而已。"她回想着乔·巴伦演示的样子，将枪托放在肩窝处，闭上一只眼睛，仔细地瞄准了熊，然后扣动扳机。可是，什么也没有发生。她表情严肃地把枪放下，认真检查了一下，原来是忘了上膛。她有些难为情，脸上火辣辣的，第一反应就是抬头看了看熊，看它是否发现了自己的失误。还好，它没发现，仍坐在那儿，瞪着那只独眼，阴沉地盯着她。

"你可别以为我犯了个小小的错误，你就可以找到机会逃跑了！"加米特夫人怒目切齿地说完，给枪上好膛，又一次把枪举到了肩膀上。

只是，乔·巴伦忘了告诉她应该闭上哪只眼睛，所以加米特夫人只好别扭地试了试，然后闭上了离枪最近，也就是靠近雷管的那只眼睛，接着她扣动了扳机。她没多想什么，对她而言，只要枪管对准熊就可以。按这种标准来看，她的确瞄准了熊的方向，只可惜，枪管的高度好像有些不对。

这次总算有动静了，只听见一声惊天动地的巨响，加米特夫人踉跄着向后退了好几步，险些一屁股坐在地上。她连忙站稳身子，自己会打枪了，真是太厉害了。她眯缝着眼睛，想要透过烟雾看看，那只熊是否已大头朝下栽倒在地上了。可惜的是，她只看到有两只翅膀疯狂地扇动着，然后，那只土耳其公鸡发出一声哀鸣，重重地摔在了地上。本来，可怜的公鸡会砸到熊的脑袋上，可是熊有些受不了这一连串的刺激，已经在枪响的那一瞬间转身逃往灌木丛。

加米特夫人的笑脸马上垮了下来，她气得耳朵都红了，一把将枪摔到地上，用力地踩了两脚。她觉得自己已经尽力了，都怪这把破枪，一点儿都不好用。她一向对枪没什么好感，今夜正好证明了她的看法是正确的——她决定，一切都还是要靠自己。

倒霉的土耳其公鸡僵硬地躺在地上，加米特夫人走上前去，心怀愧疚，弯腰查看着公鸡的尸体。事实上，她还是很喜欢这只吵闹的公鸡的，它总是昂首阔步，竖着翅膀在庭院里巡视，而那两只母鸡则乖乖跟在它身旁，照顾后头跟着的小鸡。每当这时，她都觉得它是个很好的伙伴。"可怜的公鸡！"她低声对它说，好像在为它念悼词一般，"那破枪怎么就对准你了呢，真可怜！"

她突然想到，还是得趁着公鸡身体没凉的时候赶紧把毛拔了。于是，她拎起地上的公鸡，低垂着头穿过院子，到厨房里拿了只篮子，然后坐在门廊上，在明亮的月光下开始给公鸡拔毛。这只公鸡还挺沉的，她掂了掂，心想："吃完这只鸡以后，我或许有好一阵子都不想吃鸡肉了吧！"

第二天，加米特夫人用抹布仔细地把枪给擦拭了一遍，把脚印都给擦掉了，然后将它放到了梳妆台后边。她决定，要用自己的方法把那只骚扰她的熊解决掉，当然，用的也会是自己的武器。至于是什么方法，什么武器，她还得再仔细想想。

作为一个合格的家庭主妇，加米特夫人能想到的作为武器的东西实在是有限。她最先想到的是干草叉和辣椒粉，经过了很长时间的利弊权衡之后，她最终选择了杀伤力最大的沸水。她知道，在紧要关头，想要一下将水烧到沸腾是不太可能的，但她还是非常有自信，可以将水烧到足够烫伤熊的热度。

她还意识到，这只熊已经知道怎么爬进猪圈，而且它应该已经发现枪也伤不了它。所以，她断定，它一定会再回来找机会来吃小猪的。并且，它再回来的时候一定会信心十足，所以也会放松戒备。

虽然她对熊的习性一无所知，但这一次竟然被她蒙对了。一般的熊遇到这种情况，往往会选择避开这里，不过这只熊却与众不同，它和人类打过很多次交道，所以它能看出来人类在什么时候是真心想要除掉它。它知道，加米特夫人确实是想要除掉它，这点非常明显，还好她不具备除掉它的能力，因此它并不害怕。她毕竟是个女人，而并非它敬畏的男人。

第二天晚上，它又来到牲畜棚，这一次，它决定，无论是听见尖叫声，还是见到笤帚，或是看到飞扬的裙摆、听见爆炸声，它都要达到目的——将那只小猪吃掉。这晚，它来得非常早，不过加米特夫人已经做好了准备，女人的直觉果真很准，因此她早已在门锁上下足了功夫。

前面已经说过，白色小猪的圈在牲畜棚的角落里，位于阁楼下方。加米特夫人已经做好了充分的准备，她找准了熊要进入猪圈必经的地方，将那儿正上方的几块木板移开，然后在这个豁口处架上了三桶滚烫的热水。而她自己则全副武装地藏在木桶旁边。她用被子、毯子和干草将三个木桶紧紧包住，这样水就不会那么快变冷了。为了保险起见，她还将一把干草叉放在手边，防备着熊被她的热水浇淋后气急败坏地爬上来。

当晚，加米特夫人都还没感觉到困，也还没觉得不耐烦，熊就早早地来了。这几天晚上接二连三发生的恐怖事件太可怕，那只白色的小猪心有余悸，吓得都不敢睡觉了，这时，它正在猪圈里绕着圈子。然后，它透过缝隙又看到了那个可怕的黑影。它立刻张开嘴尖叫起来，要知道，这个办法曾经救过它的命。

熊停了几秒钟，用它那只独眼观察着周围的情况。加米特夫人则紧张地屏息以待。但是，当这头熊径直走到了她的正下方开始往猪圈里爬时，她竟然没反应过来。小猪看到敌人来袭，拼命地尖叫起来，加米特夫人听到尖叫声终于回过神来。随即，她将一只包得严严实实的木桶举起，把里面的热水一股脑地倒到楼下。

　　楼下立刻响起一声困惑而又痛苦的哀号，而那只白色的小猪则胆战心惊地缩到了角落里。加米特夫人顾不上细看她的战果，立刻又拿起第二桶水泼了下去。透过白色的水蒸气，她隐约看到那只熊正疯了一般往猪圈里爬，想要躲开热水的攻击。它已经得到了教训，所以，他们之间就算扯平了。但是，加米特夫人决定，要让它牢牢地记住这个教训，所以她把半个身子探出窗外，将最后一桶水浇到了熊的屁股上。熊正扭动屁股顶着墙，想要使劲儿钻进猪圈里。这一次，加米特夫人成功地偷袭了熊，不过她也失去了平衡，尖叫了一声，直直地摔进了猪圈里。

　　不过，即便在这种紧要关头，幸运女神仍非常眷顾加米特夫人。她幸运地掉到了猪背上，更神奇的是，她和小猪都毫发未伤！这个晚上，小猪实在是被吓坏了，加米特夫人的从天而降简直成了压垮它的最后一根稻草，它的精神彻底崩溃了。它猛地从加米特夫人的裙子下面钻出来，开始发了疯似地在猪圈里四处撞击，那股劲儿仿佛要把猪圈和它自己都给撞坏才罢休。

　　尽管呼吸仍有些急促，但是加米特夫人很自豪，因为她知道，自己才是这场比试的赢家。于是，她骄傲地站起来，整理了一下衣服。当她再抬起头来时，发现熊已经逃之夭夭了，更让她惊讶的是，那头小猪还在没头没脑地乱蹿。

　　"可怜的小东西。"加米特夫人自言自语道，"肯定是被热水溅到了，它过一会儿应该就可以冷静下来了。不过，被热水烫到，总要好过被熊撕成碎片吧！"

　　她现在志得意满，这只熊已经得到了教训，应该不会再来骚扰她了。

而别的熊——她仍然认为有不止一只熊来骚扰她——看到这只熊的惨状，应该也不会再有胆子过来偷吃了。这结果大大超出了她的预期，简直可以说太好了。

那只熊身上疼痛难忍，它意识到，自己之前那些关于女人的想法全都是错误的，它决定离加米特夫人的地盘远远的，于是去了一个更为荒芜的地方捕猎。它的毛发因这次受的烫伤掉了很多，以至于它此后的很长一段时间里都自卑得抬不起头来。当然了，这些都是后话。

在接下来一个星期里，再也没有野兽在晚上来袭击牲畜棚或是鸡窝了，花园里也再没出现过熊的足迹。加米特夫人终于放了心——她成功地保卫了自己的领地。所以，她又有享用冷藏的鸡肉的心情了。

然后，她选择了一个天气晴朗、轻风吹拂的早晨，高高兴兴地去将枪还给了乔·巴伦。

乔·巴伦饶有兴趣地询问道："事情处理得怎么样了，加米特夫人？"

"可恶的熊全都被我赶走啦，巴伦先生！"她骄傲地答道，"不过你的枪没怎么派上用场，我是用开水将它们赶走的。由此可见，开水才是最佳武器！"

乔·巴伦说道："不过，我这把枪还是或多或少帮上了点忙吧！"

加米特夫人的表情突然变得有些尴尬，她说："巴伦先生，无论如何，我都要谢谢你把枪借给我，你是一片好心。所以，我也要奉劝你一句，万万不可太依赖这把枪，否则你一定会后悔的——因为这把枪打中的或许并不是你瞄准的目标啊！"

加米特夫人的鸡蛋

"巴伦先生，我这次是来找你问些事儿的，可不是来找你借枪的。"

加米特夫人很少露面，每次都出现得很突然。虽然乔·巴伦已经有一个多月没有见到她了，但对她这种未见其人先闻其声的出场方式，他却早就习惯了。

"加米特夫人，你可真是稀客啊！哪怕你就是来借枪的，我也会毫不犹豫地借给你呀。你想问什么就尽管问吧。不过，还是先进来坐一会儿，好好凉快一下吧。外边的太阳那么大，可不是说话的好地方呀。"

加米特夫人也没跟他多客套，爽快地跟在他身后走进了厨房，一屁股坐在了板凳上。她把那顶软软的粉色棉质太阳帽摘下来，又用身上那件印花连衣裙的袖子擦了擦自己红扑扑的脸上的汗水。天气如此潮湿，她在正午的大太阳下走了整整九英里，早就热得浑身是汗，那头灰色短发乱糟糟地直立着，露出了她满是汗水的额头。

巴伦先生坐在桌子边，长长的双腿伸直，静气凝神地抽着他的黑杰克烟草，不时地向窗外吐一口烟沫子，耐心地等着加米特夫人开口。

加米特夫人的性格粗犷，一如她的外表。她非常自信，一旦受到质疑，甚至会有些暴躁。她非常清楚，自己是很有能力的，因为她尽管没有男人保护，但仍好好地活了六十年。虽然她从未结过婚，不过大家还是称她为"夫人"——这有两个原因，一个是她年纪大了，还有一个是她的人品值得大家尊敬。面对那些胆敢违逆她的人，她总是傲气地扬高鼻子，像是在嘲笑他们的愚蠢。

不过今天的加米特夫人却有些特别，她身上那种自信的气质不见了，变得有些迷茫。这让乔·巴伦有些惊讶——因为这对于这样坚强的女人来说简直就是天方夜谭。

加米特夫人之所以会这样，是因为发生了一些让她不能理解的事情。要知道，她向来认为自己了解蛮荒森林的一切，就连别人觉得无法理解的东西，她都能找出一个合理的解释。所以，她对自己充满自信，一直以来也都很依赖自己的理智，当然，她的理智也从未让她失望过。但这一次，她发现自己实在是束手无策了，因为她遇到的情况简直让人毛骨悚然。

每一个住在蛮荒森林里的人都非常有耐心，乔·巴伦也不例外。对这个老印第安人来说，时间并没有多重要。就算是这样，他也始终如四季更替一般守时，从来不会迟到。

加米特夫人摇动着那顶太阳帽，想将脸上的汗水给吹干。她的眉头紧皱，迟迟没有开口。一只大黄蜂在玻璃上不停地撞着，想要进入屋子，显然，这愚蠢的小东西并不清楚世界上还有透明玻璃这种东西。一只矮小的灰色母鸡顶着红红的鸡冠踱到了小屋门口，吃惊地看了加米特夫人一眼，又慌慌张张地跑了回去。它要去警告其他母鸡，厨房里多了个女人。因为对于这些鸡而言，这就代表着它们再也不能跑到厨房去捡剩饭吃了，因为它们的祖先就是这样被女人无情地从厨房里赶走的。

求助别人对于加米特夫人来说是件为难的事儿，不过，她最终还是艰难地开口了。

"巴伦先生，你对林子里的动物应该有深入的了解吧？嗯，或许，知道得肯定比我多吧？"她满怀希望，却又带着些怀疑地问道。

听到这些，乔·巴伦惊讶地扬了扬眉毛，回答道："呃，如果说我一无所知，我也没有可能在林子里活这么久，所以我或许是知道一些的吧！"

"这样啊，那你知道的应该比我多了！"加米特夫人点点头。接下来，她的表情更加严肃了，加了一句，"而且见过的怪事儿应该也比我多！"说完，她就又不说话了，沉默地着拿起帽子，又开始扇风。显然，现在她的脑子里都是所谓的"怪事儿"。

"希望你没遇到什么大麻烦。"乔·巴伦小心地说道，他想要分散加米特夫人的注意力，让她不要有太大的压力。

不过，他却不知道自己说错了话。

"没遇到大麻烦？"加米特夫人跳起来嚷着，"巴伦先生，如果没遇到大麻烦，你觉得我会大中午的走上九英里路，跑来找你出主意吗？"说完，她就有些后悔自己不应该大老远跑来。果然，男人的脑子都有些不好使。

听到这话，乔·巴伦难免有些尴尬。他赶紧把手举起来，掩饰住唇边的那一抹难堪的笑。

"女人怎么这么容易大惊小怪！"他嘟囔着，"不过，她这样的性格倒也挺招人喜欢的嘛！"

他对女人向来都很有耐心，所以，他仍是好言好语地说道："加米特夫人，你能到我这儿来找我出主意，我感到十分荣幸。要不，你先说说出了什么事儿吧，说不定我真能帮上你的忙呢？"

听了这话，加米特夫人心里好受了一些，连忙说道："最近这一个月，我家的鸡蛋总是神秘丢失。现在，只要一听见母鸡咯咯哒地叫，我就冲出去，可每次都看不到小偷的影子。真不知道那是什么东西，动作这么快！"

说完，她期待地看着乔·巴伦，历尽沧桑的老脸上露出渴望的表情。如果不是发生了这么奇怪的事情，她也不会跑来向一个男人寻求帮助了，男人通常都对女人说的话不以为意。

"哦！原来是这样呀！"乔·巴伦听了她的话之后，心里一下子放松了不少，毕竟，这并不是什么人命关天的大事儿。不过他仍旧认真地问道，"我们先从问题的源头说起吧。加米特夫人，你确定那群母鸡下蛋了吗？"

听了这话，加米特夫人的表情顿时凝固了。

她大声质问道："我看上去像是连这种事都不知道的人吗？"

乔·巴伦连忙安抚道："不不不，我只是多问一句罢了！""你这么一问，我突然觉得自己好像什么都不知道！"加米特夫人显然感觉很受伤。

"怎么可能呢！"乔·巴伦赶忙大声说道，"大伙儿都说，如果这世界上还有什么事儿是加米特夫人不知道的，那这件事情肯定是顶不重要的！"

"得了吧，巴伦先生，你这么一说我脸都要红了。"话虽这么说，她还是有些高兴的，"我知道自己的脾气有些暴躁，真是不好意思。只是，我确定我家的母鸡一直是下蛋的。发现鸡蛋失踪以后，我就去看过它们。它们下蛋的时候只要是我在旁边，就能将所有的鸡蛋收回来。但一旦我不在旁边，鸡蛋就全没了。总不会是，它们只有我在旁边的时候才生得了蛋吧！"

"会不会是母鸡下了蛋后把蛋都吃掉了呢？这种事儿我倒是听说过！"乔•巴伦若有所思地说道，顺便把一口烟沫子吐到窗外。一只正躺在院子里的木桩上晒太阳的猫被吓了一跳，气恼地瞪了屋里的人一眼，然后开始爱惜地清理自己被弄脏的毛。

"我家的母鸡肯定没这么做！"加米特夫人坚决地说道，"我以前也觉得是这样，但是我偷偷观察过，它们没耍什么花招，就和一般的母鸡一样，一下完蛋就边跑边咯咯哒地叫。"说完，她失望地垂下了脑袋，"看来你也想不出什么好主意，我还是走吧。"

"别急呀，我要将不可能的情况排除，才能分析出最有可能的原因啊！"乔•巴伦解释道，"刚刚听你这么一说，我已经得出结论了。最乐观的情况是，你碰上了一只黄鼠狼，这小东西虽然动作快，还很狡猾，但还比较好抓。如果是狐狸的话，就有点儿难办了，小狐狸又可爱又机智，要抓住它可是很困难的。如果不是黄鼠狼，也不是狐狸，那就是最坏的情况了——你碰到的是最难对付的臭鼬。通常情况下，臭鼬根本不会这么鬼鬼祟祟的，因为人类一碰到它们，它们就会自动躲得远远的。可是你家这只臭鼬行踪居然这么诡秘，那说明它非常聪明。所以，就更加难以对付了。"

"天呀，你的推测也太不靠谱了！"加米特夫人无比同情地说道，她没想到乔•巴伦对林子里的动物的了解居然还不如自己，"我也怀疑过是黄鼠狼、狐狸，甚至是土拨鼠，可是我在附近找了一圈，根本就没找到它们留下的痕迹。至于臭鼬，巴伦先生，如果真是臭鼬来偷鸡蛋的话，我看不到它，难道还闻不到那股味儿吗？我又不是没长鼻子！"说完，她嘲弄地抽了抽鼻子。

"加米特夫人，我当然知道你长了鼻子，并且你的鼻子肯定是天底下最好看、最灵敏的！"乔·巴伦连忙说道，"可是你得知道，不遇到危险，臭鼬是不会放出那股臭味的啊！"

听了这话，加米特夫人依然没有完全信服，而是怀疑地问道："真的？"

乔·巴伦说道："当然是真的！臭鼬只要不放屁，你是闻不到臭味的。"

"好吧，"她说，"甭管臭鼬有没有臭味，我都清楚那并不是一只臭鼬！"

乔·巴伦整个人都愣住了。显然，他并没有料到加米特夫人会如此无理取闹，他开始怀疑，自己是不是高估了这个女人的智商。

"加米特夫人，那我确实给不出什么更好的意见了。"最终，他决定放弃，她这个忙自己真的帮不上。

但是，加米特夫人并不想就这样离开，而是有些兴奋起来。她凑近乔·巴伦，神神秘秘地低声说道："我有个猜测，虽然我还没确定，但有没有可能是……"说到这儿，她故意停了下来。

"可能是什么？"乔·巴伦果然上钩了，好奇地问道。

"豪猪啊！"见乔·巴伦没有想到，加米特夫人得意地说道。

乔·巴伦没有说话，也没有任何表情，可是他的沉默却引起了加米特夫人的不安。

"怎么就没有可能是豪猪呢！"她的表情变得很严肃，巴伦先生必须给她个合理的解释。

"的确，加米特夫人，我觉得，极有可能就是豪猪把你的鸡蛋偷走了，不过也说不定是大黄蜂偷走了呢！"乔·巴伦问道，"你真的觉得有这个可能吗？"

面对巴伦先生的嘲讽，加米特夫人满不在乎。

"好啊。"她说道，"你倒是跟我说说，怎么就不可能是豪猪了？我昨天还在牲畜棚后面看到了一只大豪猪呢。而且，你所说的黄鼠狼啦，狐狸啦，还有臭鼬，我可是从来也没见过，巴伦先生，你哪儿来的自信呢？你怎么就这么肯定，不是一只豪猪呢？"

"有豪猪在你家附近徘徊，并不能代表就是它偷了你家的鸡蛋啊。"乔·巴伦解释道，"豪猪那口牙根本就咬不开鸡蛋壳，所以它根本就不吃鸡蛋。豪猪喜欢的是自己能嚼得动的东西，比如，云杉嫩嫩的树枝，这种食物可以让它的肌肉变得更发达。所以，加米特夫人，豪猪是绝不可能偷你的鸡蛋的，这一点你绝对可以相信我。我越想越觉得是一只黄鼠狼，这种动物绝顶聪明，偷起蛋来可是不会轻易让你发现它的行踪的，所以，你要抓住它可是非常不容易的。"

就在乔·巴伦滔滔不绝地发表自己的意见的时候，加米特夫人更加肯定自己的结论，并觉得乔·巴伦完全是把自己当成了个傻瓜。她认准了是豪猪偷的鸡蛋后，就恢复了自信，开始摩拳擦掌，想着该怎么抓住这个小偷。所以，她并没有浪费时间再同乔·巴伦争论，而是装作听进了他说的话，想问问他怎么设陷阱。

"巴伦先生，"她假装认同了他的说法，谦虚地问道，"那我该怎么抓住这些黄鼠狼呢？"

看见加米特夫人终于找回了理智，乔·巴伦高兴地回答："这倒不难！我借给你三个自制的捕貂陷阱。你的母鸡在哪儿养着呢？牲畜棚？墙上应该有洞吧？"

"当然了！"加米特夫人回答道，"不然偷蛋贼是从什么地方进来的，总不能是肆无忌惮地从正门进来的吧！"

"当然不可能。"乔·巴伦赶紧表示赞同，"你就将这三个陷阱塞到洞里就可以了。不过，加米特夫人，一定记得不要在陷阱上面放诱饵。因为你一旦这么做了，黄鼠狼肯定会产生怀疑。你就弄些干草铺在陷阱上，把它盖住就行，最好再撒上点儿垃圾，这样看上去就没什么可疑的地方了。你按照我说的去做，肯定能抓住偷蛋贼的。我这就去给你拿陷阱，然后教你怎么用。"

看完乔·巴伦的演示后，加米特夫人带着三个钢制陷阱回了家，她边走边自言自语道："等着瞧吧，乔·巴伦。等我把偷蛋贼抓住，你就会知道，我说的才是正确的。明明是豪猪，还非说是什么黄鼠狼。"

加米特夫人一走进家门，所有家禽就都吵吵嚷嚷地迎了出来。它们疯狂地叫着，一个个都伸着脖子盯着牲畜棚，好像在告诉她那里有什么奇怪的东西。加米特夫人赶忙快步跑了过去，牲畜棚里什么也没有，可是地上却一片狼藉。鸡窝外有一只碎了的鸡蛋，蛋液流了一地，还有一些散落的鸡毛被蛋液粘在了地上。很显然，这里曾经发生过一场激烈的战斗。加米特夫人虽然怒火中烧，但她还是按捺住自己的脾气，把地上的鸡毛捡起来，仔细查看着，想弄清楚这属于哪只鸡。

"我的天哪！"得出结论后，她不禁发出一声惊叫，"这只老公鸡实在是太冲动了，为了几个蛋竟然和豪猪打了一架。可怜的老家伙，幸好没被豪猪的刺扎到！"

　　突然，她想起了什么，迈开大步跑到牲畜棚后面，脚砸在地上咚咚直响。她想出其不意地把敌人抓住。当然，她的一举一动可没丝毫达到"出其不意"的效果，一只正藏身在樱桃树上的鸟儿抬起头来讽刺地看了她一眼。加米特夫人的性格本就如此，总是未见其人先闻其声，这次也不例外。在篱笆另一头的铁杉树顶上有一个圆圆的、黑色的小家伙，它正挑衅地盯着加米特夫人。看到突然出现的加米特夫人，它没有一点兴趣，索性低下头一心一意地继续做自己的事情。只见它灵巧地爬到高处的一根树枝上，抱着鲜嫩的枝条啃了起来。

　　"啊！果然被我说中了！我就知道肯定是一只豪猪！"加米特夫人高兴地大声喊道，好像是要让九英里外的乔·巴伦也听到一样。可是，她发现树顶的小东西对她的到来没有一点儿反应后，脸被气得通红。她弯腰捡起一块拳头大的石头，拼尽全气，砸向树上的豪猪。

　　通常情况下，她肯定不会这么做的。倒不是因为觉得这样做很野蛮，而是因为她的准头向来不太好。此时，她已经被气得头昏脑胀，准头变得更差了。石头都没有挨近豪猪，就更别说砸中它了，那只豪猪仍旧悠然地啃着铁杉树枝。更让加米特夫人生气的是，她扔出去的那块石头砸到了一根矮一些的树枝，然后树枝又将石头弹了回来，结果重重地砸到了她自己的脚趾头上。

　　她痛苦地大叫一声，连忙用双手抱住受伤的脚，一条腿蹦着，往后退了好几步。这一下砸得非常重，加米特夫人现在是又疼又怒，像个气球一样，快要爆炸了。这个时候的豪猪倒是不啃树枝了，它仰着脑袋，注视着这个奇怪的女人，真不明白她为何要一边尖叫，一边抱着脚转圈。

加米特夫人看到它这个样子，气得头发都竖起来了。

她咬牙切齿地说道："你觉得自己非常聪明，是吧？你等着，等你落到我手里，你就该后悔自己没多长一个脑袋了！等着瞧吧！"说完，她转过身一瘸一拐地回了屋。厨房的炉灶后有一把巨大的褐色茶壶，壶上遍布黑红色的铁锈——都能将一头驯鹿雪白的屁股染成黑色的了。水还是吃早饭时烧的，早就冷了，加米特夫人又重新烧了一次，她一连喝了五杯加了蜂蜜的茶，心情才稍稍好了一些。

当天傍晚，太阳已经沉到了地平线下，只剩下淡紫色的晚霞在天边飘浮，叮叮当当的牛铃声沿着昏暗的沼泽边不停地传回来，这是她的两头奶牛回家了。将奶牛安顿好后，她按照巴伦先生教的法子，将陷阱悄悄放在了牲畜棚地基下的木头间——这些木头之间都留有空隙，有的甚至能容下一只熊，当然，是体形较为娇小的熊。她选定了其中三个大小刚好让豪猪钻来钻去的空隙，将陷阱一一放好、拴牢，然后，又小心翼翼地将干草和垃圾盖在上面。

做完这些后，她满意地自言自语道："非常好，根本看不出来有陷阱嘛！"然后，她回到屋里把晚上该干的活儿干完后，就安心地睡着了。她坚信，第二天一起床就能看到落进陷阱里的豪猪。

加米特夫人虽然喝了很多茶，但她的心情不错，所以很快就睡熟了。然而，就在她昏昏沉沉即将彻底进入梦乡时，院子里的一些奇怪的响动传到了她机警的耳朵里，她不耐烦地抽了抽鼻子，从床上坐了起来。这声音听上去像是用什么在锯木头，难道是有什么动物晚上偷偷跑来，好心地帮她劈柴吗？但她马上就意识到这个想法不切实际，她揉了揉眼睛，来到窗边，想看看究竟发生了什么。

一轮圆圆的月亮高悬在夜空中，将院子、牲畜棚的屋顶都照得亮堂堂的。两只大豪猪正在院子里肆无忌惮地抱着一只小木盆啃，响亮的咔嚓声在寂静的夜空中回荡着。奶牛时而抬起头来聆听，脖子上挂的牛铃叮当叮当地响着，声音清脆而低沉。

要知道，那只小木盆质量非常好。加米特夫人看见盆子被啃，气得暴跳如雷。她曾经用那只盆子装过咸鱼，白天时，她把盆晾在院子里去味儿，想等到鱼腥味儿散尽以后就用来装过冬用的黄油。她也不知道，豪猪是不是被盆子里的咸味引过来的，但她确定，这些豪猪肯定是故意跑来和她作对，存心要惹她生气的。

她将头上的睡帽一把抓下，边冲豪猪挥舞边大声喊道："走开！走开！"然而，那两只小东西仍不停地啃着，头都没有抬一下，只是静静地竖起了身上的刺，以示它们听到加米特夫人的喊叫了。

这下加米特夫人更生气了，她猛地转过身，咚咚咚地跑下楼，边跑边自言自语道："先是抢走我的蛋，又来啃我的盆子，天知道接下来它们还会干出什么坏事儿！"说到这里，她怒气上涌，赶紧摇了摇头，斩钉截铁地说："我是不会让你们再得到做坏事的机会的！"说完，她开始在屋里四处寻找着笤帚。

要知道，一旦人们想要找到一件东西时，这件东西常常会神秘地失踪。显然，笤帚也不在梳妆台边——它本来应该在那儿的。不过，现在加米特夫人可没工夫到处找笤帚，她顺手拎起一把大勺子——这把勺子原本是用来压土豆泥的——大喊着冲到了月光下的院子里，一心要抢救她的木盆。

她的样子着实有些吓人，通常情况下两只豪猪早就逃之夭夭了。但木盆的味道太好了，所以这次它们反常地留了下来——它们对人类的惧怕是远远比不过美食的诱惑的。它俩不满地抬起头来，瞪着闪着亮光的小眼睛，防备地看着加米特夫人。

豪猪竟然没逃跑，而是愣在了那儿，这是加米特夫人万万没想到的。即便是山猫或者黑熊在她面前，她都不会停下脚步；即便是一个眼冒凶光拿着刀的大男人，她都敢飞身而上给他一巴掌。但豪猪却不同，因为她对这种东西真是一无所知。

她认为，豪猪身上的尖刺会像箭一样射出来，最远射程应该能达到十英尺。她都能想象得出自己好似针垫似的全身插满刺的样子，因此她在距豪猪十一英尺远的地方猛地停下了，将手里的勺子用力扔向它们。只见勺子在夜空中划了一道美丽的弧线，飞过畜棚的房顶不见了。看到她没什么动作，两只豪猪低下头又开始大啃起来，而她只能干瞪眼，拿它们一点儿办法也没有。

看着豪猪一口口地啃着木盆，她的眼泪不禁夺眶而出，从那饱经风霜的脸颊上滚下。她无力地向后退了两步，一屁股坐下来想自己到底应该怎么办。

尽管眼前的情况非常棘手，但加米特夫人这个人可不会轻言放弃，她静静坐了一会儿后，心情平复了，理智也恢复了。

"真是见鬼了！"她低声说道，"怎么越是瞄准就越不能命中目标，反而是不经意间就能打中呢！算了，多扔点东西吧，总有什么东西能砸中这两只豪猪的！总不可能有什么神秘力量能帮它们百分之百闪避扔过去的东西吧。"

木柴堆就在附近，这是她以前砍好用来烧火的，所以木头的大小刚好。她这次不再刻意瞄准，而是装作要将这堆木柴扔到另一个地方，重新把它们堆起来。在豪猪啃木盆的声音中，她噼里啪啦地将手边的木柴全都扔了出去。没一会儿，小木盆周围就落满了木柴。

效果还挺好，豪猪果然停了下来，抬着小脑袋不安地看着四周，而不再啃木盆。一根木柴精准地落到了小木盆里，两只豪猪受惊往后退了一步，疑惑地回头看着。另一根木柴砸中了小木盆的侧面，像活物一样弹开，狠狠打中了其中一只豪猪，它被打得往后滚了好几圈。只听它尖叫了一声，身上的刺都平了，然后它蠕动着肚皮站起身来。这下，它的体形看起来小了许多，黑糊糊的，就像是只浑身湿透的母鸡。这下，加米特夫人心满意足地笑了起来。

"这下有点难受了吧！"她低声笑着，将手里的木柴一根根地"嗖嗖"扔了出去。当然，并不是所有的木柴都飞向了她预期的方向，不过仍有许多落到了木盆附近，将豪猪赶离了木盆。那只被打中的豪猪已经顾不上脸面了，它像只受了惊的老鼠一样缩成一团，飞快地跑走了。另一只尽管并没有被漫天的"木柴雨"吓到，但也不想再留在这儿了。于是它竖着满身的刺，慢慢往后退去。加米特夫人兴致正浓，也不管瞄准不瞄准了，所以尽管豪猪身边都是散落的木柴，却没有一根砸到它身上。不过，它还是不假思索地消失在了牲畜棚后面。

加米特夫人甚至有些恋恋不舍地看着两只豪猪从自己的视野中消失了。

"太可惜了，还没真的吓到你们。"她干巴巴地说道，"你们说不定还会不要命地回来，然后掉进我的陷阱里。但是，你们别想再靠近我的小木盆半步，休想！"说完，她走进院子里，捡起小木盆。盆子已经被豪猪啃得不成样子了，边上的木板被咬出了两个大洞，而她扔的木柴也将盆底给砸烂了。但她仍固执地带着盆子回了厨房，因为就算将盆子劈烂了当柴火烧，她也不愿意留给豪猪当食物。

那天晚上，加米特夫人睡得很踏实，后来再也没有什么奇怪的声音打扰她安睡。她起来的时候，听见一阵牛叫声从牲畜棚里传出来，这是奶牛着急地叫她去挤奶。此外，还有吱吱的叫声和动物撞在壁板上的声音。加米特夫人猛地清醒过来，衣服都没穿好就冲了出去，她觉得，肯定是有豪猪被陷阱抓住了。

出乎她意料的是，被陷阱抓住的不是豪猪，也并非狐狸，甚至也不是黄鼠狼，而是她那只红顶母鸡。它直直地倒进了陷阱里，两只翅膀耷拉着，显然是挣扎得疲惫不堪了。她赶紧把母鸡抱了起来，将它那条被紧紧夹着的腿解救了出来，然后将陷阱从牲畜棚里扔了出去。陷阱掉到地上弹了两下，掉到了泔水槽里。将陷阱扔出去后，她才觉得好受了些，开始仔细检查母鸡的腿。可惜，那条腿已经彻底断了，估计以后也接不好了。

"往后可别再自己往陷阱上撞了！"加米特夫人同情地说道，"可怜的小家伙，这陷阱可并不是为了抓你啊！可怜，太可怜了！你是只好母鸡，那么卖力地下蛋，怎么就这么不幸呢！"随后，她将受伤的母鸡放到劈柴用的砧板上，毫不犹豫地宰了它。

过了半小时，加米特夫人拎着满满一桶牛奶回来了。这回，她又听到见了牲畜棚里传出来的奇怪动静。不过她并未急着跑过去，因为她担心桶里的牛奶洒出来。

"反正不管是什么被夹住了，都跑不掉了！"加米特夫人很理性地安慰着自己，然后将牛奶拎进了冷藏室。她放下牛奶后，就赶忙转身冲向了牲畜棚。她听见有只母鸡在牲畜棚里得意地咯咯叫着，看见鸡窝里有一枚雪白的鸡蛋，不过这些都没使她停下脚步。

她走进牲畜棚后，一眼就看到了一只小小的棕黄色动物——黄鼠狼。它长着个尖尖的三角形鼻子，眼里燃烧着怒火，猛地向她扑了过来，让她不自觉地往后退了一步。不过，她很快就怒吼一声，大步冲上前，一脚踹了过去。虽然这一脚踹了个空，但还是碰到了那个胆大妄为的小家伙，它敏捷地一侧身，滑到了牲畜棚的门槛下，然后逃之夭夭。

她正要去检查另外两个陷阱的时候，又跑出了另外一只黄色的小动物。和第一只相比，它的个子要大一些，不过仍十分瘦小。只听它怪叫一声，向她扑了过来，差点儿挠到她的脸。但幸运女神一直是眷顾加米特夫人的——这个小东西的两条后腿被陷阱牢牢地夹住了，所以它在马上就要挠到加米特夫人的脸时被陷阱硬生生拽了回去。

加米特夫人惊怒交加，狠狠地给了它一脚，小东西在地上缩成了一团，像条打了结的蛇一样。它被夹住了，所以躲不开加米特夫人的突然袭击，可是它却愤怒地抱住加米特夫人那双厚厚的牛皮靴死命咬了下去。加米特夫人没料到它还有这一招，被咬住的瞬间她跳了起来，想要向后退，却不知被什么绊了一下。

只听她尖叫一声，四仰八叉地倒在了地上，裙摆高高扬起，然后落下来罩住了她的脸。而那只黄鼠狼仍紧咬着她的靴子不放，这巨大的力量把陷阱上的绳子扯得松动了。黄鼠狼有了活动的余地，赶紧带着陷阱从加米特夫人的脑袋上跳过去，随后狠狠砸到了猪圈的墙上，小猪吓得厉声尖叫起来。

　　加米特夫人很生气也很难堪，她七手八脚地爬起来，一把将裙子压下去，扫视了一下四周，想看看都有谁看见了她那尴尬的一幕。显然，这牲畜棚里只有她一个人，并没有其他人在场。她松了口气，低头看了看那罪魁祸首。黄鼠狼一动不动地在地上躺着，看起来已经死了。但她知道，这些小东西非常狡猾，所以她觉得自己还得谨慎些。她用干草叉小心翼翼地将黄鼠狼和陷阱一起挑了起来，带出牲畜棚，扔进了小屋墙角那个盛雨水的木桶里。那黄色的尸体在木桶底部晃动了两下，就再也不动了。

　　看着死去的黄鼠狼，加米特夫人迷惑不已，难道乔·巴伦的意见是正确的？真的是黄鼠狼偷走了她的鸡蛋？不过她很快就摇了摇头，乔·巴伦不可能事事都对！偷走鸡蛋的只有可能是豪猪，这些黄鼠狼可能是误打误撞踩到陷阱的！

　　"我要抓的可不是你！"她执拗地对着木桶里的尸体说道，"我要抓的是那些该死的偷蛋贼——豪猪！不过，你也不是什么好东西，我把你收拾了也好，免得你以后再跑来和我作对。"

　　加米特夫人心情好了很多，她急忙去做她早上该做的事儿去了。因为错过了早饭时间，所以她只是喝了几杯加了蜂蜜的茶。在确定木桶里的黄鼠狼的确死了之后，她把尸体上的陷阱取下来，又重新设置好，放回到了牲畜棚底下。她找了很久，才在泔水桶下面找到了被她扔出来的另一个陷阱。这个陷阱并没有坏，所以她小心翼翼地把它取出来，擦洗干净后放到了一边，准备到时一块儿还给巴伦先生。她决定不再使用这个陷阱。实际上，如果可以，她都想将这个陷阱砸个稀巴烂，因为就是这个陷阱把她那只红顶母鸡害死了。

她低声抱怨道："这陷阱明明是要抓豪猪的，居然把我的母鸡害死了，真是太不靠谱了！"

这个夏日的早晨平静地过去了，奇怪的事情再也没有发生。午后，加米特夫人在花园里干活儿，虽然花香满园令人陶醉，但蜜蜂不停在她耳边嗡嗡声却让她有些烦躁。每过半小时，她就会放下手里的锄头，满怀期待地冲进牲畜棚去检查陷阱。可是，陷阱里什么也没有，母鸡们也没有被骚扰。那天下午，加米特夫人收获了七只热乎乎的鸡蛋。

到了傍晚，无论是黄鼠狼还是豪猪都没再出现。加米特夫人非常憋闷，她不喜欢拖拖拉拉，所以她非常希望在睡觉之前就将偷蛋贼的事儿处理完。挤完牛奶，一个人吃完简单的晚饭后，她就坐在厨房门口仔细思考起眼前的情况来。

她的逻辑很清晰，认为自己现在需要做的，就是用从乔·巴伦那儿借的陷阱抓住一只豪猪，这样她就能向他证明——的确是豪猪把鸡蛋吃了！至于黄鼠狼嘛，黄鼠狼曾经出现过这件事她并不打算说，因为这样只会让他认为自己说对了。而对于黄鼠狼一死，她就收获了七个鸡蛋这件事，她也给出了自认为合理的解释——肯定是豪猪看到了黄鼠狼的下场，所以吓得不敢来偷鸡蛋了。不过，她仍打算给豪猪点儿教训，所以，她已经急切地想要看到——第二天早上一只豪猪被陷阱夹住了。不过，豪猪也极有可能不上当。想到这儿，她赶紧站起身来，从厨房后面拿出那个破烂不堪的小木盆，把它放在了小屋窗下的墙边。

一开始，她还没想明白是为了什么。但一想到昨晚的胜利，她就醒悟过来，原来，小木盆可以充当诱饵。只要豪猪敢来，她就要好好收拾收拾它们。因为有上次的经验，她马上就想到要用开水当武器。趁着豪猪全神贯注吃木盆的时候，当头浇下一大桶滚烫的热水，效果肯定很好。毕竟，和向一个无知的男人证明自己相比，除掉敌人才是第一等的大事。管乔·巴伦怎么想呢？

可是她仍有些不确定，万一他说的是对的呢？她并非不相信自己是对的，只是做一个假设，万一的确不是豪猪偷了她的鸡蛋呢？那她把开水倒在它们身上，将它们身上的刺全都烫掉，是不是太过分了呢？加米特夫人实际上是个好心肠的人，她突然觉得，这样做难免有些太残忍。

"如果确实是你们把我的鸡蛋偷走了，"她若有所思地自言自语，"那用开水烫你们，就一点儿也不为过！但如果你们没偷我的鸡蛋，只是把我的老木盆啃坏了呢，那用开水烫你们，就的确有些过分了！"

思来想去，她最终决定用那只锡盒子里的胡椒粉，放弃了热水。

夜幕徐徐降临，院子里很快就暗了下来，加米特夫人耐心地在打开的窗户前坐着，一动也不动地盯着院子里的木盆。月亮慢慢地爬到了远山上的树顶，夜晚，一片寂静，荒野的呼吸声显得越发神秘，这种声音对每一个在林子里生活的人而言都不陌生。加米特夫人静静地坐在那儿等待着，苍白的月光照在她脸上，她那满含期待的表情都凝滞了，整个人都像是一尊雕像。时间一分一秒地过去，月光从牲畜棚的屋顶爬下，越过高墙，现在，唯有院子仍是黑糊糊的一片。终于，屋子后面有两个鬼鬼祟祟的黑影慢吞吞地跑了进来。

加米特夫人一下屏住了呼吸。没错，来的就是那两只豪猪。它们好像已经忘了之前受到的袭击，径直从院子中穿过，来到了屋子前，一屁股坐下开始啃食美味的木盆。两排尖利的牙齿咬在木盆上，奇怪的嘎吱声回响在夜空中。

加米特夫人悄悄举起右手，动作非常慢，即便最机敏的动物也不会察觉，她的右手里正握着那个胡椒粉盒。她把胡椒粉盒举过窗台，而那两只豪猪丝毫没有察觉，仍然埋头啃着木盆。加米特夫人正要把胡椒粉撒下去，突然看到又有一个鬼鬼祟祟的身影跑了过来，她赶紧重新握紧了手里的盒子。她一动不动，连呼吸声都很难让人察觉。此时，小院沐浴在月光下，所以她能清楚地看到，第三个黑影竟然是一只大野猫。野猫蹑手蹑脚地跑过来，想看看豪猪吃的是什么。

看见两只豪猪无所顾忌地大声啃着木盆，野猫也放松了警惕，想当然地认为四周没有危险。野猫看了看加米特夫人一动不动的头和右手，以为这无非是一棵奇怪的树。只要加米特夫人轻轻动一下，野猫就能发现她。野猫轻快地爬着，豪猪看见有动物靠近它们，连忙把浑身的尖刺竖起来以示警告。不过它们并没有其他的动作，因为，它们仍啃着木盆。野猫停在离豪猪五六英尺的地方，伏在地上，眼睛里闪烁着狡诈的光芒，鼻子剧烈地抽动着。让加米特夫人感到有些遗憾的是，豪猪并没立刻把身上的尖刺发射出去，将野猫变成野刺猬。

野猫碰到过不少豪猪，所以知道跟它们战斗是得不到好处的。它之所以跟过来，只是想看看它们吃得这么起劲，到底是在吃什么。看着它们专心致志地啃着木盆，野猫偷偷向前爬了几步，用力一嗅，没错，这是鱼的味道！它可是一只名副其实的猫，所以对鱼怀着最最真诚的热爱——就算是咸鱼，对于它来说也是无法抗拒的诱惑。它小心翼翼地又往前爬了一步，期望可以把豪猪吓跑，可惜豪猪们只是抬起了头，将鼻子藏进了两条前腿中间，在木盆边滚成了一个刺球儿。

野猫停下脚步，有些不知所措，那条不过三寸长的短尾巴愤怒地微微抽动着。在它这个位置是看不到盆子里的情况的，它只能闻到盆子上那浓郁的咸鱼味儿，所以，它贪婪地抽动着鼻子，嗅着这股好闻的气味，闻得着却吃不着，这让它更加恼火了。不过它知道，只要它有胆量再往前走一步，豪猪就会把它给刺个半死。

美食当前，一只馋嘴的野猫什么事都能做出来。而此时的加米特夫人已经失去了耐心，她觉得再看下去只会浪费时间。于是，她轻轻地转了转手腕，把胡椒粉盒子倒了过来，还轻轻抖了抖。野猫的两只眼睛注视着那只木盆，没有发现什么异常。然而，加米特夫人在月光下却看得很清楚——一团胡椒粉雾慢慢地在没有风的空气中沉了下去。

突然，野猫用爪子把鼻子捂住，向后退了几步，长满了毛的脸狠狠抽搐了起来，像是想起了什么令它非常痛苦的事情似的。紧接着，它开始不停地打喷嚏，疯狂地向外吐着口水。这时的它已不仅仅是生气了，还很惊恐。看见它手忙脚乱地抠鼻子捂眼睛，加米特夫人差点儿笑出声来。她费了很大的力气才憋住不笑，然后又倒了一些胡椒粉下去。

野猫已经被熏得头昏脑胀了，它大叫一声转身逃走了。只见它穿过院子，慌不择路地直接撞到了手推车里。手推车被它压得沉下去，翘起的车把打到了它身上。它还以为有个活物在袭击自己，慌忙伸出四只爪子疯狂地挠着。等它稍稍冷静些后，气急败坏地冲着手推车大叫一声，吐了口口水，灰头土脸地跑了。

那两只豪猪起初并没有受到胡椒粉的影响，因为它们已经把鼻子藏起来了，滚成了个球。可是现在，胡椒粉还是从刺与刺之间的缝隙中钻了进去，眼尖的加米特夫人看见它们身上的刺突然抖了起来。

根据自然的法则，任何豪猪在面对危险时都会缩成一个球。但这次却不同，因为强烈的胡椒气味刺激得它们直想打喷嚏。而一打喷嚏，它们的身体就会伸展开。两只豪猪竭力地控制着自己，然而，最终它们的努力还是失败了。随着啪的一声脆响，一只刺球猛地打开，然后不停地打着喷嚏。另一只又坚持了一会儿，但最终也不是可怕的胡椒粉的对手，也伸展开打起喷嚏来。

加米特夫人将脑袋探出窗外，笑得上气不接下气。两只顽固的豪猪没有连滚带爬地逃跑，而是慢慢地向院子外面挪动，每挪几英尺就要停下来打个喷嚏。加米特夫人笑得眼泪都要流出来了。等到两只豪猪跑远了之后，吹来一阵风，一些残余的胡椒粉被吹进了她的鼻孔里，害得她马上就打了个惊天动地的喷嚏。她一下变了脸色，连忙把身子缩回屋里，一把关上了窗户。

"可能是感冒了吧。"她喃喃自语着，"在这个季节，大晚上的待在外面，就是容易着凉！"

等到她把鼻子的问题处理好后，豪猪早就跑远了，就连喷嚏声也听不见了。

第二天，无论是黄鼠狼、野猫还是豪猪都再没出现，加米特夫人终于把所有的鸡蛋都拿回来了。到了周末，她把三个陷阱清理干净，然后去还给乔·巴伦，顺便让他知道他错得有多离谱。

"巴伦先生，给你。"她把三个陷阱递出去，"我欠你个人情。只是，有个陷阱可不怎么好用呀。"

乔·巴伦接过陷阱，好奇地问道："哪个？"

加米特夫人回答道："就是绑着绳子的那个。"

乔·巴伦仔细检查了一下那个陷阱，问道："怎么不好用呢？好像没什么问题呀！"

"真的不好用啊！我也只能告诉你这么多了！你可要相信我啊！"加米特夫人并不想多解释什么。

"好吧，加米特夫人，你说什么我都信。"乔·巴伦彬彬有礼地点点头，问道，"另外两个应该好用吧？你抓到什么了？"

"嗯，的确是抓到了一只大黄鼠狼。"加米特夫人昂着头看着他。

乔·巴伦的脸上挂上了一个大大的笑容。

"我没猜错吧，"他高兴地说道，"真的是只黄鼠狼啊！"加米特夫人狡猾地笑了，说道："我就知道你会这样说！不过，乔·巴伦，你猜错了，并不是黄鼠狼偷的鸡蛋！"

乔·巴伦好奇地问道："那是什么？"

加米特夫人得意地说："一只野猫，还有两只大豪猪啊！"

"你看到它们偷蛋了？"乔·巴伦的问话里带着些怀疑。不过加米特夫人对他的怀疑视而不见，因为她认定了偷蛋的肯定不可能是黄鼠狼。

"虽然没有被我抓到现形，"加米特夫人回答道，"但它们的确来给我捣乱了，我也教训了它们，让它们好好尝了尝胡椒粉的滋味，所以，它们往后应该不会再来了。它们狂打着喷嚏一直跑进了树林里，声音那叫一个大，我还以为你都能听见呢！它们那副狼狈样真是让人忍俊不禁。从那天到现在，巴伦先生，我的鸡蛋就再也没有丢过了。所以，那些黄鼠狼那么瘦小，根本就抱不动鸡蛋，偷走鸡蛋的怎么可能是它们呀！"

幸运的红松鼠

　　秋光已尽，冬雪未至，整个世界都笼罩在迷雾中，灰蒙蒙的一片。森林里的水池中漂着厚厚的冰块，就像水晶似的，亮晶晶的。不管是耕地上空的云朵，还是草原上连绵不绝的山丘，又或是蛮荒森林里小路上的车辙，都似寒铁一般沉寂。光秃秃的树林里没有一点儿声音，只有从北方吹来的寒风一阵阵地呼啸着。这里死气沉沉的，好像已经被上天遗忘了。

　　突然，一阵轻轻的脚步声从树林中传来，好像有什么东西踏着落叶过来了。没一会儿，一只小兔子出现在树林中，它悠闲地蹦跳着。脚步声刚响起的时候，老枫树下的洞里就探出了一个毛茸茸的小脑袋，脑袋上有一双圆溜溜的大眼睛。此时，这双明亮的大眼睛正紧张地盯着小兔子，想要看看是否有什么敌人跟在小兔子身后。幸运的是，眼下并没有发生什么危险的情况。

　　小兔子不再蹦跳，在距洞口两三英尺的地方停了下来，然后，它坐直了身子，就像是在祈祷一样，那双长长的耳朵前后摆动着，那双呆呆的大眼睛好奇地打量着周围。它坐直身子的时候，感觉到自己毛茸茸的白尾巴下面有个硬硬的东西。它觉得这东西好像并不是石头，于是赶紧趴下身子，想要弄清楚这个硬硬的东西到底是什么。

它将小鼻子伸进树叶堆里，然后用两只前爪将树叶堆扒拉开。原来，一堆山毛榉坚果正藏在下面，坚果的香气浓烈，害得它连着打了好几个喷嚏。突然之间，从枫树下的洞里跳出了一只尖声吱吱叫着的红毛松鼠，它愤怒地向那只温顺的小兔子扑去。小兔子大吃一惊，赶紧在腐烂的树叶上蹦蹦跳跳地逃走了，转眼间就消失在了渺无人烟的林子里。

这终于打破了树林里的死寂。即便入侵者已经跑得不见踪影了，红松鼠愤怒的尖叫声仍然没有停下。只见它晃动着长长的尾巴在树干上跑上跑下，像是要让周围静止不动的树木评评理，一起来谴责那个把它的宝贝翻出来的小兔子。暴怒的松鼠在树干上跑了至少两分钟，终于发泄完怒气后，它小心翼翼地将散落满地的坚果拢到一起，准备找个更安全的地方藏起来。

在藏坚果这件事上，松鼠可是丝毫都不嫌麻烦，反正它有的是时间。只见它捧着一把坚果，跑到五十步开外的一棵大榆树下，认认真真地将一部分坚果一颗一颗地塞进了树干的裂缝中。然后，它带着剩余的坚果来到反方向的空地上，将它们藏到了路边的一块石头下——路过的旅人或许会踩到这块石头，但他们肯定不会想到下面藏着坚果。

正在松鼠全神贯注地藏坚果的时候，一个老农夫慢悠悠地走了过来。他脚上的鞋子很沉重，踩在结了冰的车辙印上发出嘎吱嘎吱的响声，天气寒冷，他的鼻子被冻得通红。

听到脚步声，松鼠赶紧跳到路边的篱笆上，冲着老农夫一边吱吱叫着一边张牙舞爪。老农夫听不懂松鼠说的什么，所以对它的挑衅置之不理，而且有些嫉妒地喃喃自语："这些小家伙，天气这么冷，还能欢蹦乱跳的！"

精力充沛的小松鼠在篱笆上不停地蹦跳，跟着农夫走了大约一百来码，直到亲眼看着农夫离开了它的领地，这才停下来挑衅似地吱吱大叫，警告他不要再回来。在成功保卫了自己的领地以后，红松鼠又回到原来的地方，继续进行它的"藏坚果大业"。除了特意留下的几个坚果，其余的坚果都被它安全地藏起来了。这时，它这才抱起那几个坚果，来到洞口附近的树桩上，准备美美地饱餐一顿。它坐在树桩上可以清楚地看到周围的情况，所以，它放心地用灵活的前爪捧起一颗坚果送进嘴里，而它那双亮晶晶的眼睛也没闲着，还在警惕地观察着四周的情况，以防有敌人突然出现。

将所有的坚果都吃完后，小松鼠挠挠耳朵，像是脚底安了弹簧一样在树桩上跳了两下，然后长长地打了个饱嗝，舒服地伸了个懒腰，准备到枫树根旁的洞里去休息一下。可是，它刚刚跑到洞口就改了主意。这个任性的小家伙转回身，向那棵高大的榆树跑去，只见它径直爬上了高高的树干，在树顶的一团枯枝中失去了踪影。

这儿曾经是一只乌鸦的窝。乌鸦飞走后，小松鼠不满足自己只有一个房子，索性就征用了这里，并按照自己的需要进行了改造。那个鸟窝非常简陋，于是它又用细枝和苔藓搭了个房顶，然后在内壁上添了一层舒适的干草和柔软的雪松皮。无论哪个狡猾的狐狸都不可能爬到这个高度，因此，这个轻轻晃动的小屋是绝对安全的。它放心地将身体缩成一团，决定好好睡上一觉。

它睡得很香，不过没多久就醒了过来，因为这只红松鼠的脑子一直在转动。尽管只睡了半小时不到，可它已经精神十足了。它从小屋里出来，在树枝间跳来跳去，飞快地回到了那棵枫树前激动地吱吱叫着——它在梦中看到有人劫了自己的宝贝，所以赶紧跑回来查看藏坚果的地方，确保自己的坚果仍好好地藏在那儿。因为坚果被藏在了两个不同的地方，所以全部检查完用了它不少时间。看到坚果都还在，它很满意。然而，这个善变的小家伙觉得自己被人耍了，所以它马上生气地乱叫起来。当然，这只小松鼠非常自信，它向来不认为问题出在自己这儿。

它坐在自己之前吃坚果时所待的树桩顶上乱叫了一阵，下一秒，它似乎突然发现了什么，小小的身子一僵，瞬间安静下来——只见不远处有一只黄鼠狼正悄悄地向它扑来。它呆了几秒钟，马上像离弦的箭一样转身向上跳，一下子跳到了枫树的树干上。然后，它加速向更高的枝丫上爬去。

和小松鼠相比，黄鼠狼的身手也并不差，并且它此时饿得眼放绿光，所以不假思索地追了上去。死敌的突然出现使小松鼠惊慌失措，它一路爬到高高的树枝上。然而，此刻所有的退路似乎都被堵住了。而且，这根树枝太细了，无法让它跳起来荡到另一根树枝上。发现自己无路可走了，小松鼠惊恐地发出一声尖叫，疯了一般从敌人的头顶跳过。

它很幸运地抓住了一根低矮一些的树枝，并且迅速地恢复了平衡。然后，它像箭一样射向了另一棵树，接着爬上另一棵树，不断地往前跑。最后，由于太过惊恐，它有些上气不接下气，只好颤抖着藏在一根树枝后面，希望敌人发现不了自己。

黄鼠狼不紧不慢地追着，尽管它并没有小松鼠那么灵巧，可以在树枝间跳来跳去，但它也没有被小松鼠甩掉。过了没一分钟，它就循着小松鼠的气味找到了小松鼠藏身的那棵树，小松鼠马上又蹿到了别的树上。又经历了两次这样的奔逃后，小松鼠越来越恐惧，动作也越来越慢了。终于，不理智的恐惧在它的大脑中占据了主要位置，小松鼠慌不择路地跳到了那棵大榆树上，然后径直冲上了不停晃动的树顶，躲进了它的小屋里。黄鼠狼意识到猎物已经无路可逃了，因此悠闲地跟了上来。

　　然而，命运就像天气一样善变，命运也总是非常热衷于在最后关头扭转局面——小松鼠躲在小屋里恐惧得发抖时，急着饱餐一顿的黄鼠狼放松了警惕，跳到了一根光秃秃的树枝上，恰好被一只同样在觅食的老鹰逮到了机会。

　　原来，这只老鹰在黄鼠狼和小松鼠进行生死角逐时，始终跟在它们身后，只是茂密的树枝挡住了它的路，使得它一直没找到下手的机会。现在，黄鼠狼跳到了没遮挡的树枝上，老鹰马上伸出尖锐的铁爪，毫不留情地把它抓住了。黄鼠狼死命挣扎着，却根本没有办法逃脱。最终，它翻滚着，尖叫一声，成了老鹰嘴里的美食。

　　小松鼠发现敌人死了，高兴地跑出来，吱吱叫着，仿佛在欢庆自己的胜利。

绝境逃生的巴恩斯

巴恩斯一路摸到谷底，他感觉得到瀑布的声音越来越小，最终彻底消失在了茂密的树林中。灌木林里闷热得让人窒息，一丝风也没有，而那些蚊虫更是惹人心烦。他决定再在溪边走一走，希望这一次能有个好结果，找到一条好走些、更宽阔些的路。

从蔚蓝的天空中洒下道道金光，穿过树与树的间隙，照射在平静的水面上。他在自己的左手边看到了一道模糊的绿光，因此他知道，自己现在位于树林的边缘。他走得越来越小心，因为周围低矮的灌木越来越多了。

突然，他感到脚下一沉，然后眼前的灌木全都歪了，像是被一阵狂风吹得向一侧倾斜了一样。他慌乱地挥舞着双手，想要抓住身边的灌木或是树苗。可是，他所有的努力都是徒劳的，因为他什么东西也没抓到。他陷进了一个满是枯枝败叶和小石子的泥潭里，起初下陷的速度好像并不怎么快，因此他还有时间克服惊慌，努力想办法逃出去。在经过浮在泥潭上的小树边时，他还试图努力抓住它们，直到他一脚踩进了一摊黑色的水中。

那摊又冷又深的水直接把巴恩斯吞没了，他困难地憋着气，两脚乱蹬。他还算幸运，踢到了一团杂乱的东西，借力猛地向上一蹿，脑袋露出了水面。尽管眼前是一堆泡沫、腐枝枯叶，但他仍贪婪地深吸了一口气，直到肺里充满了空气为止。然而，还没等他抹一把眼睛，或是清理一下堵住的鼻孔，就又被猛地拽到了水底。这次他受到了不小的惊吓，因为他意识到，他的脚被什么东西抓住了。

巴恩斯是个游泳能手，他迅速地用力向下一划手臂，头又一次冒出了水面。这一次，露出水面的还有他的肩膀。但是，水里的那个东西好像并不打算放弃，他还没来得及换口气，就又猛地被拽下去了。这一次，他镇定了一些，开始努力弄清眼下的困境。凭借着非同一般的意志力，他停止了挣扎，开始轻轻划水，以保持身体直立。然后，他轻轻地上升，刚好将头露出水面。泡沫、枯枝和细小的涟漪在他嘴边荡漾着，阳光在他迷惑的眼睛里闪了一下。这一次，他在被拽回水里前吸满了新鲜空气。

他小心翼翼地划着水，然后猛然向上蹿出水面，双臂平伸，恰好使嘴唇露出水面。他探着脑袋保持着平衡，一动也不敢动，趁着还没再次沉入水底，连忙抓紧时间察看着周围的情况。几秒钟后，他身边的水波荡漾开去，水面又恢复了平静。

他正身处一个深深的水坳里，水面平静极了，没有一点儿波纹。水流在距岸十步远的地方打着旋儿缓缓地、懒洋洋地流过，似是厌倦了瀑布的喧嚣与嘈杂。水流对面是从落满叶子的岸边延伸出的一小片沙滩，在阳光射下金灿灿的。在他视力所及的范围内，溪流上游和下游只有堆积如山的厚重枝叶以及和缓的流水。他小心翼翼地转了转脑袋（尽管这样做让水没过了他的嘴唇），然后在身后看到了自己期待的东西——高高的溪岸和溪水几乎是垂直的，上面散布着一些亮红色的泥巴——是他将这一处溪岸踩塌了，所以才让自己掉到了溪水里。

有一棵倒下的白桦树苗就在他手能够到的地方，树上厚厚的枝叶在水面上半浮着，而它的根则显然扎在河岸上。他轻轻地用手抓住树苗扯了扯，希望树苗可以承受住他的重量，将他带出去。可是树苗马上陷了进去，而他也失去了平衡，再次沉到水里。

巴恩斯忍不住有些失望，不过却并未绝望，因为他已经完全掌握了自己周边的情况。很快，他通过调整姿势又可以畅畅呼吸了。太阳火辣辣地照着他的头顶，所以，他小心翼翼地挪了挪小树苗，正好用它挡住了直射下来的阳光。幸好，小树苗的根还在河岸上长着，所以并未被水流冲走。

巴恩斯用自己那只没被抓住的脚试探了一下，然后根据自己以往在蛮荒森林的经验断定，此时抓住他脚的无非是些树枝或树根而已。是的，那一定是以前那些倒到水中的树木留下的一些残枝。他的脚被牢牢地卡在黑暗的水底，虽然他并未潜下去观察情况，但他想象得出水底的样子——一堆褐色枯枝泛着泡沫缠绕在一起，他一脚踩了进去，那堆枯枝便立刻紧紧地抓住了这位受害者。他能感觉得到，尽管枯枝缠得不紧，却难以挣脱，因为他的关节恰恰卡了进去。

他一边思考，一边小心地抽动被抓住的那只脚，那团枯枝好像松动了一些，这让他很开心，因为这就意味着，也许缠住他的树枝很轻，也许水底的树原本就很小，又或者并没有稳固地沉在水底。他觉得，只要认真计划，步步为营，自己应该很快就可以摆脱困境。

他深吸了一口气，把头埋进水里往下看，尽管水是黄褐色的，不过

很幸运，并不浑浊。水里有从水面上折射进来的光芒，但巴恩斯却仍然
无法看清水底的情况，他并未踩到池子的底儿，所以这个水池应该是非
常深的。尽管看不清水底，但他能看清把他缠住的东西。此时刚好有一
束金色的阳光洒在树上，一瞬间，他看到了缠住自己脚的东西——可能
是两根细细的褐色电缆，也可能是两条粗粗的死蛇。

　　这陷阱真是太可怕也太令人恶心了，巴恩斯简直无法相信，自己竟
然被困在了这样的陷阱里。他把脑袋露出水面，小心地保持着平衡，然
后做了好几分钟的深呼吸，重新积聚了一些力气。他长长地吸了一口气，
以便适应水压，然后猛然扎进水里。他借助金色的光线，拼尽全力撕扯
着缠住自己脚的东西，想要将它们扯断。陷阱松开了一些，但是松动得
有限，仍无法让他把脚抽出来。他又坚持了一会儿，然后将头浮出水面，
大口喘着气。

　　休息了几分钟后，他又一次回到了水里。不过这次跟之前一样，他
仍没能成功。虽然他可以将陷阱打开一些，但就是无法把脚拔出来。他
满怀希望，一次次地尝试，可是每次都以失败告终。

　　最后，他只得承认，这只是在做无用功，而且继续尝试下去只会耗
尽自己的力气，此时，他已经累得无法浮出水面了。他伸手扯过小树苗
的树枝，紧紧咬在嘴里，让自己浮在水面上，以便让沉重的胳膊可以休
息一会儿。这样做不仅放松了他的肌肉，也放松了他的脑子——咬着树
枝保持平衡要更为方便，这样他就不用担心会倒进水里，然后呛一嘴水。

　　他悬浮在水中静静思考着，嘴唇刚好距水面半英尺，可以让他自由
呼吸。他已经清楚地意识到，摆在他面前的是个死局。他从小在森林里
长大，看着岸边郁郁葱葱的树木，他不禁有些怀念以前走在林间的那种

既温暖又舒适的感觉。四周一片寂静，偶尔会传来水流汩汩的欢唱，或者来自高远的蓝天上的一声鱼鹰的清鸣。

他从小就生活在森林里，对森林有着深厚的感情。从前，森林在巴恩斯眼中就像个忠实可靠的朋友。然而，在这个时候，这个朋友却无情地背叛了他，森林同最荒芜的沙漠和最冷酷的冰原一样，想要把他击垮。这样一想，他顿时觉得异常愤怒，冷冷的风轻轻抚过他的脸庞，却并未熄灭他心中的怒火。

一只漂亮的浅蓝色蝴蝶从他面前飞过，像一片美丽的花瓣，在微波荡漾的水面上快乐地翩翩起舞。然而，它的舞步踏错了一拍，无意中离水面太近，被波浪拍了下来，狠狠地打入水中。蝴蝶拼命地挣扎着想要逃脱。巴恩斯用眼角的余光瞥到——波浪又轻巧地拍了一下，然后溪水就无情地将蝴蝶吞没了。巴恩斯的目光顿时暗淡下来，他知道，下一个被溪水吞没的，将是他自己。

但是，森林居民的心永远是坚强的，他从不轻言失败，不管是面对敌人，还是命运，他都要奋战到最后一刻。他盯着一棵小白杨，想要从它身上找到一根足够结实的树枝，好用来作撬棍。他想着只要可以找到一根顺手的棍子，他就能把陷阱撬开，把脚拔出来。看了半天，他终于选好了一根树枝。他刚要伸出手去把那根树枝折断，就听见一声轻轻的噼啪声从岸边的灌木丛中传来。

他马上停止了动作，悄悄地把眼睛转向声音传来的方向。茂密的枝叶晃动了几下，然后，一个黑影来到了溪边，不过他无法看清那个黑影到底是什么。他把面前的树枝拉扯了几下，露出一个不大不小的空隙，然后看到了那个神秘的黑影正在追逐的东西。

那是一条鳟鱼，又肥又大，它挣扎着想跳过瀑布，不过失败了。此时，它正肚皮朝天地顺着水流一路漂到了小溪里。一股轻柔的水流将鳟鱼托住，送到了困住巴恩斯面前的水坳里。鳟鱼慢慢地到了巴恩斯的面前，在遮住他面容的树枝的拦阻下停了下来。红色的鱼鳍抽搐了两下，就彻底死了。

巴恩斯恍然大悟，那个神秘的黑影肯定是追着这条奄奄一息的鳟鱼来到了溪边。因此，当他看到一只大黑熊从黄色的灌木丛中跳了出来时，丝毫也没感到惊讶。大黑熊在岸边直起身子，眼睛直勾勾地盯着巴恩斯的方向。巴恩斯知道，这只大黑熊其实根本没看见他，它盯着的只是那条已经死了的鳟鱼。突然，他产生了一个大胆的想法。因为突然又有了希望，他的心猛烈地跳了好几下。他逃生的机会来了，虽然有些危险，但这个机会非常难得。

为了藏得更隐蔽些，他轻轻地整理了一下面前的枝叶，然而，他一激动就忘了要保持平衡。身子向下倒的瞬间，他赶紧挣扎了一下，立刻在水面上激起了一阵涟漪。他的心不断地向下沉，大黑熊肯定发现了这边的异常，它肯定不敢下水来捡鳟鱼了。

不过，令他没有想到的是，这只大黑熊尽管犹豫了一下，却仍义无反顾地跳到了溪水里。大黑熊依据自己的经验断定，此时突然在水里制造出这种动静的只能是爱吃鱼的水獭或者貂，所以它要赶快下水，将自己的战利品抢回来。

一想到自己费尽千辛万苦追到这里，猎物却可能被小偷偷走，大黑熊就怒不可遏。它气得一跃而起，猛地一下砸进了水里。水花高高溅起，把岸边的灌木丛都打湿了，那声音堪称震耳欲聋。其实，它这样做的目的是警告卑鄙的小偷们快点儿走开，否则它就不客气了——鳟鱼是它先发现的，自然该归它所有。是的，它可是一门心思地要将鳟鱼抢到手。

大黑熊虽然看上去十分笨重，却是个游泳健将。巴恩斯还没想好要怎么行动，大黑熊粗重的鼻息声就已然到了他的耳边，那巨大的喘息声把他吓了一跳。然后，他把心一横，马上开始行动。

拦住鳟鱼的树枝离巴恩斯非常近，他用结实的肩膀用力拍击周围的水，溅起的水花恰好把他的脸挡住了。大黑熊顺利地游到了鳟鱼面前，得意地用爪子一把把鳟鱼捞起来，转过身就要往岸边游去。

这时，巴恩斯以迅雷不及掩耳之势出手了——他猛地把两只胳膊甩到前面，在一片混乱中摸到了大黑熊的腰。他将双手穿过熊厚厚的皮毛，像铁钳一般紧紧抓住。然后，巴恩斯紧闭上双眼，牙关咬紧，等待大黑熊发威。他的心跳得如擂鼓，像是要沿着喉管从嘴里跳出来似的。

等了没多久，也就不过短短两秒钟，大黑熊就有了反应。巴恩斯的突然袭击吓了它一大跳，它立马高高弹起，肩膀猛地一耸，七手八脚地往岸边冲去。巴恩斯感到大黑熊的腰在剧烈地起伏，他自己则瞬间被带得飞了起来。他的脚依然被缠着，陷阱好像并不打算把嘴里的猎物放开，他觉得自己的脚都快要断了。有那么一瞬间，他疼得都想要松手了，可他仍坚持抓紧了大黑熊，因为这是他唯一的机会了。

终于，水底的陷阱失效了，他感到自己的整个身子直接从水里飞了起来——他自由了。他把抓住大黑熊的手松开，浮到水面上大口地喘息着，用力眨着眼睛，不停地咳嗽。

他在水中踩了会儿水，将眼睛和鼻子里的水甩出去，平复了一下急促的呼吸。他心里有些不安，怕大黑熊会突然转身攻击他，于是，他竭

尽全力用仅存的几口气怒吼了一声　——这声音非常野蛮、恐怖——他这
么叫喊是想将大黑熊给吓跑。

　　但他很快发现，水里的大黑熊早就不见了踪影。原来，大黑熊的胆
子其实也挺小的，它被巴恩斯吓得连鳟鱼都不要了，头也不回地游回了
岸边，所过之处水花四起。

　　巴恩斯的脚伤得很重，但是他的心情却非常好。他一边悠闲地向岸
边游去，一边看着爬上沙滩的大黑熊。回到安全的地面上后，大黑熊转
过身子，委屈地看着溪水，想要弄清楚到底是什么东西趁它不备偷袭了
它。虽然它从前也看到过人类，但这种像水獭一样能在水里自由来去的
人它可从未见过。

　　很明显，这一幕吓到它了，只见它不舍地看了一眼漂远的鳟鱼，又
回头满心恐惧地看了看浮在水面上的那个人——他正淡定地盯着自己
呢！它连忙规规矩矩地转过身去，飞快地往树林里跑去。跑了没多远，
它就听到背后传来一阵洪亮的笑声，它吓得加快脚步一溜烟地逃走了。

　　大黑熊消失在树林中后，巴恩斯也爬上了沙滩。他把湿淋淋的衣服
脱下来，躺在被阳光晒得暖烘烘的沙滩上——哎呀，真舒服啊！

绿头野鸭的巢

　　春天来了，积雪已经开始融化，浅浅的小泥塘边，树木已经长出了绿色的嫩叶。这时，一对绿头野鸭把家搬到了这儿，就住在那个位于池塘中央的长满灌木的小岛上。

　　野生动物一向反复无常，这种特性可以保护它们，使它们避开众多可能的危险。这两只野鸭在跟着鸭群向北迁徙时发现了这片满是泥水的宽广水域，突然改变了主意，决定就在这栖息下来。这里简直就是世外桃源，人烟稀少，很安全，还有足够的食物，可以让它们很好地生活。既然能在这么好的地方居住，为什么还要费尽心力，顶着带着寒意的春风，飞回遥远的北方呢？

　　鸭群里的其他鸭子并没和它们一起留下来，而是遵循祖辈的经验，伸直长长的脖子，扇动着有力的翅膀，以每小时六七十英里的速度向着北方飞去——这种惊人的速度简直可以和炮弹的速度相媲美了。

　　这两只野鸭选择了留下，而鸭群的其他野鸭则毫不在意，很快就消失在了橘黄色的晨曦之中。

　　这片水域水草丰美，只有这两只绿头野鸭住在这儿，虽然周围还有些其他的绿头野鸭的巢，不过这个季节，留在这儿的绿头野鸭却只有这两只。它们选中的这个小岛不太大，直径最多十英尺，只能容下这一对夫妇，因此，没有谁会来窥探它们的隐私。小岛虽小，周边却有一圈漂亮的柳树，莎草和芦苇在树与树的间隙中做点缀，将小岛包裹得严严实实的。小岛的最高点距水平面不过两英尺，母鸭就在那儿建了个小小的巢。

这个小小的巢建造得非常随意，所用的材料都是些枯叶、嫩枝和干枯的莎草，不过巢里却别有洞天。巢里被打理得无比光滑，铺上了一层柔软的鸭绒。不久前，母鸭在巢里产下了一枚淡青色的蛋，蛋壳上带着斑点，看起来可爱极了。那时窝里的绒毛还很少，后来，蛋的数量多了，窝里的绒毛也就渐渐多了起来。

公鸭非常骄傲，对筑巢生蛋这种事没有丝毫兴趣，它甚至连进巢里的次数都屈指可数。不过它作为丈夫是很合格的，因为它既英勇又细心。每天太阳初升时，母鸭还懒懒地趴在巢里专心孵蛋，公鸭就已经去了池塘里，绕着小岛开始每日的巡视了。

每次巡游时，它都会爱惜地将自己那身漂亮的羽毛清洗干净。对于一只公鸭而言，这可是身份的象征。公鸭头颈上绿色的毛柔软顺滑，就像绸缎一般，闪烁着珍珠般美丽的光芒；它的脖子上有一圈像领子似的细细的白毛；它背上的毛是棕灰色的，像是一件燕尾服；胸前的栗色毛发很漂亮，就像是一件衬衣；肚皮上黑灰相间的毛则像一条帅气的裤子。这一身衬托得它一表非凡，更不消说那对同样闪着珍珠样光芒的宽阔的深紫色翅膀，以及那柠檬黄色的蹼爪与黑黝黝的卷毛尾巴了。

——长相如此英俊，也无怪乎它总是扬扬得意地摆造型了。而它的妻子，那只全身覆盖着褐色羽毛的母鸭——正是爱上它这身漂亮的羽毛才决定嫁给它。当然，母鸭都长的一个样儿，因为它们非常柔弱，需要借助这种不容易被人发现的体色来躲避敌人——当它在巢里趴着的时候，简直能跟筑巢的枯枝碎叶融为一体，让人根本无法分辨巢里到底有没有鸭子。

母鸭下了鸭蛋后，就会小心翼翼地用枝叶把蛋藏起来，淡青色的鸭蛋太引人注意了，如果不藏起来，敌人很容易就能发现。然后，它悄悄地从柳树围成的天然屏障中穿过，来到水边，像个影子一样慢慢地游向水中的丈夫。一到丈夫身边，它的胆子就大了起来，两只鸭子旁若无人地嘎嘎欢叫着，表达着对彼此的爱意。

它俩时不时绕着对方缓缓地游动，或脖颈交缠，或额头轻抵，偶尔还会开玩笑般追逐嬉戏，在明亮的水面上惊起层层涟漪。开心地玩闹了一番后，它俩开始在浅滩上觅食。水草的嫩芽和嫩根都是它们喜欢吃的食物，它们会借助尖尖的喙和灵敏的爪子将水草刨出来，或是抓一些小昆虫和小贝壳来吃。

这对绿头野鸭基本没有天敌，小岛和岸边相距很远，所以所有长着四条腿的陆地野兽都过不来，也无须担心会游泳的貂偷偷游过来。这里人迹罕至，即便是最勤劳的猎人都不会来，因此，绿头野鸭夫妇并不担心自己的安危。

不过，在它们附近的确住着一个可怕的、冷血无情的敌人——苍鹰，一旦它们放松警惕就会被杀掉。母鸭下了很多蛋，所以它很看重自己的生命，不愿冒任何风险，因为只有它活着，它的宝宝们才能出生。所以，母鸭从不会离开小岛太远，也从不会到没有水草掩护的地方游泳、觅食。

公鸭就不同了，它对自己很有自信，所以胆子很大。它常常展开那对宽大的翅膀高高地飞上天空，在没有遮蔽的池塘上舒展身躯。终于，有一天，公鸭离家有些远了，巨大的苍鹰一眼就看到了它，不假思索地从高空向它扑了过来。

公鸭看到苍鹰从高空俯冲下来，连忙挥舞着钢铁似的翅膀，以每小时一百英里的速度向前飞去。等到苍鹰冲到它原来所在的高度的时候，它已经往前飞了大约五十码了。

在这种情况下，稍大一些的苍鹰通常都会放弃追逐猎物，飞回高空中，等待下一个能一击即中的机会。可是，这只苍鹰却并没打算放弃，它不仅会回旋、俯冲这些简单的技巧，而且速度快，爆发力强，和绿头野鸭这种短翅的鸟类相比并不逊色，实际上它的速度比正在逃命的公鸭还快。

苍鹰在追逐猎物的时候，翅膀撕破长空，发出的声音如雷鸣一般，公鸭的速度在它面前简直奇慢无比。如果是在没有植被遮蔽的水面上，绿头野鸭倒还可以一头扎进水里，以躲避致命的敌人。但此时，在它身下的是一片沼泽，它根本就没下潜的机会。没有两分钟，它的身后就响起了破空声。当它意识到自己的小命不保的时候，它发出一声绝望的嘶鸣。一秒后，一双利爪就紧紧抓住了公鸭的脖子，果断地刺穿了它的喉管，随后，那对利爪深深地刺穿了它栗色的胸膛。

就这样，可怜的母鸭成了寡妇。在丈夫死后的几天里，它每天都在芦苇荡边高声哀鸣，不过它再也不敢离鸭巢太远。它用来孵蛋的时间越来越长，并将所有的爱都给了未出世的孩子们——公鸭死后，它又产下了三枚蛋，这样巢里就一共有九枚蛋了。母鸭不再出去游泳，而是开始专心孵蛋。

起初，母鸭每天还会走出鸭巢去吃些东西，或者伸个懒腰，偶尔还会到浅水里悄悄地洗个澡。不过，它出去的次数日渐减少，最后每两天才会离开一次。每次离开前，它都会小心翼翼地将蛋翻个个儿，再把巢中间的蛋和边儿上的蛋换个位置。它裸露的胸膛将巢中间的蛋捂得热热的，而边儿上的蛋因为在它的翅膀下，所以温度比较低。换完位置后，这些蛋就都能均匀受热了。然后，它还从来不会忘记用绒毛将蛋盖住——和树叶相比，绒毛更保暖。这样，宝宝们就可以更早出来了。

每次，它都会在羽毛上带些水回来，把水滴在蛋上，蛋就能保持湿润了。

任何动物的蛋都是这样，被生下来得越早，需要的孵化时间也就越长。母鸭开始孵蛋时，最早的那只蛋已经生下十五天了，而最新的蛋才被生下来一天。过一个月，所有的蛋都会在一天半的时间中陆续破壳，因此，在这一天半的时间里，母鸭一定会忙得昏头转向。不过，聪明的母鸭已经想到了办法，它每天都要在早生的蛋上多趴一会儿，这样就能确保所有的蛋在同一天破壳，瞧，它多机智啊！

母鸭耐心地孵蛋时，明媚的春天悄悄地溜走了，火热的夏天匆匆赶来了，池塘里满是深绿色和浅黄色的百合花。一股股热浪从柳树顶上滚下来，母鸭热得喘不过来气，只好将翅膀举起来，给底下的蛋散热。终于，有天晚上，它听见从自己身下传来了轻轻的咔嚓声。一个个尖尖的嫩黄色的小嘴在急切地啄着蛋壳，蛋壳很快就被啄碎了。小鸭子要先在蛋壳里转个身，才会从蛋壳里钻出来，如此一来，蛋壳就会在它们出来时碎成整齐的两半。

　　刚出生的鸭宝宝们湿淋淋的，它们摇摇晃晃地走到鸭妈妈身边，靠在妈妈温暖的胸膛和大腿上，将身上的羽毛晾干。晾干之后的鸭宝宝毛茸茸的，可爱极了。每当有鸭宝宝破壳而出，鸭妈妈都会赶忙低下头，将两半蛋壳叠在一起，这样，鸭巢里就不会到处是蛋壳。后来，它索性将蛋壳扔到了巢外面，以免占用其他鸭宝宝出生的位置。

　　它有条不紊地完成着这些工作。终于，到第二天中午，所有的蛋都破壳了。

　　微风轻拂，鸭妈妈兴高采烈地带着一群鸭宝宝，穿过柳树和灌木丛来到池塘里，开始教它们捕捉藏在芦苇荡里的昆虫……

迷雾中的战斗

黎明时分，太阳还未升起，灰蒙蒙的迷雾在河面上飘荡着。雾气在水面上无所顾忌地打着旋儿翻滚着，忽而堆积在这一处，忽而又堆积在那一处，像是有一张看不见的大嘴在不停地喘息。这里其实一丝风也没有，只是棕黑色的暗流在白色雾气下不时地涌动，有节奏地拍打着高耸的岩石和暗礁。

这条河不算宽，至多只有五十码，然而划着桦树独木舟沿着河边的赤杨树林前行时，看向对面，却什么也看不清，甚至都看不到对岸在哪儿，只是会偶尔看到高高的松树尖和铁杉树尖，好像是在这诡异的浓雾之上飘着一般。

独木舟并不敢离开河岸太远，因为浓雾将所有的光线都遮住了，一旦远离河岸就很有可能会迷路。虽然岸边的水浅且清澈见底，但两个水手仍能听到从迷雾里传来的阵阵水声，这说明河中间的水不够深，而且有很多暗礁。两个水手慢慢地划着船，以免出现危险。桨手将船桨横在身前，而舵手则慢慢地、无声地划着，就像鳟鱼摆鳍一般，力度刚好可以确保独木舟顺着水流直线行驶。

岸上，一只黑糊糊的小动物正沿着水岸悄悄地跟着独木舟，那双豆大的眼睛里放射着红光，贪婪地盯着独木舟上的两个人。这个小东西身长有两英尺，腿短短的，脑袋的形状是尖尖的三角形，跑起来又轻又快，长长的身躯像条蛇似的无声无息地岸上起伏着。看起来，它这么跟着好像纯粹是因为好奇，不过事实上它心存恶意，毕竟一只狡猾的貂是不会做无用功的。

船上这两个奇怪的生物于它而言，体形实在太过巨大，所以它暂时还没想攻击他们。不过，这并不妨碍它一路跟踪他们，以宣泄一下自己对他们的厌恶。说不定，他们也有放松警惕的时候，到那时它就可以占些便宜了。

这只貂既狡猾又胆大，始终和独木舟保持着八到十英尺的距离，它深信，独木舟上的人发现不了自己。但是舵手非常机智，他多年来在树林中摸爬滚打，保持着高度的机敏，这个小东西逃不过他的眼睛，他一直在用余光偷偷观察着它的一举一动。他从未见过胆子这么大的貂，所以他决定看看它究竟想要干什么。

舵手并未大声告诉桨手自己的发现，因为他怕自己会把貂给吓跑。他只是偷偷地说了几个字，既提醒了同伴注意，又不会引起貂的警觉。桨手的眼睛半睁着，像是没有看到似的，没有丝毫反应。

在岸边靠近水面的地方，貂发现了一个白色的、圆圆的东西。在棕色的湿泥的映衬下，这团白色的东西看上去就像是闪着光。这是一枚鸡蛋，可这东西根本就不该出现在这儿。或许是附近谁家养的母鸡，由于粗心大意而将蛋生在了这里，也或许是被一只老鼠偷到这儿的。无论这枚鸡蛋是怎么来到这儿来的，它都成功地引起了貂的注意。

趁着貂的注意力被鸡蛋吸引了过去，舵手悄悄地让独木舟向河中央靠了靠，顺便调整了一下它前行的速度。他想看看貂会怎样处理这枚鸡蛋。

鸡蛋所在的地方位于一条通往河岸边的小路前，小路上遍布着家畜的脚印。这时，远处跑过来一只小浣熊，它的步伐优雅，长长的鼻子抽动着，明亮的大眼睛滴溜溜地转动着观察着四周。这只浣熊还很年幼，从体形上看，比貂要小。但是，因为它长得胖胖的，身上的毛发长且蓬松，所以它看上去比貂要笨重一些。它原本想去小路尽头的池塘边抓青蛙，但一看见有枚鸡蛋躺在灰蒙蒙的雾气里，它的眼睛顿时亮了。这一整个夏天，它时常在垦荒者的小屋边徘徊，所以知道鸡蛋是很美味的。美食当前，它果断地加快了步伐。这下，它弄出的动静就有些大了，独木舟上的人马上就发现了它。

小浣熊飞快地来到水边，惊讶地发现——水边不只有它一只动物。

小浣熊慢了一步，貂已经跑到了鸡蛋旁边。看到小浣熊过来，貂连忙举起一只爪子，放到了鸡蛋上，宣布鸡蛋的所有权，并且充满戒备地冲着小浣熊吼了一声。小浣熊看到对手冲自己露出了牙齿，瞪大了眼睛，赶紧停了下来。它实在是为了遇到这样大的一件事儿而感到高兴，而并非因为害怕。

小浣熊十分热衷于打架，只见它稍稍调整了一下姿势，然后兴奋地向对手扑去。独木舟上的人们饶有兴趣地悄悄把独木舟往岸边靠了靠，想围观这场难得一见的打斗。

小浣熊的动作已经很快了，但那像蛇一样狡猾的貂的动作更快。貂向后退了两步，灵活地避开了小浣熊自以为致命的一击，然后，它掉转头，闪电般咬向了敌人的脖子。只可惜，它并没有如它所愿地咬中小浣熊的脖子，而是向上偏了半英寸，长长的尖牙嵌进了小浣熊脖子上方坚实的肌肉里。战况如此激烈，貂甚至不敢将牙齿拔出来再咬一次，于是它用爪子紧紧抓住小浣熊，一摆身子跳到了小浣熊的身上，以便躲避小浣熊的尖牙。

小浣熊一时失手，这会儿又疼又怒，大眼睛里燃烧着熊熊怒火。虽然受了伤，但问题不大，它仍充满斗志。只见它使劲将敌人那长长的黑色身躯从背上摔了下来，然后它一个转身，用爪子紧紧将敌人的细腰抓住。小浣熊用了很大的力气，貂疼得身子猛地一抽。这两个小东西抱成一团，滚进了水里，那枚鸡蛋也被它们撞碎了。独木舟已经离岸边很近了，不过它俩都没有注意到。

"两倍赔率，我赌貂赢！"桨手看得兴起，低声和舵手打起了赌。舵手只是微微一笑，说："那就等着瞧吧。"

貂在水里非常有优势，因为常常下水捕鱼，所以它在水里就跟小鱼一样灵活。小浣熊一到了水里，就免不了有些惊恐，它慌忙松开了貂的腰。而貂趁此机会，将牙齿拔出来，再次向小浣熊的喉咙咬去。这一次它仍低估了小浣熊的灵活性，还是没有成功。尽管小浣熊看起来很笨拙，身手却很敏捷。貂刚将牙齿拔出来，小浣熊就转回身。这下，两只小动物都狠狠地向对方咬去，不过谁也没能咬住。小浣熊闪电般跳回了地上，转过身来挑衅地看着貂。

尽管它俩争夺的东西——鸡蛋，已经碎了，但貂并不想放过这只小浣熊。它那双血红的眼睛里闪着寒光，长长的黑色身躯紧绷着，带着一种危险的美，这只貂显然已经怒不可遏。小浣熊满身都是泥水，但却仍然活蹦乱跳的。它好像很享受这种打斗，所以一点儿也没生气，反而乐在其中。貂像一支离弦的箭一般，射向小浣熊，而小浣熊则踮起脚尖，转着圈，躲开了。下一刻，两个小家伙又打到了一起。

　　灰色的小浣熊和黑色的貂纠缠着，独木舟上的两个人看了很长时间，也没能弄清楚到底是谁占了上风。过了一会儿，小浣熊挣脱敌人，用那双灵活的前爪用力把敌人按倒了。两只小动物都遍体鳞伤，血流不止，不过能看出来，貂的反应越来越慢了，而小浣熊仍和之前一样精神抖擞。终于，貂拼尽全力挣扎了一下，想要咬住敌人的咽喉。这次，小浣熊漂亮地躲过了它的攻击。只见它灵巧地跳到了一边，然后一个转身，又一次将貂按到了地上。小浣熊随即直起身子，拽起貂用力地前后甩动。过了一两分钟，貂就直挺挺地倒在了落满枯叶的沙地上。

　　看到敌人一动不动地躺在地上，小浣熊将爪子松开，满心期待地看了它一两分钟。然后，它又小心翼翼地在敌人身上咬了几口。看到敌人仍没有什么反应，它终于确定是自己赢了。小浣熊万分高兴，围着貂的尸体蹦来蹦去，一会儿抓抓貂的爪子，一会儿将貂的四肢抓在一块儿。过了好一会儿，小浣熊才想起那枚鸡蛋。它惋惜地嗅着打碎的蛋壳，毛茸茸的小脸顿时垮了下来，一脸的失望。小浣熊的样子如此逗人，看得独木舟上的两个男人放声大笑。

　　一声突如其来的巨响打破了周围的沉寂，小浣熊眨眼间就不见了踪影。一个水手从独木舟上下来，拾起岸上的貂，扔进了独木舟里。

　　两个人又一次拿起桨，驾驶着独木舟进入迷雾里。尽管他们看不见，但他们知道，有双明亮、机智的大眼睛正隐藏在岸上某个地方，好奇地注视着他们。

蛮荒森林的流浪者

皮特·诺埃尔醒来的时候，发现自己嘴里全是浓浓的黑烟，火焰在耳边跳动。他突然打了个激灵，想要甩掉这个纠缠了自己一夜的噩梦。突然，他觉得四周的情况非常不对劲，便一个鲤鱼打挺从床上坐了起来。这下，屋内的高温顿时将他的脸烤得火辣辣的。原来，熊熊的大火已经将整个小屋吞噬了。他赶紧蹦下床，拽了条毯子就向门口跑。跑到门口后，他一把将门拉开，冲到了门外的雪地里。

皮特·诺埃尔长年生活在荒无人烟的森林里，像野兽一样机警。虽然他刚刚还睡得十分沉，但此时，他已经彻底清醒了——生存的本能救了他的命。在这样危险的时刻，他仍记得荒芜的野地冷得能将人身上的一层皮冻掉。就在他一跃而出的那一刻，他不但拽出来了条毯子，还随手拿了好几样东西呢——瞧，他拿上了枪，还从地上把他的鹿皮长筒靴和那件厚实的呢子外套捡了起来。而他自己则遵循着蛮荒森林的优良传统，睡觉的时候也不脱衣服。所以，现在他全身的衣服穿得非常齐整。

他就这样呆呆地在屋外的雪地里站着。虽然眼睛火辣辣地疼，他仍瞪着眼睛看着在火焰里挣扎的小屋。过了一会儿，他低下头，眨着眼睛，头脑昏沉地看着怀里抱着的东西，一时间想不清楚自己是怎么将这些东西给带出来的。突然，他猛然回过神来——如果想在林子里继续生活下去，只有衣服和枪是远远不够的！这么一想，他赶紧将东西往雪地里一扔，就想冲回小屋里去。如果能从火中抢出点吃的该有多好呀，比如一大块熏肉，或是一大块秘制面包。

可是，他刚冲到门口，一道火焰就喷了出来，害得他眼泪直流，一下子什么也看不到了。没办法，他只好向后退。这下，小屋是进不去了，吃的东西也别指望了。他从地上抓了两把雪，揉到脸上。冰冷的雪敷在脸上非常舒服，把火辣辣的感觉赶走了。他抖抖身子，将从火里带出来的宝贝捡起来，带着它们去了离火远一些的地方，免得大火将这些东西也给烧了。然后他在毯子上坐下，开始穿那双鹿皮长筒靴。

刚才情况紧急，他又只穿着一双厚袜子，因此，这会儿他的脚已经被冻僵了。然而，他身上其他地方暖乎乎的，毕竟这样大的一堆火，烤起来还是非常舒服的。距天亮大概还有两个小时，林子里一丝风都没有，红色的火焰直直地蹿上天空，好似炸开的烟花。天气特别冷，远处高高的树木被冻得噼噼啪啪地响着。男人静静地站着，看着可怜的小屋慢慢被烧成了一堆废墟。他抬起一只手捂住半边脸，过了一会儿，又把另一只手也抬了起来。他把脸埋在双手中，孤独的背影看上去就好像一尊冰雕。

要知道，一个常年独自生活在偏僻的森林里的男人很有可能成为一位哲学家——皮特·诺埃尔就是这样。这场灾难让他非常伤心，不过他是个乐观的人，因此，他也非常高兴自己能平安无事地逃出来。把大衣穿上之后，他发现大大的口袋里装有火柴、烟草、烟斗、折叠刀，还有一双露指手套，立刻感到非常满足。

这里离哪儿都不近，最近的小村落离这儿也有一百来英里[①]，到最近的伐木场也有五六十英里远。可怜的皮特身上没有任何食物。更糟的是，积雪松软、深厚，一踩上去就会马上往下陷。此时，他非常想念自己的雪地靴，穿着那双靴子在雪地里走简直不要太轻松。你问靴子在哪儿？当然是葬身大火中了。

但是，乐观的皮特并不绝望，现在情况还不是很糟。瞧，至少他还有双鞋呢，万一连鞋也没有呢？这想法倒是给他提了个醒，他得赶快暖和暖和冻僵了的脚。他抬头看看火堆，心想："好吧，这老房子倒是挺好，全心全意地为我遮蔽风雨。现在，房子变成了大火堆也不忘让我取取暖。老房子呀，老房子，你可真是一座好房子！"他将毯子铺在树桩下，坐了下来，在烟斗里装好烟草，然后点燃烟斗，舒服地向后靠了靠。随后，他又将两条长腿伸直，让火焰烤着他的脚底板。身上不冷了，他开始想接下来该怎么办。

天边泛起了一抹神秘的灰色，像钢铁般冰冷，像玻璃一样澄净，穿透古老的森林。就在这奇特的天光中，火慢慢变小，终于熄灭了。可怜的老房子早就烧没了，眼前只剩下一个小火炉，虽烧得通红，但还能勉强看出原来的形状。废墟渐渐凉了下来，只剩一两朵小火焰在烧焦的木头上调皮地跳着舞。皮特捡了根树枝走过去，在灰烬里东翻翻、西找找。他迫切地希望找到些急需的东西，比如斧子、锡制水壶，还有食物——想在森林里活下去，这些东西都非常重要。可惜，翻看了半天，他连斧

---

① 1 英里 ≈ 1.6 千米。

子的影子都没看见。至于水壶嘛，早就碎成渣儿了。

　　不过，皮特还是幸运的，他找到了一块拳头大小的东西。这被烧焦的东西黑糊糊的，散发着诱人的香味。他轻手轻脚地将烧焦的外壳扒开，你猜是什么？原来，竟是一块吃剩下的熏肉。他像只饿狼一样啃了起来。餐具没有了，他在这森林里活得就像个原始人，只能用手把肉撕开。一口，两口，拳头大的熏肉他几口就进了肚。吃完了饭，还要喝点水吧。聪明的皮特用桦树皮做了个小杯子，接了些雪水，咕噜一口喝了下去。这下好了，肚子不饿了，口也不渴了。他将毯子卷成个包袱，拎在手中，沿着小路向康罗伊营地的方向走去。他得一直往西南走五十英里才能到达那里呢，所以，他得尽快出发才行。

　　这时，皮特才发现，原来在雪地里走路竟然如此艰难。少了雪地靴，他发现自己简直一无是处。通常情况下，雪融化后，经冷风一吹就能结成冰，那样路就能好走很多。但非常奇怪，现在小路上的雪深达三四英尺①，却丝毫没有融化，雪软软的，一踩就陷进去了。皮特每迈出一步都要用力将腿从雪里拔出来，很快他就累得喘不上来气了。没办法，他只能走一会儿，就停下来歇一会儿。现在的天气，连绵羊都会冷得颤抖，他的衣服却很快被汗水湿透了。

　　几个小时后，他走得口渴极了。尽管他知道喝雪水会拉肚子，但现在哪儿还有其他的水可以喝呢？他环顾了一下四周，没什么能用来盛水的。不过，聪明的皮特很快就想到了办法。他在一棵巨大的铁杉树下生起一小堆火，然后摘下他的红围巾，在里面装了一把雪。他兴奋地在火

---

① 1英尺≈0.3米。

我和我的野生动物朋友 ❷

堆上烤着围巾，果然，没一会儿，雪就融化了。他赶紧拧了拧围巾，一小股水流了出来。咦，这水怎么黑糊糊的呢？他心想："这条围巾我以前洗过，没见褪色啊。"皮特看着黑糊糊的水，脸腾地一下红了。原来，这家伙的围巾还是好几年前洗的呢。没办法，他实在渴极了，只好老老实实地用雪水洗起了围巾。终于，水不黑了，他这才非常有耐心地喝起水来。口是不渴了，可肚子还唱着空城计呢。没有吃的，他只好抽起了烟。一连抽了三斗烟，肚子才不再抗议。

四周安静得可怕，但皮特仍要坚持往前走。过了没一会儿，空空的肚子就又咕咕叫了起来，他只好停下，将裤腰带勒紧了些，好让肚子把嘴闭上。他一边一摇一晃地走，一边摸着肚子，想看看有没有什么小动物能抓来吃。他把眼睛睁得大大的，希望一只兔子、一只鹧鸪，或是一只豪猪能出现在路边。可惜，雪地里什么动物也没有，就连貂都不愿意露个脸。现在，他可没有胆量挑食，无论是肥美的豪猪肉，还是又老又硬的貂肉他都能吃上一大块。毕竟，最要紧的是填饱肚子，不是吗？

太阳要落山了，他才走出森林，来到一片荒原的边缘。荒原沐浴在淡淡的金光中，远处的天边还带着一抹淡紫色，异常美丽。皮特沿着路向东边看去，只见荒原的尽头是一片矮矮的山脊。几年前的一场大火将山烧秃了，如今，山顶上只有一棵棵死了的树木，如可怕的鬼怪一般伸着尖利的枯爪，歪歪扭扭地指着无情的苍天。

皮特的心一下沉了下去，天呀，费了这么大力气，走了整整一天，他竟然只走了一小半路。这时，他恐惧极了。更关键的是，他觉得自己饿得能吃下整整一头牛。天已经黑了，他也没有力气再往前走了。肚子这么饿，又没有东西可以吃，他只能去睡觉。不过，在睡觉之前，他还要做好几件事呢。

首先，他将长筒鹿皮靴的鞋带解开，把它同皮带绑在一起，做了个简易陷阱，放在附近的云杉丛里。这里是兔子的必经之地，运气好的话，或许晚上能逮到一只倒霉的兔子呢！然后，他在枞树下的雪地里挖了个坑。这排高高大大的枞树就位于森林的边缘，就像一堵墙，将吹来的寒风挡在外面。接着，他用那把折叠刀将绿色的桦树枝砍成一小段一小段的，同捡来的枯树枝堆在一起，点燃了一小堆火。他把剩下的树枝放在伸手能及的地方，这样，晚上可以随时添进火堆里。最后，他在火光照亮的范围内，铺了一层又一层的云杉树枝，足足有六英寸①厚，可以说是给自己做了一张又干燥又松软的床。

等他将这些准备工作都做完，冬夜已经悄无声息地降临了。星星点点的夜空下只有他一个人，四周安安静静的，大树被霜冻得太厉害时，才会发出噼啪的呻吟声。再有就是在坑里燃着的那堆火，亲切地低声细语着。皮特在"床"上躺下，脚对着火堆，脑袋下面枕的是一捆树枝。他用毯子把自己紧紧地裹住，然后，点燃了他的宝贝烟斗。

躺在坑里，烤着火，抽着烟斗，皮特觉得真是惬意，好像坑外那个寂静、可怕的世界已经不存在了。皮特仰望着天上的星星，冷冰冰的，就和外面的雪地一样。在他的头顶，枞树枝纵横交错着，就好似人皱起的眉头，在小小的火光映照下闪着红光。这时，他才明白，原来荒野确实是残酷无情的。它虽然不会说话，却没有什么敌人能比它更可怕，它专选你没准备的时候，一下子将你打败。在野外生活，危机总是随处可见。

---

① 1 英寸 ≈ 0.025 米。

我和我的野生动物朋友❷

之前，他始终在努力，想同大自然和谐共处。好在大自然没为难过他，因此，他始终认为大自然还挺友好的。可如今一切都变了，他非常委屈，大自然怎么能这么坏呢，一下子就背叛了他。皮特怨气冲天，因为眼前的困境简直可怕至极，不过，他是个男子汉，怎么能轻易被打败呢？他猛地坐起来，盯着黑夜中的阴影，眼神坚定无畏。他不再害怕，困难算什么，他才不会被难倒呢。他向自己发誓，无论发生什么，他都要掌握自己的命运。下定决心后，他又躺了下来，没过一会儿就睡着了。

皮特每隔一个小时都会醒一次往火堆里添把柴，这个习惯是住在森林里的人都有的。不过，天马上就要亮起来的时候，他最终没扛过那股疲劳劲儿，沉沉地睡了过去。等他再醒来时，火堆早已熄灭了，天空泛起了鱼肚白，头顶的绿色枞树枝镶着玫瑰粉色的光边。靠近他嘴边的毯子上结着厚厚的一层冰，那是他晚上呼出的水汽凝结而成的。他把冰砸碎，一骨碌坐了起来，连声责怪自己："哎呀，火怎么灭了呢？"他一边嘟囔，一边慢吞吞地趴到坑边，看向那闪光的荒原。

这一看不打紧，他赶忙缩回坑里藏了起来，亮晶晶的眼睛中闪着渴望的光芒。他突然觉得，自己的运气真的是太好了。好在火熄灭了，否则，那群驯鹿必然会被吓跑的。它们在山顶上游逛，一边走一边找草吃，天边的日出映着它们巨大的身影，好似一场生动的皮影戏。

皮特蜷在坑底，快速卷起毯子，背到背上，又从雪地里爬到枞树丛中。进入隐蔽的林子里后，他就直起身来，一把将鞋带从那个空空的陷阱里取回来，把鹿皮长筒靴绑好，"嗖"地回到了小路上。尽管只看了一眼，但他经验丰富，所有的情况一下就都了然于心。

驯鹿这种动物和其他野生动物非常不一样，它们停下来的时候很少，行进的方向也随时会改变，并且一走就会走出很远很远，简直是动物中最任性的。这群驯鹿一路向南，肯定是在糊里糊涂地迁徙。皮特推测，既然它们已经到了山顶，那么山上的雪肯定已经被风吹过，变得非常坚硬了。这时，他和驯鹿相距很远，开枪一定打不中。所以，皮特决定穿过厚厚的雪原，摸到它们身边。他不断祈祷，一定要抓住一头驯鹿，就算是要爬到驯鹿身边，他也绝不放弃。

此时，西北风呼呼地刮着，他所处的位置在驯鹿群的上风处，幸而离得够远，鹿群闻不到他的味道，不会撒腿逃跑。皮特决定绕到鹿群后面，那里是下风处，无须担心鹿群会闻到他的味道。他专心地谋划着，连自己的肚子还空空如也都忘了，因为他满脑子都是猎鹿这件事。他在森林里不停地走，走了很久，肚子饿得都疼起来了。他四处察看，想找些东西吃。啊，找到了！看，有一种果浆就藏在胶枞树的树皮和树干中间，味道甜甜的，只需把树皮撕下来就可以吃到。他还发现了一种嫩芽尖，吃起来有些辣，口感也不错。他大口大口地嚼着，不时将太硬的渣儿吐出来。吃了些东西，肚子总算不叫了，他又能专心捕猎了。

又走了很长时间，终于，林子里的树木不那么密了，地势开始陡起来。这说明，皮特已经到了山脊的侧面，绕到了驯鹿群的背后。尽管还是有些远，但他已经成功绕到了下风处。这条路上的雪果然很浅，只有一英尺半左右。皮特低头看到前面有一个小土丘，他小心翼翼地用脚将土踢开。竟然是吃的！一串鹿蹄草的红果子正在地上躺着，虽然被雪冻得硬邦邦的，不过，一口咬下去，满口的汁，甜滋滋的。大半把果子进肚后，肚子被填满了，皮特心满意足地沿着山脊爬了下来。他的动作轻快，一下就躲到了灌木丛后面，甚至最机警的驯鹿都没能发现他。他偷偷地看了一会儿，突然眼睛一亮，有一头驯鹿远离了鹿群。他往四周看了看，似乎还是有些远。于是，他像猫一样弓着身子，悄悄地翻转过山顶，找到一个特别好的地方，又缩成一团，藏了起来。

这儿的山坡上遍布着灌木丛，皮特躲在一丛灌木后，趁群鹿不注意，跑到了另一丛灌木后，接着又跑到第三丛灌木后。他偷偷地跟踪了驯鹿群一个小时，没有任何一头驯鹿发现他。一小时后，他又回到了山顶，在一片矮矮的柏树后躲着，悄悄地举起了枪。皮特是个神枪手，这个距离不在话下。只可惜，这群小家伙变化得太快了，一下子全都跑开了。皮特极其失望，脸一下垮了下来，他这么小心，鹿群没有可能发现他呀。尽管不知道是怎么回事，但它们像一阵风似的，往南边越跑越远，已经跑到了半山腰。

皮特气得直咬牙，心情一落千丈。人一旦心情不好，各种不好的感受就会被放大。这不，皮特马上觉得又冷又饿，身子冷得像块石头，肚子里空得像几百年没吃过东西一样，都快把他折磨疯了。他恼羞成怒，很想放开手脚跑出去，追在驯鹿身后把它们骂死。不过，他很快就冷静了下来，他知道，自己连追上驯鹿都很难，就更别提骂死驯鹿了。别看驯鹿平时慢悠悠的，但真要逃起命来，它们的四条腿可要比自己的两条腿快得多。

不过，不用担心，皮特是个非常有耐心的人。只见他慢慢地从一丛灌木里挪到另一丛灌木中，悄无声息的，就如一条捕猎的蛇。眨眼间，他就挪到了雪线边上。这里无处藏身，但鹿群仍离得很远。他深吸一口气，猛然从树丛中站起身来，猛地向鹿群冲去。驯鹿们一下子就发现了他，它们歪着头思考了一会儿，然后突然撒开腿开始逃命，扬起的雪飘散在空中，像白云一般。这速度让皮特看得都傻眼了，这可是雪地啊，驯鹿怎么能跑那么快呢？不过，现在可并非泄气的时候！他憋着满肚子的怒气，闷头向前追去。

皮特现在脑子里就只有一个念头——一定要逮到一头驯鹿。他早就饿得前胸贴后背了，再不猎头鹿吃，他都要饿得站不住了。他追赶着鹿群，一连追了好几个小时，从荒原的一头追到了另一头，仍没追到。他睁大双眼，努力想找条好走一些的路。他只顾埋头往前追了，因此，一点都没察觉云彩已经把太阳遮住了，天空由原来的深蓝色变成了惨白色，迎面刮来的风也渐渐大了起来。终于，他停下了脚步，因为凛冽的寒风夹杂着一片片鹅毛般的大雪狠狠地打在他的脸上。他抬起头来，不禁吓了一跳，一片大大的积雪云正笼罩在他的头顶，狂风在他耳边咆哮。暴风雪来了。

风雪打在他脸上、抽在他身上，让他喘不过气来。这下，皮特吓傻了。这个可怕的新对手怎么突然就跑出来了呢，他还没做好准备呢。他呆站了一会儿后，摇了摇头，醒过神来。他睁大双眼，好像是要将暴风雪吓跑一样，突然凶狠地吼道："冷又如何！饿又如何！暴风雪算什么！你们别想把我打倒！"吼完，他低下头，竖起外套的领子，将嘴巴埋了进去，这样他就可以轻松呼吸了。这个坚强的猎人直起身子，再次鼓足勇气，他感觉自己浑身充满了力量。

现在情况可不乐观，森林离得这么远，天气又这么恶劣，皮特根本不可能躲进森林了。不过，他这一路上都在仔细观察，所以他知道，自己已经追着鹿群进入了无边的荒原。这个时候，他和最近的林子的距离怎么也得有两英里。在这样的暴风雪里，皮特眼睛无法睁开，耳朵不好使，鼻子也不灵了，就这样走下去，他肯定会迷路。所以，他只得拼命寻找鹿群留下的痕迹，祈祷痕迹不会被大雪覆盖，不会被大风抹去。

皮特是个非常出色的猎人，就算是在这样的暴风雪中，他还是能继续追踪猎物。他心里感到非常骄傲，除了人类，此时还有哪种生物能保持镇定呀？那群驯鹿必定吓得腿都软了，脑子一糊涂，或许还会忘了后面跟着个人呢。只要跟着它们，他就必然能抓到头驯鹿吃，或许还能追着它们找到个安全的地方躲避暴风雪。他坚定地向前走着，他坚信，自己如此聪明，一定可以在这么可怕的环境里活下去。

然而，不管多坚强的人也会肚子饿呀，更何况皮特早就饿坏了，所以，他一边走一边絮絮不已地诅咒着。

雪花打着旋儿，一片片砸在他的脸上。路是早就无法看清了，他只能依据感觉向前走。他在雪地里不停地走，走了好几个小时，他的腿上挂着厚厚的积雪，这使得他抬不动腿。这个时候，他的速度怕是比一只蜗牛还慢呢。他感觉自己身体里的活力正在逐渐消失，连思考的力气都没有了，只能一步步机械地向前走。他脑子里只有一个念头，那就是前进。他心想："真累呀，为什么不放弃呢！暴风雪这样大，还往前走什么呢？在雪地里挖个坑，往里面一躺多简单啊，坑里多温暖、多惬意啊！"

这个妙招他还是从鹧鸪那儿学来的呢，这种鸟一碰上暴风雪就会躲在坑里。不过，他可无法和鹧鸪比，人家鹧鸪在躲进坑里之前会将肚子填得饱饱的，还会准备足量的食物，在躲暴风雪时还能吃东西。现在，他肚子空空，而且精疲力竭。假如现在躲进坑里，他就会被埋在雪下，变成个可怕的冰雕，等到春天雪化了，小草又一次冒出嫩芽，他才会出现在地面上，将那些小画眉和小绿鹃吓个半死。想到这儿，他哑然失笑。

笑话，他怎么会放弃呢？狂风暴雪就想把他打倒？想得美！有再大的困难，他也要迎着风雪继续前行。

不知走了多久，突然，皮特心里"咯噔"一下，停下了脚步。他低下头，用脚小心地踩了踩雪，然后弯下腰，双手四处摸索着。接着，他突然转过身来，吓得抱住了脑袋。那群驯鹿呢？怎么不见了？它们到底哪儿去了呢？不行，他得仔细想想。

他脑袋里的零件加速运转，终于，他想起来了，肯定是鹿群悄悄转了个方向，而他只顾跟着风走，所以把鹿群跟丢了。但是，无论他怎么捶胸顿地，也想不起来到底是在什么地方跟丢的。大雪很快就将驯鹿浅浅的蹄印填满了，再被狂风一吹，驯鹿的足迹一会儿就不见了。现在，蹄印消失了，皮特气得直拽胡子，他根本弄不清鹿群到底向哪边走了。这群小东西真是太任性了，说转向就转向，丝毫也不含糊。他喃喃自语道："算了，没跟住就没跟住吧，反正我还会找到你们的，走着瞧！"他转回身，迎着风，又一步步地走了起来。现在，他得认真想想，上次观察到的风向是怎样的？荒野旁的森林又位于哪边呢？

啊，他想起来了！皮特慢慢地转起了圈儿，仔细地算着角度，狂风像鞭子一样抽在他的脸上，火辣辣地疼。转了一阵，他终于依靠风向找到了森林的位置。他立即迈开大长腿向前走去。他一边走一边给自己打气："没准啊，那群驯鹿早就精疲力尽了，正拖着蹄子往相同的方向走呢。"想到这儿，他立即挺起了胸膛——连愚笨的驯鹿都能找得到森林，那他一定也可以。只要能走进森林，要找点吃的还不容易吗？

皮特又不停地走了半个小时，暴风雪仍非常大，天色却慢慢暗了下来。皮特累得都快哭了，他全身发软没力气，脑子也转不过来了。他拖着沉重的脚步往前走，走不了几步就会摔个狗啃泥。每次摔倒在雪地里，他都要用很大的力气把自己拔出来。他确实累坏了，甚至眼前开始出现幻觉——看呀，前面就是森林了，还有座舒适的伐木场呢，屋外积了厚厚的雪，但窗户里透出的光却是暖暖的，如果能进到小屋里，该有多么温暖、多么舒服啊！想着想着，他便傻笑起来。

　　然而，他好像突然意识到了什么，连忙晃了晃脑袋，自己这是在干什么？清醒过来后，他发现，出大事了！手里的枪呢？他恨不得狠狠揍自己一顿。不消说，一定是刚才做白日梦的时候一不注意扔了呀！没有枪，他觉得非常没有安全感。但没办法，枪是找不回来了。他又摸了摸口袋，还好，刀子没丢。他赶紧自我安慰："要枪干吗呀，刀子多方便啊。"整理了心情，他又继续往前走。这次，他已经彻底清醒了，准备一鼓作气找到森林，找到驯鹿群。

　　天黑得很快，所有的一切都被暴风雪变成了怪模怪样的黑影。皮特非常忙碌，他要看一看，摸一摸这些黑影，以便判断它们是不是什么危险的东西。大部分黑影都一动不动，但这个却有些古怪。他恍恍惚惚地摸了一把，黑影却突然动了，打了个响鼻后，一溜烟跑了。皮特猛地清醒过来，心里乐开了花儿。他嗖地将折叠刀甩开，连蹦带跳，闪转腾挪，紧紧地跟在高大的驯鹿身后。不过，这家伙实在是机灵，身子一扭，就跳向旁边的雪堆，一次又一次躲开他的攻击。皮特再次扑上去，驯鹿往左一转，用鹿角狠狠地撞向他的左肩。皮特受伤了，不过他连眉头都没皱一下，立刻用左手抓住鹿角，然后往后一扳。驯鹿没有办法，只能仰起脑袋。就在此时，皮特挥出了右手中的刀，一下就把驯鹿的咽喉割开了。

　　之前，皮特在林子里住了很长时间，林子里有很多好吃的东西，渐渐地，他成了位真正的美食家。他对肉特别挑剔，比如，肉一定要做熟，而且做好后必须是漂亮的褐色，生肉这种东西他才不喜欢吃呢。不过现在，他早就饿坏了，手边也缺少工具，所以根本不能挑剔，要么就生吃鹿肉，要么就继续饿肚子。他把刀子直接插入了驯鹿的心脏，可怜的驯鹿很快就没有了呼吸。皮特趴在地上，把嘴靠近驯鹿的咽喉，像一只贪吃的小狗一般喝起了鲜红的鹿血。没过多久，他就觉得浑身暖乎乎的，四肢也有劲了。他一直喝到感觉饱了，才把半边身子挤到驯鹿的尸体旁边躺了下来，他需要仔细想想自己接下来该怎么做。

　　现在，吃饱了，也有力气了，皮特决定好好地睡上一觉。他用毯子将自己紧紧裹起来，躲到了驯鹿尸体旁边，很快便哈欠连天。风声稍稍弱了一些，他突然发现身边的呼噜声此起彼伏。原来，他正身处驯鹿群中，这些驯鹿早就累坏了。哈哈，上爷对他还是很好的，屋子没了，这就当作补偿了。他可以轻而易举地杀掉几头驯鹿，将它们的尸体藏在雪地里。等天气好些，他就可以趁狩猎监督官不注意，带着附近村庄的人来将这些冷冻的鹿肉搬走，再偷偷卖掉，能赚一大笔钱呢。

　　说干就干，皮特拿出小刀，慢慢摸向离自己最近的那头驯鹿。浓雾笼罩，他什么也看不见，但他是个有着丰富经验的猎人，所以，他没有丝毫犹豫地扑了上去。皮特挥出左手，狠狠打在驯鹿身上。驯鹿大惊之下，打了个响鼻，跳起来就想逃走。

　　可怜的驯鹿已经跑了一整天，一点儿力气也没有了，所以它一下倒在了地上，这回它只有等死了。驯鹿一摔倒，皮特就把它按住了，他发现，驯鹿竟然吓得浑身颤抖。他心一软，用手抚摸着驯鹿。驯鹿的毛真硬啊，他不停地摸着，一直摸到了驯鹿的大脑袋。皮特的手温暖、有力，驯鹿好像觉得很安全，呼吸渐渐平稳下来，也不再害怕得直打响鼻了。

突然，皮特摸到了驯鹿的脖子，他停下来，感觉有些紧张。刀子就在他的另一只手里握着，眨眼间就能要了驯鹿的命，可是，他突然有些难以下手，这头驯鹿如此信任他，他怎么能把它杀了呢？

他非常纠结，房子没了，吃的也没了，只能靠这群驯鹿挣些钱了呀。他万分苦恼，脑子里好像有两个小人一直在争吵。他一边摇摆不定，一边漫不经心地摸着驯鹿的脖子。这结实的脖子暖暖的，血管里流淌着满满的生命力。在黑夜里，有动物陪伴在身边，这让他的心软软的，他觉得自己已经对这头驯鹿产生了感情。他默默地想，这可怜的小家伙和自己也算是同病相怜，都饱受风雪折磨，却也都自强不息。并且，这群驯鹿救了他的命，可以说是他的恩人。想到这里，他抚摸驯鹿的动作愈加温柔了。皮特没想到自己的心居然这么软，他感觉脸都红了。他笑了笑，把那刀子折叠起来，放回了口袋。

现在，他用双手轻轻抚摸着这头乖巧的驯鹿，摸着它耳后和鹿角周围的毛发，驯鹿非常享受。当他的手摸到驯鹿的嘴巴和鼻子时，小家伙恐惧地抖了一下。鼻腔里都是人类的味道，它吓坏了。不过皮特并未伤害它，仍在温柔地抚摸着它。很快，驯鹿就安静了下来。皮特决定，在天亮以前，在暴风雪停止前，他都要同驯鹿待在一起，这头被驯服了的野兽暖暖的，在它身旁能睡个好觉。他在背风处挖了个坑，用毯子将自己裹紧，靠在驯鹿的身旁，安心地睡着了。

在暴风雪中有驯鹿陪着，皮特睡得很香。黎明时分，身旁的动静把他惊醒了。他睁开眼睛，看到驯鹿挣扎着站起来，走了出去。暴风雪已经停了，头顶是一片晴朗的天空，星星在天上闪烁。驯鹿们在他身边活动着，这些小家伙们不停地打着响鼻，在雪地里跑来跑去，完全忘记了要保持安静。它们非常兴奋，因为暴风雪终于停了，它们可以想去哪儿就去哪儿了。很快，雪地里就只剩皮特一个人了，空气又变得冷冰冰的。他裹着毯子在坑里蜷缩成一团，觉得暖暖的。他还是觉得非常困倦，于是用毯子盖住脸，又睡了一个小时。

他又一次睁开眼睛的时候，已经彻底清醒了。此刻天刚蒙蒙亮，寒气就像粘在人身上了一样，不管怎么拍也拍不掉，就连光都好似被寒气冻住了。皮特站起身来，顺着鹿群的蹄印一路向东望去。只见蹄印消失在了半英里远的森林中，森林仍旧那么郁郁葱葱。

视线再往东移，他看到了一道淡紫色、银白色交织在一起的痕迹。他的心猛烈地跳动起来，他认得出来，那是烟，并且是从营地的烟囱里冒出来的炊烟——这说明有人住在那儿，而且有香喷喷的饭菜在等着他。

更妙的是，他发现，一群伐木工正从远处的欧塔诺希斯向他跑过来……